CELUI QUI L'A ÉCHAPPÉ BELLE

Rhianne Aile • Madeleine Urban

CELUI QUI L'A ÉCHAPPÉ BELLE

Rhianne Aile • Madeleine Urban

Dreamspinner Press

Publié par
DREAMSPINNER PRESS

5032 Capital Circle SW, Suite 2, PMB# 279, Tallahassee, FL 32305-7886 USA
http://www.dreamspinnerpress.com/

Édition imprimée en français : 978-1-63476-247-2
Première édition française en version papier : mars 2015
Edition e-book en français : 978-1-61372-816-1
Première édition française : décembre 2013
Seconde édition : décembre 2009

Édité aux Etats-Unis d'Amérique.

Avec tout notre amour
Pour les familles qui nous ont vues naître
Et les familles que nous avons fondées.

NOTE DES AUTEURS

QUAND nous avons commencé à écrire *Celui qui l'a échappé belle*, c'était pour nous amuser, et destiné à être publié sur nos blogs flambant neufs. Rien d'existentiel ou de trop profond. Juste une romance légère, sexy, avec la fin heureuse requise.

Nous n'avions pas idée de ce que nous étions en train de créer.

Il s'avéra que les personnes qui lisaient cette histoire sur nos blogs l'appréciaient vraiment. Lorsque nous avons évalué son potentiel en vue d'une publication, nous ne pensions pas que les gens remarqueraient sa disparition. Alors, quand les lecteurs ont commencé à nous écrire à propos de cette histoire, elle était en quelque sorte dans les limbes. Nous avons pensé, très brièvement, que nous devrions l'étoffer. Elle comptait à peu près 52 000 mots, un peu court pour un roman. Mais pour nous, l'histoire était finie. Nous l'avions écrite du début à la fin, et elle était complète. Oui, nous étions naïves ; nous adorions notre histoire et nous ne voulions pas la changer. Alors nous l'avons un peu 'peaufinée' et soumise à un éditeur afin d'en faire un *ebook*.

C'est ainsi qu'elle fut publiée. Et les lecteurs l'ont adorée.

Bien sûr, nous espérions que les lecteurs l'aimeraient, mais pas autant ! Notre boîte de réception était de nouveau pleine de messages, des critiques élogieuses apparurent, et enfin vint l'inévitable question : pourquoi *Celui qui l'a échappé belle* n'est pas disponible en version papier ?

Voilà ce qui nous amène à aujourd'hui. Cette histoire était devenue diablement populaire, si populaire que cela nous surprend encore nous-mêmes aujourd'hui, et Dreamspinner nous a offert cette incroyable opportunité : une seconde version ! Une occasion de revenir sur notre intrigue, de réécrire ce que nous n'aimions pas, de peaufiner ce que nous aimions, et d'ajouter à peu près 15000 mots pour étoffer l'histoire de Trace et David… avant de la publier en livre de poche.

Nous avons passé beaucoup de temps à essayer de décider ce que nous devions faire : réviser ou réécrire ? Peaufiner ou redistribuer ? Après plusieurs faux départs, nous avons résolu de laisser la majeure partie de l'histoire en l'état. C'est celle que les lecteurs aiment après tout, et si nous devions la réécrire, ce ne serait plus *Celui qui l'a échappé belle*.

Donc, si vous avez lu la première édition, nous espérons que vous la reconnaîtrez et aimerez cette version – considérez-la comme si un réalisateur avait ajouté des scènes. Si c'est la première fois que vous lisez *Celui qui l'a échappé belle*, nous espérons sincèrement que vous l'apprécierez.

Avec tout notre amour, Rhianne & Madeleine

I

DAVID CARMICHAEL grogna lorsqu'un rayon de soleil frappa ses yeux alors qu'il allait de son bureau au garage du *Mirror*. Ses yeux bleu clair étaient très sensibles, et pour une fois qu'il en avait besoin, il avait oublié ses lunettes de soleil sur la table de la cuisine. La fièvre et les maux de tête s'étaient déclarés lors de la réunion de la rédaction ce matin-là. Déjà, lorsque les articles à rédiger et les affectations avaient été déterminés, il avait eu du mal à se concentrer. Il n'avait plus souffert de migraine depuis presque un an, mais il se souvenait très bien des symptômes. Prévenant son assistante qu'il serait absent pour le restant de la journée, il avait attrapé ses clefs et son porte-document et était rentré chez lui.

Après s'être garé dans l'allée de sa résidence, David sortit de la voiture, s'agrippant à la portière le temps que son vertige passe. Il avait dû s'arrêter deux fois en chemin pour vomir et il ne souhaitait rien d'autre que de se retrouver dans une pièce sombre et fraîche. Priant pour qu'il lui reste de ses cachets prescrits il y avait longtemps, il entra en tâtonnant dans la maison. Il n'avait même pas pris la peine de rapporter à l'intérieur son porte-document et son téléphone portable. De toute façon, il était dans l'incapacité de travailler sur quoi que ce soit.

Dix minutes plus tard, vêtu de son seul boxer, David se passait nerveusement la main dans ses cheveux blonds et courts. Arrachant le tiroir de la table de chevet, il éparpilla son contenu sur le lit, faisant tomber des préservatifs et des cigarettes sur le sol.

Aucun médicament.

— Merde !

Il aurait pu contacter un médecin, mais il lui était impossible de reprendre le volant pour se rendre à la pharmacie.

S'effondrant sur le lit, il attrapa le téléphone. Tout d'abord, il appela son médecin. L'infirmière qui prit son appel lui promit de lui prescrire une nouvelle ordonnance. Puis, après quelques instants de réflexion, il appela Trace. Si on ne pouvait pas compter sur son meilleur ami pour rapporter des médicaments, sur qui d'autre compter ?

Trace longeait le front de mer au volant de sa décapotable lorsque son portable sonna. Il appuya sur le bouton de son oreillette.

— Trace Jackson, j'écoute.

— Trace, coassa David.

Il bascula sur le flanc, coinçant le combiné entre son oreille et l'oreiller. Il se sentait trop épuisé pour le tenir en main.

— J'ai besoin de ton aide.

— David ? Tu n'as pas l'air bien, dit Trace, la voix teintée d'inquiétude.

— Ouais… répondit David en luttant contre une nouvelle vague de nausée. J'ai une migraine … Une mauvaise migraine.

— Mince ! Ça fait longtemps que tu n'en avais pas eue. Tu as tes médicaments ? Où es-tu ?

— Non, aucun médicament. Je n'arrive pas à en trouver, ou alors je les ai jetés. Ça fait tellement longtemps, en effet. L'infirmière m'en a commandé. Ils m'attendent à Walgreens sur la Huitième rue.

David fit une pause pour reprendre son souffle. Sa propre voix résonnait dans sa tête.

— David, va t'allonger. Mets-toi une serviette humide sur les yeux. Je vais aller chercher tes médicaments. Tu as besoin d'autre chose ? Une bouteille de Gatorade ? ajouta Trace comme il se dirigeait vers un parking afin de faire demi-tour pour retourner en ville.

— Je suis déjà allongé, mais ce satané lit tangue comme un bateau. Apporte-moi juste les médicaments.

— D'accord, je serai vite là, promit Trace en mettant fin à la conversation pour se concentrer sur la route.

Il voulait arriver le plus vite possible. Cela faisait très longtemps que David n'avait plus eu de migraine, mais lorsqu'il en avait une, elle était habituellement sévère.

Une demi-heure plus tard, il garait sa Mustang décapotable bleue derrière la berline sportive de David et se précipitait vers la porte de service de la maison si bien entretenue, le sachet de médicaments en main. Utilisant sa clef, il alla directement dans la cuisine, jeta le sachet sur le comptoir et remplit un verre d'eau froide au distributeur du réfrigérateur. Il déchira le sachet dans sa précipitation et batailla avec la bouteille, jurant contre le système de sécurité visant à protéger les enfants. Cachets en main, il attrapa ensuite le verre d'eau et fonça rejoindre David dans la chambre.

Il faisait sombre à l'intérieur, les rideaux verts bloquant presque toute la lumière, et Trace aperçut son ami, recroquevillé sur le lit.

— David ? dit-il doucement, en s'asseyant sans faire de mouvements brusques sur le bord du matelas.

David gémit en sentant le lit bouger. Se risquant à ouvrir un œil, il vit l'homme aux larges épaules penché vers lui, les sourcils froncés d'inquiétude.

— Je ne suis pas encore mort, coassa-t-il. Peu importe à quel point je souhaiterais l'être en ce moment ...

Trace grimaça. Les yeux enfoncés dans leurs orbites, les traits creusés, David souffrait.

— Tiens, je t'apporte un peu de soulagement.

— Mon héros...

Se redressant en prenant appui sur un coude, David attrapa les cachets et le verre d'eau que son ami lui tendait.

Hochant la tête, Trace reprit ensuite le verre vide qu'il posa sur la table de nuit, puis passa une main légère sur le front de David.

— Tu as de la fièvre aussi, dit-il.

Il se leva et alla dans la salle de bains mouiller une serviette avec d'un peu d'eau froide. Il revint et la posa gentiment sur les yeux de David.

Au contact du tissu froid sur sa peau surchauffée, David se crispa et frémit de la tête aux pieds.

— La couverture ... dit-il en bataillant pour se remettre sous les draps.

Trace reprit le tissu humide en fronçant les sourcils et tira sur les draps et la couverture matelassée afin que David se glisse dessous. Il rabattit ensuite la couverture sur ses épaules et le borda.

— Désolé, murmura-t-il.

David avait vraiment l'air malheureux.

— Merci d'avoir joué le garçon de courses. Je suis désolé d'avoir interrompu ta journée. Retourne travailler. Je survivrai. Je suis trop désagréable comme mec pour mourir ...

David rit de sa propre plaisanterie, quand une vive douleur lui vrilla soudain le crâne, le laissant pantelant.

— Merde ! souffla-t-il, épuisé et sans énergie.

— Je crois que je vais rester ici, juste au cas où. Je ne t'avais pas vu aussi mal en point depuis bien longtemps, murmura Trace comme il reposait le tissu sur le front de son ami.

David l'aurait foudroyé du regard si tous les muscles de son visage ne lui faisaient pas aussi mal. Il dut se contenter d'un petit froncement de sourcils et tira doucement sur la mèche de cheveux d'un brun foncé qui effleurait l'épaule de Trace.

— Quand t'es-tu coupé les cheveux pour la dernière fois, Jackson ?

C'était plutôt mesquin, mais faire quelque chose de normal comme titiller son ami sur sa manie de porter ses cheveux aussi longs l'incitait à se sentir légèrement mieux. Ils en avaient souvent plaisanté entre eux, et Trace n'en prenait pas ombrage. Il finit par s'endormir, un pli de douleur crispant un peu sa bouche.

Trace maintint quelques secondes le tissu frais sur le front de son ami avant de le reposer sur la table de nuit. Au lieu de rester assis là à ne rien faire, il décida qu'il pouvait tout aussi bien travailler sur son projet et alla récupérer dans sa voiture son ordinateur portable ainsi que ses notes. Cela fait, il retourna dans la chambre afin d'être près de David si celui-ci avait besoin de lui.

Il se débarrassa de ses chaussures et de sa veste, puis desserra sa cravate qu'il fourra dans le placard de David. Il alluma la petite lampe de chevet, s'installa à côté de son ami, brancha son ordinateur, chaussa ses lunettes à monture d'écaille et se mit au travail.

DAVID SE retrouva propulsé sur sa chaise informatique rembourrée, les pieds hissés sur le bureau, à moitié endormi ; il entendait son assistante taper sur son clavier. Il décida de se relever avant que son dos le fasse souffrir, mais il s'emmêla dans le cordon téléphonique. Et se vit avec horreur tomber au ralenti, comme dans un cauchemar …

Se réveillant en sursaut – ce qui n'arrangeait pas sa migraine – David cria de douleur alors qu'il tentait de s'asseoir, les jambes prises dans la couverture.

4

Trace lâcha aussitôt son stylo et son bloc-notes et se pencha vers lui, essayant de le calmer.

— David, hé, tout va bien, dit-il en tirant sur la couverture pour le dégager.

De l'autre main, il retenait son ordinateur portable pour l'empêcher de glisser de ses genoux.

Trace ? Qu'est-ce que fout Trace dans mon bureau ?

Les deux hommes étaient amis depuis toujours, mais étant donné qu'ils travaillaient pour deux journaux concurrents, ils ne s'étaient jamais rendus sur leurs lieux de travail respectifs.

— Trace ? Quoi ? Qu'est-ce que ...?

Trace s'arma de patience.

— David, réveille-toi. Tu es sous médicaments, mec.

Il lui serra gentiment l'épaule.

David cligna des yeux alors qu'autour de lui la pièce faiblement éclairée reprenait forme. Trace était penché vers lui.

— Oh, je suis sûr que le *Mirror* adorerait avoir cette photo : *Les correspondants de deux journaux concurrents surpris ensemble au lit* ! Je vois d'ici les gros titres. Katerine en mouillerait sa petite culotte, fit David, la voix encore pâteuse sous l'effet des médicaments. Putain, j'ai soif ! J'ai l'impression d'avoir avalé tout le sable du Sahara ...

Sa tête roula de côté, sur la cuisse ferme de Trace – et non l'oreiller habituellement placé là – et David se rejeta en arrière, surpris, ce qui lui valut un pic de douleur et une nouvelle vague de vertiges.

— Fais attention ! s'exclama Trace en tendant la main pour l'aider à se stabiliser. Tu as l'air toujours aussi mal en point. Ne bouge pas, je vais te chercher à boire.

Il posa son portable sur le lit et se leva avec précaution, essayant de ne pas faire trop bouger le matelas.

— Reste ici, lui ordonna-t-il en pointant un doigt dans sa direction, avant de quitter la chambre.

— Comme si j'avais le choix, marmonna David, se rallongeant sans gestes brusques contre les oreillers.

Jetant un coup d'œil au réveil sur la commode, il calcula le temps écoulé. Les médicaments qu'il avait pris auraient dû être efficaces et lui faire déjà de l'effet, et pourtant son mal de tête était toujours là – moins douloureux, mais persistant. Cela ne présageait rien de bon. La prescription avait été respectée à la lettre, et David ne pouvait pas envisager de prendre une nouvelle dose avant que six heures se soient écoulées. Si – au bout de deux heures et demie donc – les symptômes persistaient, ils reviendraient en force d'ici deux heures tout au plus. David devait absolument manger tant que son estomac était capable de garder la nourriture, et bien qu'il soit stupide d'essayer quelque chose qui requérait un minimum d'équilibre, il voulait vraiment prendre une douche, tant qu'il y était.

TRACE REVINT dans la chambre, apportant un grand verre de ce thé léger que David stockait au réfrigérateur.

— Essaie ça, lui dit-il en s'asseyant au bord du lit.

Au cours de ces deux dernières heures, il avait dénoué ses cheveux et chaussé ses lunettes, chose qu'il détestait faire en public. Mais David l'avait déjà vu comme ça.

David lui fit son fameux sourire en coin – en référence à son apparence échevelée. Trace avait la réputation d'être toujours tiré à quatre épingles ; or, ce n'était plus vraiment le cas maintenant. C'était à ce genre de détails qu'ils reconnaissaient l'un et l'autre que leur amitié était vraie – Trace n'hésitait jamais à se détendre avec David, se moquant de paraître négligé.

David vida la moitié de son verre de thé d'une seule gorgée avant que son estomac proteste et le déposa doucement sur la table de nuit.

— Merci.

Trace se pencha vers son ami souffrant en s'appuyant sur une main.

— Les cachets ne font pas effet, hein ?

Trace suivit la direction du regard de son ami, qui avait tourné les yeux vers le miroir, de l'autre côté du lit. David aux cheveux blonds et au teint hâlé, respirant habituellement la santé… Il avait désormais un teint grisâtre et un regard sombre. La souffrance le rendait presque méconnaissable.

David laissa ses paupières se refermer.

— Oh, ils font effet, mais quand la douleur est aussi intense, ils la soulagent un peu, sans la chasser complètement.

— Qu'est-ce qui pourrait aider ?

Trace sentit quelque chose, par terre, sous son pied. Il remonta ses lunettes sur son nez d'un air absent, en découvrant le désordre qui régnait au pied de la table de nuit.

— Je vois que tu as mis les tiroirs sens-dessus-dessous pour trouver tes médicaments, dit-il en se penchant pour ramasser le magazine sur lequel son pied avait glissé.

— Est-ce que j'en entendrais parler pendant cent ans si je te demandais de me masser les épaules et peut-être aussi le cuir chevelu ?

Retournant le magazine pour voir la couverture, Trace fronça légèrement les sourcils.

— Tu es souffrant. Si je peux t'aider d'une façon ou d'une autre, je ne vois pas où est le problème, tu sais.

David poussa l'oreiller à plat pour se rallonger.

— Merci, Trace. À ce stade, je supporterais même tes plaisanteries. Je t'en serais éternellement reconnaissant.

Trace fourra l'*American Journalism Review* dans le tiroir et en profita pour ranger, haussant un sourcil à la vue de certains objets traînant par terre : des stylos et des bloc-notes, bien sûr, mais aussi des préservatifs et une lotion lubrifiante – ça ne le surprenait pas – un paquet à moitié vide de bonbons, un briquet et un paquet de cigarettes froissé. Trace fronça les sourcils. Il croyait que David avait arrêté. Il fourra le tout dans le tiroir avant de remarquer autre chose, à moitié dissimulé sous le lit, et il se pencha pour l'attraper.

Ses doigts se refermèrent sur un objet frais et cylindrique en caoutchouc souple... Il cilla de surprise en découvrant un gode. Son regard vola vers David, mais son ami avait les yeux fermés. Trace fut tenté – *vraiment* tenté – de lancer ces plaisanteries tant attendues. Il regarda à nouveau l'objet, lourd, épais et long d'environ vingt centimètres, puis le mit dans le tiroir qu'il s'empressa de refermer.

Posant un genou sur le lit, Trace fit glisser ses doigts dans les cheveux de David et le caressa gentiment avant de prodiguer à son ami un massage apaisant. Il ne pouvait pas s'empêcher de repenser à sa découverte. Il y avait sûrement une explication rationnelle à la présence de cet objet. Il y en avait aussi d'autres, plus... *intéressantes*, sachant ce qu'il savait à propos de David. Donc, non. Ce n'était probablement pas un objet de plaisanterie. Du moins pas en ces circonstances. Trace garda pour lui ses réflexions et sourit, amusé par la tournure que prenaient ses pensées.

David gémit – un gémissement évoquant davantage un plaisir intense qu'une affreuse douleur, cette fois.

— Dieu, que c'est bon ! Appuie juste un peu plus.

Maintenant que son esprit était axé sur des pensées érotiques, Trace ne put s'empêcher d'interpréter le ton de sa voix dans ce contexte. Alors qu'il renforçait son massage, il réprima un gloussement. Il avait toujours pensé que David avait une vie sexuelle saine, mais c'était un des sujets qu'ils n'avaient jamais abordés, surtout parce que leurs goûts ne s'accordaient pas. La vie sociale de Trace alimentait constamment les ragots en ville, il n'était donc pas surprenant que David soit au courant de ses frasques. Trace avait supposé que David était juste plus discret de ce côté-là. Rien de mal à ça.

Les petits soupirs et gémissements que son ami faisait résonnaient assez bien à l'oreille de Trace – non qu'il ait déjà entendu un autre homme gémir d'extase lors de rapports sexuels, sauf bien sûr dans un film. Glissant toujours les doigts dans les cheveux aux reflets d'or de son ami, il lui pétrissait légèrement la nuque de l'autre main.

David ronronna, soulevant les épaules sous la pression des doigts de Trace. Entre les médicaments et le contact léger, il se sentait déjà mieux qu'il ne l'avait été depuis des heures.

— Tu as des mains fabuleuses.

— On me l'a déjà dit, répondit Trace d'une voix traînante, en redoublant d'efforts.

David prit une profonde inspiration ; le contact physique et le silence ambiant exerçaient sur lui un effet apaisant. À mesure que le massage soulageait ses douleurs, son corps commençait à réagir de manière différente, et il sentit sa verge frémir contre le matelas. Il se crispa aussitôt, ravivant légèrement ses douleurs. Du coup, cela détourna son attention de son sexe – ce qui était préférable. Trace et lui étaient amis depuis des années sans qu'il y ait jamais eu d'attirance sexuelle entre eux. Ils étaient copains, et David avait la certitude que Trace était parfaitement hétéro. Ils parlaient de politique et de sports, pas de sexe, et son ami avait une réputation qui le précédait partout. De toute façon, David n'avait pas l'intention de perdre son ami pour un proverbial tour dans le foin.

— Je devrais aller prendre une douche tant que je m'en sens capable, marmonna-t-il.

Trace interrompit son massage.

8

— Que veux-tu dire par 'tant que je m'en sens capable' ? demanda-t-il en fronçant les sourcils. Est-ce que la migraine va s'aggraver ?

Inquiet, il reprit doucement son massage. Cela le bouleversait de voir son meilleur ami souffrir autant.

— Ouais, si c'est supportable la première heure, une dose de médicaments suffit, mais quand la migraine s'installe comme aujourd'hui, ça dure habituellement plus de vingt-quatre heures. Le problème est que je ne peux prendre une dose que toutes les six heures, et le soulagement de la douleur ne dure que quatre heures.

David se dit qu'il devait bouger, mais les doigts de Trace étaient si agréables qu'il ne pouvait pas se résoudre à lui demander d'arrêter.

— C'est quel genre de saloperies, ces médicaments ? s'exclama Trace, exaspéré. Très bien, va prendre ta douche. Je te prépare quelque chose à manger ?

Il retira lentement les doigts des cheveux de son ami, ne voulant pas risquer de tirer accidentellement dessus et lui causer davantage de douleur.

— Ouais, je devrais essayer de manger. Va voir dans la cuisine s'il me reste de la soupe. Un bouillon, pas de crème, dit David avec une grimace en sortant du lit. Je vais laisser la porte ouverte. Entre le mal de tête et les médicaments, je risque d'être un peu instable.

— Sois prudent, David. Tu n'as pas besoin d'avoir en plus un bras cassé ou autre chose du même genre.

Trace se leva et observa attentivement David pour s'assurer qu'il passait dans l'autre pièce sans encombre.

Une fois dans la salle de bain peinte dans des tons d'un vert pâle apaisant, David ôta son boxer et s'assit sur le rebord de la baignoire afin d'éviter de se pencher. Puis il se redressa et se posta sous le jet d'eau chaude, prenant appui contre la paroi en pierre froide. Il laissa l'eau glisser sur son corps. Entre les médicaments, le massage de Trace et la douche, il commençait à se sentir presque bien.

Pris de tremblements, David coupa l'eau, sortit de la baignoire et attrapa une serviette pour se sécher. Mais même la plus légère friction sur les poils blonds qui recouvraient son torse le faisait souffrir. Incroyable de voir à quel point la migraine rendait sensible son corps tout entier !

Dès qu'il se pencha pour s'essuyer les jambes, la tête commença à lui tourner.

— Putain … !

Tout devint noir.

TRACE ÉTAIT dans la cuisine, en train de remuer la soupe, quand un bruit sourd l'alerta. Les yeux écarquillés, il lâcha la cuillère pour se précipiter dans la chambre, puis la salle de bain.

— Merde ! jura-t-il en voyant David qui gisait sur le sol.

Il s'agenouilla et redressa son ami en position assise ; tâtant l'arrière de son crâne, il fut soulagé de ne pas trouver de sang.

Le cœur battant à tout rompre sous l'emprise de la peur, Trace jura dans sa barbe et le serra contre lui.

— David … David ?

Il caressa la joue de son ami. Que faire ? Appeler les secours ?

— Trace ? marmonna David.

Des points de lumière, comme ceux que les enfants utilisaient le quatre juillet, dansaient sous ses paupières. Son crâne le faisait souffrir, ainsi que son épaule. La voix de Trace lui parvenait de très loin.

— Trace ?

— David ? Allez, ouvre les yeux. S'il te plaît ? Tu me fais peur comme jamais !

— Je vais bien, finit par dire David, la voix rauque. Ma tête me fait un mal de chien... La dernière chose que je me rappelle, c'est la douche.

— Ouais, eh bien maintenant, tu es sur le plancher. Tu t'es fait mal ? Tu t'es cogné ta tête ?

Trace le dévisageait avec inquiétude.

— Je ne sais pas, répondit David en rouvrant brièvement les yeux et en grimaçant. J'ai mal à l'épaule.

Que David ait refermé les yeux si rapidement ne permettait pas à Trace de juger de son état, d'une manière ou d'une autre.

— Quelle épaule ? Celle sur laquelle tu es tombé ?

Trace serra doucement l'épaule droite de David.

— *Aïe !* Putain, oui, celle-là ! Éteins la lumière, tu veux bien, que je puisse me traîner jusqu'au lit ?

— Merde, David, tu aurais pu te casser quelque chose, ou pire ! s'écria Trace, très inquiet.

10

Il le souleva et l'aida à tenir sur ses jambes. Qu'il fasse quelques centimètres de plus que le mètre quatre-vingt de David était en l'occurrence un avantage. Ce ne fut que lorsqu'il passa un bras autour de sa taille, ses doigts rencontrant la peau de sa hanche, qu'il réalisa qu'il était encore nu.

Oui, eh bien, ça n'aura plus d'importance une fois qu'il sera sous les draps.

Reconnaissant à son ami du soutien qu'il lui prodiguait, David s'appuya sur lui, s'avisant soudain que la friction des vêtements contre sa peau nue exacerbait ses sensations.

— Merde, murmura-t-il en chuchotant une prière silencieuse pour que leur amitié survive à cette journée.

— Quoi ? Qu'est-ce qu'il y a ? Tu as mal autre part ? s'inquiéta Trace comme ils se traînaient sur la moquette d'un vert profond en direction de la chambre et du lit.

— Non, je viens juste de réaliser que j'étais nu comme un ver. On devrait te verser une prime de risque...

David désigna l'armoire d'un signe de tête en s'asseyant sur le lit.

— Tu veux bien me passer un boxer, histoire que je n'offense plus ta délicate sensibilité ?

— Je sais que tu es dans les vapes jusqu'aux ouïes avec les cachets que tu as pris, mais... *Moi ?* Ma 'délicate sensibilité' ? J'ai le même équipement que toi, tu sais ! Je pense que je vais survivre.

Il attendit que David se glisse sous les draps pour le border. Puis il attrapa trois des quatre oreillers et les cala sous la nuque de son ami.

— Je vais chercher la soupe, si elle n'est pas complètement brûlée. Je l'ai oubliée en volant à ton secours, ajouta Trace, satisfait en voyant que David était confortablement installé.

— D'accord, murmura faiblement son ami.

Comme Trace s'en était douté, la soupe était fichue, et il la vida dans l'évier afin d'en préparer une autre. Cela lui prit à peu près dix minutes, puis il fut de retour dans la chambre avec deux tasses et une boîte de biscuits.

— Et voilà ! Service de première classe, plaisanta-t-il en posant les tasses sur la table de nuit.

Il avait de la peine à s'imaginer dans le rôle de Florence Nightingale, mais il avait l'impression de ne pas trop mal s'en sortir.

Si on passe outre le fait que je l'ai laissé se casser la figure dans la salle de bain…

Il contourna le lit et s'assit de l'autre côté, ouvrit avec précaution la boîte de biscuits, puis en aligna quelques-uns sur les draps, entre eux.

— J'ai du mal à croire que tes petites amies te laissent manger des biscuits au lit ! s'exclama David en soufflant sur sa soupe chaude.

Trace haussa les épaules en grignotant un biscuit salé.

— C'est habituellement dans mon lit que ça se passe, alors je fais ce que je veux, pas vrai ?

Il but prudemment une première gorgée avant de prendre un biscuit et de le tendre à David.

— En outre, tu n'es pas une de mes petites amies, de sorte que les paris sont ouverts. Je ne vois pas l'intérêt de t'impressionner avec mes bonnes manières si je sais déjà que je ne vais pas conclure.

En un éclair, il se vit soudain nu au lit avec David pour une tout autre raison que la maladie, la camaraderie agréable qu'ils partageaient se muant en une relation bien plus intime. Trace faillit recracher sa soupe par le nez à cause de l'image qui se formait dans son esprit, et il rit sous cape.

David ressentit une douleur momentanée qu'il surmonta, la considérant comme un effet secondaire de sa migraine. La première réplique désinvolte qui lui vint en tête mourut sur ses lèvres.

— Non… Non, je ne suis pas une de tes petites amies, et si on se base sur ton type habituel, ce n'est pas près d'arriver, répondit-il, manquant légèrement de souffle.

Trace prit un autre biscuit en lui jetant un regard oblique.

— Bon. Encore trois heures avant que tu puisses reprendre un cachet. Tu devrais dormir un peu. Je te réveillerai, le rassura-t-il, en pensant aux progrès qu'il pourrait faire dans l'intervalle sur son rapport dévolu à l'impact des centres artistiques.

Posant sur la table de nuit sa tasse vidée d'un tiers à peine, David se recoucha et remonta les draps sur ses épaules.

— Ouais, c'est ce que je vais faire. Et, petit ami ou non, je ne veux pas de miettes dans mon lit, Jackson.

Trace vit David se mettre à son aise, puis il reprit sa soupe sans autre commentaire. Son ami se rendormit rapidement. Déposant sa tasse quelques minutes plus tard, Trace le regarda dormir ; il se faisait du souci pour lui. Puis il reprit son ordinateur et se remit au travail.

Il s'endormit à son tour sans s'en rendre compte ; une sonnerie insistante le réveilla en sursaut. Il fronça les sourcils, essayant de comprendre ce que c'était et pourquoi il était si inconfortable. D'habitude, il adorait son lit doux et moelleux. Il ouvrit doucement les yeux et ne discerna tout d'abord que des choses floues, ses lunettes ayant glissé de son nez. Il les remit en place et regarda autour de lui.

— Oh. C'est vrai… murmura-t-il.

Il était chez David – dans son lit, en fait – affalé contre la tête de lit. Il était resté habillé de pied en cap, et ses vêtements étaient complètement froissés. La lampe de chevet répandait une douce lumière et le son insistant provenait de son ordinateur ; la batterie était faible. Son portable avait glissé et penchait en équilibre instable. Adoptant une position plus confortable, Trace jeta un coup d'œil à son 'patient'.

David s'était recroquevillé à côté de lui, sa tête blonde reposant sur les cuisses de Trace. Lui-même avait passé un bras autour de son ami, le maintenant en place d'une paume pressée contre son dos.

Trace fut quelque peu surpris de se découvrir excité au contact de la tête de David sur ses cuisses, mais il décida de passer outre. Il avait toujours été quelqu'un de très tactile et il avait une vie sexuelle fort active. C'était une façon pour lui d'évacuer le stress et il adorait ça. Il avait depuis longtemps fait la paix avec son besoin de contacts physiques.

Néanmoins ébahi par la tournure que prenaient les choses, il inspira vivement, histoire de se réveiller tout à fait, et bâilla à s'en décrocher la mâchoire. Un coup d'œil à l'horloge de son ordinateur lui apprit que c'était le début de soirée. Il avait dû s'endormir en travaillant sur son rapport. Légèrement agacé par le *bip* insistant, il enregistra son document, ferma l'ordinateur et le souleva avec précaution pour le poser sur la table de nuit, près de David. Il reporta ensuite son attention sur son ami.

David semblait plus détendu, et il avait retrouvé un peu de couleurs. Les sillons de douleur qui avaient creusé son visage avaient disparu, laissant place aux ridules du sourire qui entouraient habituellement les coins de ses yeux et les commissures de sa bouche. Les traits plutôt accusés de son visage étaient adoucis par le sommeil. Trace massa doucement le dos de son ami sans y penser. Il bâilla une nouvelle fois et songea à se rendormir ; décidant que rien ne l'en empêchait, il se remit à somnoler, pensant vaguement à la façon dont le corps de David s'accordait si bien au sien.

II

DAVID REPRIT doucement conscience, dans un bienheureux cocon de chaleur, et songea un instant à laisser les médicaments l'entraîner de nouveau dans un sommeil réparateur. Il s'était réveillé quelques heures plus tôt, sous l'aiguillon de la douleur. Trace lui avait donné une nouvelle dose et l'avait soutenu pendant qu'il buvait pour faire passer le cachet. Dieu merci, la deuxième dose l'avait assommé. Dressant un bref inventaire de ses misères, il découvrit que cette fois, son épaule le faisait plus souffrir que sa tête. Il se déplaça légèrement afin de soulager la pression sur son épaule et…

Soudain parfaitement réveillé, David frotta sa joue contre un tissu doux recouvrant quelque chose de ferme qui… n'était pas son oreiller. Il ouvrit les yeux avec précaution.

Merde ! La jambe de Trace...

Il était en train de réfléchir à une manière élégante de se dégager des jambes de son meilleur ami quand il réalisa que Trace avait son regard braqué sur lui.

— Hé. Comment te sens-tu ?

— Hé ! dit David d'une voix sèche et rauque, un des effets secondaires du traitement prescrit. Il semblerait bien que, par-dessus le marché, je me sois servi de toi comme oreiller.

Il se redressa lentement.

— C'est pas grave, lui assura Trace en souriant sans chercher à changer de place. Tu sembles en meilleure forme.

— C'est le cas. J'ai même un peu faim, admit David en souriant à son tour. En tout cas, une chose est sûre ; j'en ai plus qu'assez d'être dans ce lit. Si j'arrive à me traîner jusqu'à la cuisine, tu crois que tu pourrais me chauffer un peu de soupe ?

— Bien sûr, mais plus d'incursion dans la salle de bain sans surveillance, ajouta Trace avec bonne humeur.

Il avait besoin de brancher son ordinateur de toute façon. Il pourrait toujours retourner chercher le cordon de raccordement dans sa voiture.

— Autre chose, Ta Majesté ? lança-t-il en sortant du lit et en s'étirant.

David se retourna, une réplique arrogante sur le bout des lèvres. Mais toute pensée le déserta à la vue de Trace. Étirée de la sorte, la silhouette longiligne de son ami était frappante, de ses larges épaules jusqu'à sa taille étroite. Les pans de sa chemise gris pâle étaient sortis de son pantalon et les deux derniers boutons, défaits, révélaient un triangle de peau bronzée délimité par une bande de poils sombres. David déglutit avec peine. Il avait de nouveau la bouche sèche – mais pour une raison très différente cette fois.

Trace bâilla, et grogna quand ses vertèbres cervicales craquèrent bruyamment. Il laissa retomber ses bras le long de ses flancs, avant de relever une main pour se masser la nuque.

— Dormir assis, ça craint, murmura-t-il.

Il ôta ses chaussettes en se dandinant d'un pied sur l'autre pour tirer dessus. Il récupéra son ordinateur portable et sortit de la chambre pieds nus.

Tétanisé par la vision qu'il venait d'avoir, David suivit son ami des yeux. Ces huit dernières heures, il n'aurait jamais pu s'en sortir sans l'aide de Trace, mais apparemment, la proximité inhabituelle à laquelle ils avaient été soumis jouait des tours à son imagination. Balançant ses jambes hors du lit avec une grimace, il attendit que la douleur s'estompe puis enfila avec précaution un boxer, une jambe après l'autre. Même s'il tenait encore mal debout, il entreprit de rejoindre son ami dans la cuisine.

Trace avait commencé par rincer la casserole et la reposer sur le feu avant de se mettre à la recherche d'une autre boîte de soupe. Il en avait trouvé plusieurs : nouilles au poulet, soupe à la tomate, aux brocolis et au cheddar, bœuf aux légumes. *Miam* ! Il examinait la sélection, penché sur l'étagère du bas.

David entra dans la cuisine ; peinte dans des tons lie-de-vin soutenus, elle était garnie de moulures blanches, et la zone de travail entourée de placards blancs occupait trois des murs. David se sentait très fier d'être arrivé jusque-là.

— Trace…

Ses mots se bloquèrent dans sa gorge.

Trace a des fesses absolument incroyables !

Penché en avant, il avait un pied légèrement surélevé pour maintenir son équilibre, et sa chemise remontait sur son dos musclé comme il fouillait dans le placard du bas, sous le plan de travail. David aurait dû être un saint hétérosexuel pour résister à cette vision, et *ça*, c'était quelque chose qu'il n'était absolument pas. Il sentit son sexe durcir.

Merde !

— *Hmmm ?* marmonna Trace avant de se redresser avec une autre boîte dans la main et en repoussant une mèche de cheveux derrière son oreille. Tu préfères le bœuf aux légumes ou le velouté de champignons ? s'enquit-il en refermant le placard.

David avala la boule coincée dans sa gorge, ne sachant si l'idée de manger ou bien la découverte brutale de l'attirance qu'il éprouvait pour son ami en était la cause. Le petit geste de Trace attira son attention sur ses cheveux – il aimait tant le taquiner à ce propos ! Pour la toute première fois, il se demanda ce qu'il ressentirait s'il passait la main dans les mèches de son meilleur ami. Ses cheveux étaient-ils doux ou bien rêches ? Il n'arrivait pas à s'en souvenir, alors qu'il lui était arrivé plus d'une fois de tirer dessus histoire d'agacer Trace.

Il s'attabla, soucieux de lui dissimuler son excitation sexuelle.

— Beurk... Je ne mange pas de champignons. Cette boîte est là depuis que ma mère est venue il y a trois ans. Elle s'en servait pour faire de la sauce. Je prendrai le bœuf aux légumes, s'il te plaît.

Trace hocha la tête et se retourna vers la casserole ; David se surprit à admirer de plus belle son 'profil arrière'.

Il soupira.

Admirer les fesses de Trace n'est pas une bonne idée.

Il chercha un sujet de conversation qui lui rappellerait que Trace n'était *pas* gay.

— Alors... Qu'est-ce qui s'est passé avec Anne-Marie il y a deux semaines ? Elle n'est pas déjà de l'histoire ancienne, dis-moi ? s'enquit David.

Trace se retourna vers lui.

— Ce n'était pas sérieux. Elle n'est pas... Je veux dire, je ne suis plus avec elle. Je n'aime pas rester trop longtemps avec la même femme, conclut-il avec un sourire impénitent.

— Une femme différente chaque semaine ! gloussa David.

— Je ne vois pas ce qu'il y a de mal à ça. Je ne leur fais jamais de fausses promesses, répondit Trace en haussant les épaules.

David essaya sans succès de se rappeler à quand remontaient ses dernières relations sexuelles.

— Je dois me faire vieux. Je ne suis pas du genre à avoir des relations sans sentiment. Apprendre à connaître quelqu'un demande trop d'efforts et ça me fatigue rien que d'y penser.

Trace tapota la cuillère sur le bord de la casserole et la laissa tomber dans la boîte de soupe vide avant de se retourner, adressant un regard incrédule à son ami.

— Vieux ? David, tu as... quoi ? Quarante-deux, quarante-trois ans ? C'est loin d'être 'vieux'. Et il n'y a rien de mal à avoir des relations sexuelles passagères, du moment que tout le monde est d'accord, ajouta-t-il, bras croisés en s'appuyant au plan de travail.

— Je ne suis pas vraiment contre, et je suis d'accord avec toi... Mais... eh bien...

Comment avouer à son meilleur ami qu'on crevait littéralement de trouille à cause du sida ? Avant l'apparition de cette terrible maladie, lui aussi avait apprécié les relations sexuelles sans attaches. Mais après avoir vu la santé d'un de ses amis se détériorer au point d'avoir une issue fatale, il ne pouvait se résoudre à prendre un tel risque. Il était *clean*, mais c'était uniquement un coup de chance. Cette dernière décennie, sans mener exactement une vie de moine, il avait en tout cas religieusement utilisé des préservatifs à chaque rencontre et s'était surpris à vouloir en apprendre de plus en plus sur ses amants avant de passer la nuit avec eux.

Il dévisagea Trace. Que pouvait-il bien lui dire ?

David laissait sa phrase en suspens ; Trace inclina la tête, puis retourna à sa soupe.

David plissa le front dans le dos de son ami. Il en était presque sûr : Trace savait qu'il était gay – ils s'étaient souvent croisés en ville avec leurs compagnes ou compagnons d'un soir – mais sans jamais aborder la question du sexe. Maintenant, David se demandait pourquoi. Gay ou hétéro, c'était quelque chose dont les mecs parlaient habituellement, friands de comparer leurs expériences et leurs préférences, pas vrai ? C'était en tout cas ce qui se passait lorsqu'il sortait avec ses amis ; il supposait que c'était la même chose pour Trace. Mais bizarrement ce n'était pas pareil entre eux deux. Et il s'en étonnait à présent en regardant Trace remuer doucement la soupe. David ressentit avec acuité le silence rempli de malaise qui les séparait. Il se sentait différent. Jusqu'à maintenant, ils n'avaient jamais abordé le sujet. Il avait désormais l'impression de cacher quelque chose à son meilleur ami.

— Je suis gay, lâcha-t-il avant d'y réfléchir à deux fois et de passer de nouveau le problème sous silence. J'ai vu beaucoup trop de mes amis devenir l'ombre d'eux-mêmes à cause du sida. Je suppose que ça me rend particulièrement prudent.

Les yeux braqués sur le dos de Trace, il se raidit en guettant sa réaction.

Les mains de ce dernier s'immobilisèrent une seconde. David s'imagina sans mal ce qu'il devait penser. *David ? Gay ?* Ils se connaissaient depuis cinq ans déjà. Et maintenant il regrettait de ne pas avoir fait son *'coming-out'* plus tôt, ne serait-ce que pour négocier ce moment délicat et savoir sans l'ombre d'un doute que Trace était au courant.

Retenant sa respiration, David se mordilla la lèvre. Il n'avait à rendre de comptes à personne, et encore moins à justifier ses choix. Si Trace ne pouvait pas l'accepter tel qu'il était, il serait triste et sûrement en colère, mais ce ne serait pas la première fois qu'il serait jugé.

Trace inclina la tête avant de répondre. David venait de lui faire une véritable déclaration, et il était heureux que son ami lui témoigne tant de confiance.

— Ça veut dire que tu es intelligent, dit-il. On n'est jamais assez prudent de nos jours.

David soupira.

— Merci, dit-il doucement comme il s'appuyait sur sa chaise.

Tout allait bien se passer. *Dieu merci.* Il aurait dû le savoir.

Trace attrapa deux bols sur l'étagère où David entreposait ses plats en grès vert olive.

— Je t'en prie, répondit-il calmement en servant la soupe chaude.

Mangeant en silence, David ressentit ce qu'il n'avait plus ressenti depuis longtemps : il était complètement à l'aise.

Une fois son bol de soupe terminé, Trace se leva et déposa la vaisselle sale dans l'évier. Se rappelant les deux tasses restées dans la chambre, il remonta les récupérer.

David le regarda sortir de la cuisine et disparaître dans le couloir. Il se leva avec un soupir pour faire la vaisselle. Il se sentait faible et épuisé, mais plus du tout étourdi. Il fit couler de l'eau dans la casserole, puis la laissa tremper dans l'autre évier le temps qu'il lave les bols.

— Aïe ! *Merde* ! jura-t-il alors qu'une douleur aiguë irradiait son épaule et que son bras s'engourdissait.

La casserole retomba dans l'évier avec un choc mat et force d'éclaboussures, et David dut s'appuyer au plan de travail pour éviter de tomber.

Alerté par le bruit soudain, Trace revint en trombe, une tasse dans chaque main.

—— David ? Ça ne va pas ?

Il posa les tasses sans remarquer que les nouilles au poulet froid se déversaient hors de celles-ci dans sa précipitation à tendre les mains pour l'aider.

David prit plusieurs inspirations profondes, tête baissée, yeux fermés.

— Putain, ça fait mal... jura-t-il en se traînant vers sa chaise alors que Trace, très agité, hésitait à le toucher de peur de lui faire encore plus mal. J'ai juste voulu prendre la casserole remplie d'eau et mon épaule... Merde, j'ai peur de m'être déplacé quelque chose dans ma chute. Lorsque je ne remue pas le bras, c'est un peu douloureux, mais là, c'était une douleur aiguë du genre à couper le souffle.

— Nom d'un chien, je savais bien qu'un truc de ce genre allait arriver quand tu as insisté pour prendre cette satanée douche ! Allez, viens. Je t'habille et je t'emmène aux urgences, insista Trace. Tu as dû te casser quelque chose.

David soutenait son bras douloureux de l'autre main.

— Tu sais, vu tout ce qui s'est passé aujourd'hui, j'ai peur de monter en voiture. Nous n'arriverons jamais à l'hôpital en un seul morceau.

Il eut un petit rire sans gaîté, ne plaisantant qu'à moitié. Avec un soupir las, il fourragea misérablement dans ses tiroirs. Sortir un jean usé, un tee-shirt et une paire de tennis ne fut pas un problème, mais par contre, essayer de les mettre tout seul s'avéra un exploit au-dessus de ses forces. À bout de forces, il ravala sa fierté et appela Trace à l'aide.

— J'aurais dû y penser, désolé, murmura ce dernier en le rejoignant dans la chambre.

Il prit le jean des mains de David et s'agenouilla, lui présentant le pantalon pour que son ami puisse l'enfiler. Une fois la manœuvre accomplie, il remonta le jean le long des cuisses jusqu'à la taille, la fermeture éclair et le boutonna avec précaution avant de s'emparer du tee-shirt.

Se mordant la lèvre presqu'au sang, David tâchait de réprimer ses réactions face aux gestes innocents de son ami. Partout où les doigts de Trace se posaient, cela déclenchait chez lui des frissons irrépressibles. Lorsqu'il effleura un mamelon du dos de la main alors qu'il manœuvrait pour lui mettre son tee-shirt sans blesser son épaule, David haleta, retenant à grand peine un gémissement.

Trace grimaça.

— Désolé, David, murmura-t-il, croyant qu'il avait tiré un peu trop fort sur le tee-shirt. Tu as autre chose que des chaussures de sport ?

Inspectant l'armoire, il se pencha pour trier les chaussures dépareillées.

David aurait vraiment voulu que Trace cesse de lui exhiber ses fesses sous le nez, les muscles roulant sous le tissu tendu de son pantalon. Il soupira en fermant les yeux.

— Ouais, j'ai une paire au fond du placard.

David posa une main sur l'épaule de Trace afin de maintenir son équilibre tandis qu'il glissait ses pieds dans les sandales.

— Allez, finissons-en avec ça.

— SIX HEURES. Six putains d'heures ! Heureusement que je n'étais pas en train de mourir, se plaignit David alors qu'il sortait de la voiture de Trace, enfin de retour dans l'allée de sa maison.

— Mmm-hmm, répondit Trace distraitement.

Lorsqu'il s'était lui-même cassé le bras il y avait quelques années de ça, il avait attendu deux fois plus aux urgences, avant qu'on le prenne enfin en charge.

— Je m'occupe de ça, dit-il en s'emparant du sac de la pharmacie avant que le convalescent n'en ait le temps. Tu ne dois plus te baisser.

— Et comment comptes-tu m'en empêcher ? le taquina David en s'appuyant contre la voiture.

Il avait l'épaule et le bras droit immobilisés par une attelle.

— Continuer à vivre implique que je me penche de temps en temps, ajouta-t-il tandis que Trace verrouillait le véhicule.

Il se mit à rire en prenant conscience du sous-entendu grivois de sa remarque ; il était encore sous l'effet des médicaments qu'on lui avait donnés à l'hôpital.

Trace fit le tour du véhicule en souriant et en secouant la tête.

— Tu as l'esprit tordu, mec. Allez, viens, rentrons. Tu vas devoir rester au lit pendant quelques jours.

Il attrapa David par son bras valide et veilla à ce qu'il monte les marches et rentre chez lui sans encombre. Il le fit passer dans la cuisine, puis dans la salle à manger où trônait une grande table en marbre, contourna le salon, et gagna enfin la chambre.

— Eh bien, qu'un homme m'entraîne dans la chambre sans me demander de me pencher en avant, voilà qui est nouveau, au moins !

David eut un petit rire en retirant ses sandales et s'allongea en s'étirant avec un soupir de bien-être.

— Ahhhhh… Fatigué…

Souriant, Trace repoussa les jambes de son ami sous les draps, en remontant les couvertures sur lui.

— Essaie de ne pas rouler sur ton épaule, hein ? Je ne voudrais pas être réveillé par un hurlement de douleur, le taquina-t-il.

David marmonna quelque chose d'inintelligible et s'endormit avant même que son ami ait quitté la pièce. Trace referma la porte avec un petit sourire en coin ; dans la cuisine, il se fit un pense-bête afin de ne pas oublier d'appeler le patron de David le lendemain pour lui expliquer ce qui était arrivé. Dès la semaine suivante, il demanderait un mi-temps à son propre patron ; de toute façon, il lui restait beaucoup de jours de congé à prendre. Il irait travailler demain – en fait, aujourd'hui puisqu'il était 3 heures du matin – afin de boucler son gros projet pour dimanche.

Épuisé, Trace se dit que quelques heures de repos ne lui feraient pas de mal. Il éteignit les lumières, déboutonna son pantalon et descendit la fermeture éclair pour plus de confort, puis s'allongea sur le canapé.

Quand il faillit se retrouver par terre pour la seconde fois à force de glisser sur le cuir du canapé, il se releva en jurant et revint dans la chambre. Il fallait qu'il dorme un peu ou il allait se retrouver le cerveau en bouillie. Il poussa la porte. David avait ce lit immense pour lui tout seul. Il y avait largement assez de place pour tous les deux. Il pourrait même s'allonger les bras en croix sans risquer de toucher David.

— Pourquoi diable a-t-il besoin d'un lit de cette taille, de toute façon ? murmura-t-il.

Il enleva son tee-shirt et son pantalon avant de se glisser sous les couvertures, seulement vêtu de son caleçon noir et de son maillot de corps blanc. Comme il s'installait pour dormir, il en vint à se demander combien d'hommes avaient dormi dans ce lit. Mais cette pensée le quitta avant même qu'il ait pu se forger une opinion sur la question.

DAVID VOULUT rouler sur le dos, quand un pincement douloureux de son épaule blessée le réveilla complètement. Il gémit et jura dans sa barbe. Le docteur l'avait prévenu qu'il en avait pour six semaines, voire huit ou neuf, avec au moins une semaine entière au lit. *Merde !* Comment allait-il s'en sortir ? Se déplaçant histoire de faire revenir la circulation du sang dans sa jambe, il rencontra quelque chose de chaud. Jetant un coup d'œil par-dessus son épaule blessée, il cligna des yeux en apercevant des cheveux noirs ébouriffés. Pendant un long moment, il fut complètement désorienté. *Oh ! C'est vrai !* Trace, allongé sur le dos, profondément endormi… Apparemment, ils avaient glissé l'un vers l'autre dans leur sommeil et Trace était désormais collé contre le dos de David.

Eh bien, cela m'a au moins empêché de rouler sur mon épaule.

David se dit qu'il devrait se pousser, mais se pelotonner contre ce grand corps ensommeillé avait quelque chose de réconfortant. Fermant les yeux, il se rendormit aussitôt.

La première chose que David remarqua à son réveil suivant, ce fut l'absence de Trace. Il s'était réveillé plusieurs fois dans la nuit et la chaude présence de ce dernier l'avait aidé à se rendormir. Comme il s'asseyait, il entendit son ami parler dans l'autre pièce sans saisir le sens des mots. Balançant ses pieds sur le sol, il se redressa lentement, la main gauche posée sur le marchepied incurvé pour garder l'équilibre. Une fois qu'il se sentit bien assuré sur ses pieds, il se laissa guider par l'arôme du café et le ton délibérément feutré de Trace.

— … Oui, six à huit semaines, peut-être plus. Le docteur a dit qu'il allait vous faxer les papiers pour l'invalidité temporaire. Bien sûr. Oui, il a… un ami qui reste avec lui. Pour l'aider dans la maison et tout le reste. Oui, je le lui dirai. Bien sûr.

Trace ferma son portable d'un geste sec et se rassit à la table de la cuisine. Il était seulement vêtu de son pantalon et de son maillot de corps. Il leva les yeux et vit David dans l'embrasure de la porte.

— Hé, beau gosse, comment tu te sens ? lança-t-il avec un sourire chaleureux.

Momentanément grisé par le sourire et les mots tendres, il fallut un instant à David pour saisir le sens des paroles de Trace. Ne voulant pas croire que son ami parlait de lui ainsi, il lui posa une question plus terre-à-terre :

— Tu parlais à Lloyd ?

— Oui. Il a dit que tu devais rester tranquille et te soigner, mais tu peux toujours corriger l'éditorial et rédiger ta rubrique si tu t'en sens capable. Mais s'il te revoie au bureau avant que les huit semaines soient passées, il fera quelque chose de méchant et de non-imprimable avec ton cadavre, ajouta Trace avec un sourire. Assieds-toi, David. Tu n'es pas censé quitter le lit.

David frissonna à l'idée de Lloyd lui 'faisant quoi que ce soit de *non-imprimable*'.

— Vieux dégoûtant ! C'est juste mon épaule. Si je dois rester au lit deux mois, je vais devenir fou.

— Tu es censé rester *une semaine* au lit pour que ton épaule se consolide. C'est pour ça que tu es enveloppé comme une dinde de Thanksgiving. Assieds-toi.

Trace se leva et lui servit une tasse de café gourmet, ajoutant de la crème et du sucre – c'était ainsi que son ami l'appréciait. Puis il le dévisagea ; David avait le teint pâle.

— Tu veux quelque chose à manger ? Tu devrais te remplir l'estomac avant de reprendre des calmants.

— Je me demande combien je pourrais en tirer si j'allais les vendre à la sauvette ? fit rêveusement David en s'asseyant précautionneusement. J'ai besoin d'un nouvel ordinateur portable.

Cela fit rire Trace. Riant avec lui, David attrapa sa tasse de sa main valide, les yeux fixés sur le breuvage clair. Prenant une gorgée, il émit un petit grognement d'approbation. Trace savait exactement comment il aimait son café.

Quand son ami ouvrit le réfrigérateur et en sortit de quoi faire des sandwiches, David se rappela qu'il devait se rendre à l'épicerie, ou il en serait réduit à vivre de livraisons de plats malsains et à subir les reproches incessants de son ami. Levant les yeux, il le vit prendre un pot et froncer les sourcils à la vue de l'étiquette bleue et rouge.

— David, pourquoi as-tu un pot de *Miracle Whip* au frigo alors que tu n'aimes que la vraie mayonnaise ? s'étonna Trace en posant des condiments et du fromage sur le plan de travail. Et les tomates ? Tu ne m'as pas dit que tu n'aimais pas les tomates dans ton hamburger ? À moins que ce ne soit la sauce tomate ?

Le front plissé, il disposa les tranches de viande sur du pain aux neuf graines.

La question de Trace laissa David muet quelques instants avant qu'il se rappelle une réception à laquelle ils avaient tous les deux participé au Country Club de Williston Hills, après le tournoi régional de polo ; Trace avait organisé les mondanités, David représentant quant à lui le comité de rédaction de son journal. Profitant d'un peu de fraîcheur à l'ombre d'un chêne géant, David s'était plaint auprès de Trace que la salade de poulet soit assaisonnée avec de la sauce *Miracle Whip* – un crime pour un traiteur, mais plus probablement un clin d'œil au temps beaucoup trop chaud – et apparemment Trace s'en souvenait.

— Tu n'oublies jamais rien, Jackson ? demanda David en secouant la tête. La mayonnaise est dans la porte du réfrigérateur. C'était pour… un type que j'ai fréquenté pendant un temps. J'aurais dû savoir que c'était un crétin quand il m'a dit qu'il ne prenait que de la *Miracle Whip*. Et j'aime les tomates, mais pas dans les sandwiches. Je les coupe en tranches et je les mange avec du sel, du poivre et du vinaigre.

Trace haussa les épaules, attrapa le pot de *Miracle Whip* et le jeta nonchalamment à la poubelle avant de prendre la mayonnaise et les tomates.

David rit en voyant le pot disparaître dans la poubelle.

— Il semblerait que tu sois coincé avec moi, dit Trace. Tu ne t'es jamais plaint, je m'en serais souvenu, ajouta-t-il distraitement comme il attrapait un couteau et commençait à débiter la tomate en rondelles sur la planche de boucher pour confectionner les sandwichs.

David sourit.

— Merci. Tu aurais dû être là la nuit où je l'ai jeté dehors. Tu rends les choses si faciles.

Trace haussa les sourcils.

— Ça ne semble pas très agréable d'avoir à jeter quelqu'un dehors, observa-t-il, mais je t'aurais aidé.

— Ouais, je sais que tu l'aurais fait. Ça ne me déplairait pas d'avoir un valet, cuisinier et chauffeur. Tu penses que je pourrais m'offrir tes services ?

— Je ne sais pas... fit Trace, dubitatif. Il en faut beaucoup pour maintenir mon style de vie haut de gamme.

Il lui décocha un clin d'œil en sortant deux assiettes et David s'esclaffa. Trace habitait dans un studio deux-pièces. Une fantaisie dans un gratte-ciel, rien de ce qu'il aurait considéré comme la 'grande classe'.

— Alors, qu'est-ce qu'on mange ? demanda David, attrapant les couteaux et les serviettes.

— De la dinde et du gruyère, répondit Trace en sortant à son tour une bouteille de vinaigre du placard.

Il la posa à côté de l'assiette de rondelles de tomates et rapprocha le sel et le poivre de David.

— Qu'est-ce que tu veux boire ? s'enquit-il en rouvrant le réfrigérateur.

David fut frappé de constater combien ils étaient à l'aise l'un avec l'autre. Bien sûr, ils avaient l'habitude de traîner ensemble le samedi quand ils ne travaillaient pas, faisant des barbecues dans le jardin de David, regardant un film ou autre. Donc, à bien y réfléchir, ce n'était pas non plus exceptionnel.

Il se rappela soudain que Trace venait de lui poser une question.

— Ce que je voudrais vraiment, c'est une bière, mais ce n'est probablement pas une bonne idée de mélanger alcool et médicaments. Alors ce sera un Pepsi, s'il te plaît.

David s'attaqua à son repas, et lorsqu'il eut englouti les trois quarts de son sandwich sans même s'en rendre compte, il réalisa qu'il était affamé. Il s'empara des tomates et remplit de nouveau son assiette.

— Alors, quand dois-tu partir ? Ton âne bâté de patron doit penser que tu fraternises avec l'ennemi.

George Hardin, le rédacteur en chef du journal de Trace, *The Sun-Herald*, était bien connu comme adversaire farouche du journal de David, *The Mirror*, et par association de son rédacteur en chef, Lloyd Morton. L'ayant déjà eu comme patron, David considérait Lloyd, qui était nettement plus décontracté, comme une bénédiction.

Trace leva les yeux de son sandwich et avala avant de répondre.

26

— Il n'y pas de raison qu'il sache que je t'aide, dit-il avec un haussement d'épaule. Et, à moins que tu aies quelqu'un d'autre pour t'aider à la maison, je vais rester dans les parages.

— J'ai un ou deux amis à part toi, Jackson. Je pourrais sans doute leur demander de se relayer pour passer me voir et vérifier que tout va bien, déclara David.

En réalité, ses potes n'étaient pas vraiment du genre à prendre soin de qui que ce soit. D'ailleurs, il était quelque peu surpris que Trace, lui, ait cette capacité… et cette inclination.

— Ouais, ça a l'air prometteur. Tu devrais aller te recoucher, David, dit Trace, un pli soucieux lui barrant le front. Si tu bouges cette épaule, même un tout petit peu, et que tu la déboîtes, il faudra t'opérer pour la remettre en place. Je pense que je vais rester, insista-t-il.

— Voilà ce que je te propose, négocia David. Je retourne me coucher. Je vais même te laisser me donner un de ces cachets qui m'assomment quelques heures. Pendant ce temps, tu pourrais aller voir ton éditeur avant qu'il lance un avis de recherche, puis faire un crochet sur le chemin du retour pour nous rapporter un stock de DVD ainsi qu'un dîner chinois de chez *Huwan Cho*.

— Ça me paraît bien. Maintenant, finis ton déjeuner.

Trace sourit et lui rapprocha l'assiette de tomates avant de prendre la boîte de médicaments. S'il lui permettait de dormir encore quelques heures, ce *deal* lui convenait.

— Tu veux du bœuf aux graines de sésame ou du porc *lo mein* ? s'enquit-il, même s'il connaissait les préférences de son ami. Je prendrai aussi des légumes vapeur.

— Tu n'as qu'à prendre les deux et on partagera, suggéra David.

Il savait pertinemment que son ami adorait picorer dans son assiette. Après avoir fini son sandwich et les tomates, il avala ses calmants avec le restant de son soda. Il se leva, et chercha apparemment comment lui demander quelque chose.

Trace rinça les assiettes qu'il laissa à tremper dans l'évier pour les laver plus tard. Quand il se retourna, David attendait.

— Tu as besoin de quelque chose ? demanda-t-il, inquiet.

David n'avait pas l'air bien, même s'il paraissait aller mieux que quelques heures auparavant. Il pencha la tête d'un air interrogateur, ses cheveux balayant son épaule et le tee-shirt froissé dans lequel il avait dormi.

— Est-ce que tu pourrais… Je veux dire, tu veux bien… ? Euh…

David semblait très agité.

— Tu pourrais m'aider à enlever mon jean ?

Le jean était bien trop serré pour qu'il arrive à défaire le bouton d'une seule main.

Les poings sur les hanches, Trace laissa un petit sourire flotter sur ses lèvres.

— Tu sais, je te croyais beaucoup plus subtil que ça, le taquina-t-il. C'est quoi comme manœuvre d'approche, ça ?

Il défit aisément le bouton du jean de son ami.

— Je n'aurais jamais cru que les mecs étaient aussi faciles, ajouta-t-il en descendant la fermeture éclair.

David ne quittait pas des yeux les longs doigts de Trace. Sa respiration se bloqua, lui donnant le vertige, et il sentit son sexe, à quelques centimètres de la main de son ami, commencer à gonfler. *Putain !* Se forçant à respirer normalement, il leva un regard coupable vers Trace. Son ami lui souriait, parfaitement détendu. Trace n'avait aucune idée de l'effet qu'il avait sur lui.

Merci, mon Dieu.

— Ouais, eh bien, il faut croire que tu ne connais pas les hommes. Nous sommes très faciles dès qu'il s'agit de nous faire baisser la culotte !

Trace se mit à rire et glissa deux doigts dans les passants du jean, au niveau des hanches, tirant gentiment David en direction de la chambre.

— Eh bien, je suppose que je devrais le savoir, étant moi-même un homme. Mais je tâcherai de m'en souvenir si jamais l'envie me prenait d'élargir mon horizon.

David sentit comme des papillons dans son ventre. Que Trace le taquine, suggérant qu'il puisse un jour avoir envie d'une relation homosexuelle n'était pas pour calmer sa libido. Avec un peu de chance, les médicaments agiraient bientôt et l'assommeraient.

Après avoir docilement suivi Trace dans le couloir, il fit tomber son jean sur le sol et l'enjamba tandis qu'il entrait dans la chambre pour aller s'affaler sur le lit. Il n'ouvrit pas la bouche de peur que, dans son trouble, il laisse échapper quelque chose qu'il regretterait ensuite.

Tirant les draps sous la couverture matelassée, Trace les remonta sur son ami. Il s'assit, se pencha pour prendre un autre oreiller et le glissa doucement sous l'épaule blessée de son ami.

— Et voilà, murmura-t-il. Tu penses que ça va aller ? Je dois m'absenter un moment.

David sentit le corps chaud de Trace tout près du sien et dut résister à l'envie de se rapprocher de lui.

— Tout ira bien. Vas-y avant qu'Hardin te vire et que tu sois obligé d'emménager avec moi quand tu auras perdu ton appartement haut de gamme.

Trace rit doucement.

— Très bien, j'y vais. J'ai mon portable avec moi.

Il éteignit la lampe de chevet, se leva et alla allumer la salle de bain en entrebâillant la porte pour que la chambre ne soit pas plongée dans le noir, puis il soupira doucement. Au moins, David serait en sécurité. Le voir blessé avait vraiment bouleversé Trace. Sa bouche prenant un pli affectueux, il quitta la chambre pour laisser David dormir.

III

IL FALLUT cinq jours de cohabitation pour que Trace et lui développent une sorte de routine. Trace s'absentait quelques heures le matin ainsi que l'après-midi pour pouvoir travailler, s'assurant d'être là à l'heure du déjeuner pour faire à manger ou acheter un repas dans un restaurant voisin. En soirée, ils regardaient un des films que Trace avait rapportés dès le deuxième jour. Maintenant, au bout d'une petite semaine, Trace s'était habitué à être là tous les jours. Tout cela semblait si... routinier.

— Le popcorn est prêt ou est-ce que je dois mettre sur pause ? cria David depuis le salon.

— Pause, s'il te plaît, répondit Trace assez fort pour être entendu alors qu'il regardait distraitement l'horloge du micro-ondes égrener les secondes.

Ce soir, il se focalisait sur le travail – entre deux pensées occasionnelles à propos de David – et il était sûr qu'il ne comprendrait rien au film. Il allait quand même s'asseoir et le regarder rien que pour tenir compagnie à David. Il voyait bien que son ami tentait de toutes ses forces de ne pas se comporter en ours mal léché. C'était plutôt drôle à observer.

Lorsque la sonnerie du micro-ondes retentit, il s'aperçut qu'il souriait aux anges. Haussant les épaules avec dérision, il sortit le sachet brûlant de popcorn, le faisant passer d'une main à l'autre, puis il versa le contenu dans un des nombreux récipients que possédait David.

On pouvait dire que la vie avec ce dernier était *différente.* Ils semblaient bien s'entendre – jusqu'à maintenant en tout cas – comme s'ils partageaient une maison depuis toujours. Trace se rendait compte qu'il appréciait sa compagnie, même silencieuse, même si cela ne ressemblait pas à David. C'était tellement mieux que de rentrer dans un appartement vide. Étant d'un naturel très sociable, il avait toujours supposé qu'il en était de même pour

David, mais il réalisait maintenant que ce n'était peut-être pas le cas. Oui, d'accord, ils s'entendaient bien, mais ils n'avaient aucun ami en commun. Trace avait les siens – et en théorie, David aussi. Tout d'un coup, Trace se demanda ce que faisait David quand il n'était pas avec lui. D'après ce qu'il savait, il n'avait pas reçu beaucoup de visites, seuls quelques collègues de bureau étaient passés le voir lorsque Trace était au travail. Et certainement aucun d'eux n'était l'amant de son ami, parce qu'un amant aurait été ici à sa place. Même si David ne pratiquait pas le sexe pour le sexe, il devait bien avoir quelqu'un dans sa vie, non ?

Quelqu'un d'autre que Trace dormant dans son lit, en tout cas.

Il alla prendre des boissons fraîches au frigo.

Hmm. Un petit tour à l'épicerie s'impose.

Il ajouta cela à la liste des choses à faire dès le lendemain : passer chez lui faire une lessive, changer la litière de sa chatte, nourrir ladite chatte qui lui donnait du fil à retordre pour le punir d'être si souvent absent… Chatte ou pas, Mabel pouvait être une vraie peste parfois. Il devait aussi récupérer ses costumes au pressing, réaliser une série d'interviews au musée d'art rénové, rendre sa dernière critique musicale, faire une liste des restaurants à tester, prendre d'autres DVD…

Avec toutes ces préoccupations qui se mélangeaient dans sa tête, il revint au salon avec deux canettes de soda et le popcorn, et, distrait, percuta la table basse. Il partit à la renverse, faisant voltiger le popcorn et les sodas, et vit la scène au ralenti comme dans une mauvaise comédie alors qu'il s'étalait de tout son long sur la moquette.

Horrifié, David tendit machinalement le bras pour tenter de prévenir sa chute… et jura, un éclair de douleur lui vrillant l'épaule.

— Putain de merde !

Il retomba de tout son poids sur le canapé.

Trace roula sur le dos en gémissant, les yeux tournés vers le plafond.

— Aïe ! lâcha-t-il sur le ton de la conversation.

— Ouais, acquiesça David, un peu secoué. Qui va-t-on appeler à la rescousse si on se blesse tous les deux ?

Trace voyait bien que David avait mal. Dire qu'il allait très bien cinq minutes plus tôt…

— Tu t'en remettras ? demanda-t-il avec inquiétude.

31

— Non, ça fait un mal de chien, répondit David avant de déglutir. J'ai en quelque sorte plongé en avant pour essayer de te rattraper.

Merde, il en avait marre de pleurnicher ! Tendant l'autre main à Trace, il se pencha vers lui pour l'aider à se remettre d'aplomb et jeta un coup d'œil aux sodas.

— Il nous faudrait quelque chose d'un peu plus fort, tu ne crois pas ?

— Ouais, mon sentiment exactement, approuva Trace en grimaçant alors que David l'aidait à décoller ses fesses du sol.

À la vue du popcorn éparpillé, il se félicita de n'avoir pas décapsulé les canettes.

— Laisse-moi nettoyer tout ça, et j'irai acheter de l'alcool. Tu devras te passer de calmants si tu veux boire, par contre, David.

Il débarrassa la moquette du popcorn.

— Je survivrai, et tu n'as pas besoin de sortir acheter de l'alcool. J'en ai plein dans le bar sous le lecteur de CD. Mon club de poker est très exigeant là-dessus, tu sais.

David désigna le bar en question.

— À moins que tu aies vraiment besoin de sortir prendre l'air, ce que je comprendrais parfaitement, ajouta-t-il.

Occupé à ramasser les derniers grains de popcorn qu'il recueillait dans le plat, Trace n'entendit pas le dernier commentaire de David. Il se dirigea vers le lecteur de CD qu'il avait utilisé tant de fois au cours des dernières années

— Un club de poker ? Je ne savais pas que tu y jouais. Encore moins que tu faisais partie d'un club.

Il s'accroupit et ouvrit le bar.

— Bon sang, David ! À quel genre de poker est-ce que tu joues ? Les enjeux sont élevés ? fit-il surpris.

Les bouteilles qui se trouvaient là n'étaient pas bon marché ; c'était même du genre sacrément cher.

— Seigneur, murmura-t-il.

David haussa les épaules – du mieux qu'il put en tout cas.

— C'est un cercle d'amis avec qui j'ai grandi. On mise gros, c'est vrai, mais au fil des années, je pense qu'on est arrivés au même niveau. Jared va mieux maintenant, mais il en a besoin. Son ex l'a plumé l'an dernier.

Trace lui jeta un coup d'œil par-dessus son épaule ; il était en quelque sorte content de voir que David avait effectivement d'autres copains, mais également jaloux de ne pas être inclu dans cette partie de la vie de son ami.

Il sortit une bouteille.

— Qu'est-ce que tu veux boire ? Je n'ai jamais goûté ces alcools-là. Pour moi d'habitude, le bourbon du Kentucky suffit largement à mon bonheur.

— La deuxième bouteille en partant de la droite, avec l'étiquette noire, lui conseilla David. Tu devrais y goûter. Collectionner les single malts rares et exclusifs est devenu un hobby pour notre cercle. Chaque fois que l'un de nous voyage, il rapporte une bouteille. La règle veut qu'il en rapporte une pour chacun de nous.

Trace haussa exagérément les sourcils.

— Une bouteille pour chaque membre du cercle ? s'exclama-t-il comme il sortait la bouteille demandée. Bon Dieu, tu dois prier pour gagner !

Il se leva et attrapa deux verres sur une étagère.

— De la glace ?

— De la glace ! se récria David, outragé. Sacrilège ! Si tu veux de l'eau dans ton scotch, il y a une bouteille de Jack Daniel chez le marchand du coin.

— Oh, d'accord, d'accord !

Trace posa la bouteille sur la table basse face à David.

— Sois indulgent avec le néophyte que je suis. Je ne jouais pas aux cartes ni ne buvais d'alcool quand j'étais étudiant. J'étais pauvre.

Il déboucha la bouteille qu'il lui tendit.

— D'ailleurs, je suis journaliste spécialisé dans le domaine des arts, c'est peut-être pour ça que je suis toujours pauvre…

— Comment crois-tu que nous sommes passés de 'pauvres' à 'pas pauvres', nous autres ? s'esclaffa David. Si nous avons tous réussi à faire des études, c'est grâce au poker et au billard.

Trace sourit tandis que son ami remplissait les verres.

— Je ne t'aurais jamais pris pour un de ces requins, David. Très intéressant… ajouta-t-il d'une voix traînante en s'asseyant près de lui sur le canapé, les pieds sur la table basse.

— Nous avons une partie prévue dans deux semaines. Si tu es encore là….

David laissa sa proposition en suspens. Trace allait-il le prendre au mot ? Il avait pensé à l'inviter plusieurs fois, mais n'avait jamais sauté le pas. Il se demandait bien pourquoi.

Est-ce que c'est une invitation ?

— Je suppose que je serai toujours là, oui, à moins que tu ne guérisses miraculeusement. Mais je serai un fardeau, cela dit. Je ne connais rien au poker, à part les fulls. Et encore !

Trace plissa le front.

Lorsque David sourit, Trace se réjouit d'avoir accepté. Il avait toujours eu l'impression que David tenait à sa vie privée, et il avait fait en sorte de ne pas franchir cette barrière invisible. Il se félicitait maintenant que David veuille la partager un peu avec lui.

— Il y a un jeu de cartes dans le tiroir. À toi de voir, mais je pourrais t'en apprendre assez pour que tu te débrouilles, lui proposa David.

Il était ridiculement heureux que Trace ait accepté d'être là. L'avoir à ses côtés était naturel, agréable et pour tout dire, il devenait même un peu dépendant de son ami.

Trace se pencha pour fouiller dans le tiroir.

— D'accord, mais interdiction de te moquer ! J'ai passé plus de temps à jouer à pile ou face et à draguer qu'à jouer aux cartes.

Il s'assit par terre, face à David, et posa le jeu de cartes entre eux sur la table basse. Attrapant son verre, il but une gorgée avec précaution et gémit presque d'extase en fermant les yeux.

— Ah, enfer et damnation ! Tu m'as pourri pour la vie !

David eut une moue adorable.

— Rien de tel qu'un bon scotch et un bon amant, murmura-t-il en coupant les cartes.

Son bras le faisait toujours souffrir après son geste irréfléchi, mais la douleur était maintenant diffuse.

Trace sourit. Il était entièrement d'accord – surtout à propos des 'bons amants'.

—Je distribue. Fais attention à ton épaule, ajouta-t-il en essuyant sa lèvre inférieure d'un revers de la manche avant de s'emparer des cartes.

— On va commencer avec une main de cinq cartes, annonça David.

— Je vais prendre un risque et supposer que ça veut dire cinq cartes chacun, plaisanta Trace. Qu'est-ce qu'on mise ?

— Du popcorn ? suggéra David, en tendant le bras vers ce qui avait pu être sauvé et remis dans le plat.

Il prit une poignée qu'il répartit en deux piles. Posant trois grains de maïs soufflé au milieu de la table, il en fourra cinq autres dans sa bouche.

— Ante up. C'est ce que tu dois parier pour avoir la main.

Trace suivit avec trois grains sur la table et une poignée dans sa bouche.

— D'accord. Une main de cinq cartes, hein ?

Il pencha la tête, ses yeux pétillants de joie, et décida de profiter de la scène décontractée pour aller à la pêche aux renseignements.

— Ce cercle dont tu fais partie… Est-ce que tous les mecs ont toujours la cote ?

David arrangea ses cartes en ricanant et les examina.

— Ha, peut-être il y a longtemps… La plupart sont mariés – du moins c'était le cas jusqu'à l'année dernière, quand la femme de Jared l'a quitté, et il ne s'en est toujours pas assez remis pour penser à rencontrer quelqu'un d'autre. Dire qu'il est 'en friche' serait plus juste.

— Mais toi, tu es toujours un cœur à prendre, souligna Trace comme il regardait ses cartes et les réarrangeait, les coudes sur la table.

— Ouais, bref… Tu as vu la horde de mecs qui font la queue à la porte de ma chambre ? Pourquoi je voudrais renoncer à tout ça ?

David attrapa quatre popcorns et les posa au centre.

— Je suis.

Ils firent une pause quand Trace se rappela qu'il avait besoin de ses lunettes, puis David lui expliqua sommairement les règles du jeu et des mises. Trace était à peu près sûr d'avoir tout assimilé, mais il était aussi certain que David serait ravi de l'aider à mémoriser ces règles… tout en le taquinant.

— Maintenant que j'y pense, dit Trace quand ils reprirent la partie. Je l'ai parfois remarqué… Quand quelqu'un a ton attention…

Il fronça les sourcils en observant ses cartes et jeta quelques grains avant de reprendre son verre.

David pencha la tête, regardant son ami d'un air spéculatif.

— C'est vrai ?

Trace leva les yeux et haussa légèrement les épaules.

— Quelques fois, quand tu es de bonne humeur, je m'imagine que tu as trouvé quelqu'un. Lorsque tu manques un de nos rendez-vous sportifs du week-end, ce genre de choses. Mais évidement, à l'époque, je pensais que c'était une femme. Le résultat est le même de toute façon, précisa Trace en souriant.

— Hmmm. Donc, enchaîna David, je suppose que les jours où tu n'arrivais à rien au golf mais que tu souriais aux anges, c'est parce que tu avais eu une séance de sexe marathon.

— Ça se pourrait, dit Trace, les yeux brillants. Puisque j'avais déjà atteint un trou, ajouta-t-il crûment en ajustant ses lunettes.

David était en train de boire et faillit s'étouffer en entendant le mauvais jeu de mots de son ami.

— Oh, mon Dieu, Jackson, c'était mauvais, même venant de toi. Je relance.

Vingt minutes et plusieurs mains plus tard, David prit une autre poignée de popcorn qu'il fourra dans sa bouche.

— Il semblerait que nous soyons à court de 'devises', commenta-t-il en scrutant le plat presque vide.

Trace ricana avant de finir son verre.

— Eh bien, on peut toujours jouer au strip-poker, plaisanta-t-il en enfournant une nouvelle poignée de grains, ses cheveux s'étalant en corolle sur ses épaules.

Rejetant la tête en arrière et vidant son fond de scotch d'une gorgée, David sentit son pouls battre à tout rompre à l'idée d'un Trace complètement nu.

Putain, et pourquoi pas ?

Il décida de prendre son ami à son propre jeu.

— Ça me va. On va passer l'ante et jouer juste les mains. Celui qui perd une main perd également un vêtement. Ça marche ?

Haussant les épaules, Trace attrapa la bouteille et en versa un peu dans chaque verre.

— Vas-y. C'est toi, le requin, plaisanta-t-il.

Il battit les cartes, distribua, et regarda son jeu après avoir bu. Ses joues étaient un peu rouges, comme s'il avait déjà bu trois ou quatre bières. Cela faisait du bien de s'amuser un peu. Il regarda David avec un sourire sincère et attendit.

Se forçant à adopter une mine impassible, David examina ses cartes sérieusement pour la première fois de la soirée. Il n'avait pas laissé Trace gagner, mais il n'avait pas non plus pris de risques comme il le faisait d'habitude – le genre de risques qui rapportaient gros. Tapotant ses cartes, il les posa sur la table, face cachée.

— Je vais en prendre deux.

Trace donna deux cartes à son ami et regarda les siennes.

Strip poker avec David... Quel genre d'idiot ferait ça alors que je sais à peine jouer ?

Il troqua une carte, eut un petit rire et haussa les épaules.

— J'en ai pris une.

David retourna ses cartes en réprimant un sourire.

— As et neuf.

Trace regarda son jeu et secoua la tête en plissant le nez.

— Que des huit.

Baissant les yeux sur sa tenue, il haussa les épaules et commença par enlever la chaussette droite qu'il laissa choir sur le sol.

— Oh non, s'insurgea David. Tout ce qui va par paire est à enlever par paire. Ôte les deux.

Trace leva les yeux au ciel et arracha l'autre chaussette, exposant de longs orteils qui plongèrent dans la moquette épaisse tandis qu'il remontait un genou afin de prendre appui dessus.

— Tu es pointilleux. Très bien, je m'en souviendrai, dit-il en buvant une autre gorgée de scotch.

Il coupa et distribua.

Cinq mains plus tard, David lorgnait Trace par-dessus ses cartes, les yeux plissés. Son ami avait perdu ses chaussettes, sa chemise, sa ceinture, et sa montre. Le prochain vêtement à partir serait le tee-shirt blanc fin qui moulait son torse aux contours ciselés. David n'était pas sûr de le supporter. Quant à lui, il avait commencé avec rien de plus qu'un jean et un tee-shirt, et il avait déjà perdu le tee-shirt.

— Je vois.

— Très bien, dit Trace, posant le verre de scotch qu'il avait vidé avant de déployer ses cartes. Brelan ! annonça-t-il triomphalement.

— Joli. Très joli, acquiesça David en étalant ses cartes dans un grand geste théâtral en souriant. Malheureusement, ce n'est pas assez. Quinte flush !

Trace se décomposa de façon comique.

— Je pensais que je t'avais eu sur ce coup-là, bougonna-t-il en faisant voltiger ses cheveux sur ses épaules.

Il posa son jeu et enleva son tee-shirt qu'il disposa sur l'accoudoir du canapé avant de reprendre les cartes pour couper de nouveau.

David le savait bien, Trace était parfaitement à son aise. Il ne lui serait même pas venu à l'esprit de se sentir embarrassé. Quand tous deux jouaient au squash, Trace était en short et débardeur. Il l'avait même déjà vu en maillot de bain trempé et moulant quand ils étaient allés au parc aquatique.

Oh, mauvaise idée, Carmichael.

Mal à l'aise, David se dandina sur le canapé. Il ne pouvait pas détacher ses yeux du torse bronzé de son ami. De toute évidence, Trace avait intensifié ses séances d'entraînement ; il n'avait pas de musculature aussi bien sculptée l'été précédent. David reprit son verre de scotch pour constater qu'il était vide. Il devait soit se saouler rapidement, soit quitter la pièce. Plutôt que de gaspiller un excellent scotch, il opta pour la seconde solution.

— Je pense qu'il est temps... d'aller se coucher. Le mélange... alcool/médicaments a fini par... m'avoir, balbutia-t-il.

Trace cligna des yeux comme un hibou derrière ses lunettes en regardant David se lever.

— D'accord, dit-il, visiblement inquiet. Tout va bien ?

Le visage un peu congestionné de son ami le troublait, mais il attribua cela au scotch.

— Ah, ouais...

David secoua la tête, semblant hésiter. Il avait besoin d'aide pour enlever son jean à moins de dormir avec, mais avoir les mains de Trace à proximité de son entrejambe n'était tout simplement pas une bonne idée. Après s'être juré de porter un survêtement dès le lendemain, il se racla la gorge.

— Euh, si tu voulais bien défaire le bouton, je pense que je pourrais me débrouiller pour le reste, dit-il en désignant son jean.

Il avait un début d'érection et pria pour que Trace ne se rende compte de rien. Son ami était hétéro après tout ; il n'allait pas rechercher des signes d'excitation chez un autre homme.

— Bien sûr.

Trace refoula son sentiment d'inquiétude. Il était probablement un peu trop mère-poule envers David de toute façon. Si son ami disait qu'il était fatigué, c'est qu'il était fatigué. S'agenouillant, il glissa les doigts de chaque côté du bouton et l'ouvrit. Naturellement, il regarda ce qu'il faisait. Et se dit

38

machinalement que David avait quelque peu 'grossi' à un certain endroit. Mais dès qu'il lâcha le jean et s'assit, cette pensée le quitta.

— Je vais me détendre un peu et puis je rangerai.

Il eut un petit sourire.

— Et merci pour le scotch.

David déglutit. Trace avait les yeux fermés et un petit sourire satisfait. David fut pris du violent désir de se pencher et d'embrasser ces lèvres charnues. Serrant les poings, il se força à se détourner de son ami et à se diriger vers la chambre, en ajustant la raideur qui grossissait encore dans son jean dès qu'il eut le dos tourné. Si son bras droit avait fonctionné normalement, il se serait enfermé dans la salle de bain et aurait vite réglé le problème en train de se 'développer' dans son pantalon, mais malheureusement il n'était pas ambidextre. Une fois retranché dans sa chambre, il laissa tomber son jean par terre, en maudissant tout bas sa main comme elle effleurait le renflement turgescent sous son boxer, et il se tortura en laissant glisser ses doigts sur son membre rigide.

— Merde. Merde. Et Merde !

Il finit par s'allonger.

Chantonnant doucement sur le canapé, Trace bâilla. S'il ne se décidait pas à bouger, il allait s'endormir sur place. Il s'étira et bâilla de plus belle, puis s'agenouilla sur le sol pour nettoyer le restant de popcorn ; il rangea ensuite le scotch et ramassa ses vêtements. Éteignant la lumière, il déposa ses vêtements dans le panier à linge qui se trouvait dans un placard du couloir. Il ouvrit la chambre avec un soupir et regarda la silhouette étendue sous les couvertures. David s'était couché sur son épaule valide, la position sur le dos lui étant inconfortable, et la douce lumière filtrant de la salle de bain éclairait ses cheveux blonds. Trace alla l'éteindre avant de se diriger de l'autre côté de l'immense lit.

Un froissement de tissu fit comprendre à David que Trace venait d'enlever son pantalon et de se glisser sous les draps en slip. Puis il soupira et s'étendit sur le ventre, calant un oreiller sous son menton.

David remua alors que le lit s'affaissait sous le poids de Trace, essayant de garder une respiration naturelle pour faire croire à son ami qu'il dormait déjà. Il était resté allongé dans l'obscurité en tâchant de donner un sens à ses pensées contradictoires. Trace et lui étaient amis depuis des années sans que jamais il ait eu de pensées déplacées à son sujet, et voilà que maintenant, il était assailli par ces visions érotiques, rêvant de déshabiller le beau brun et de lécher chaque parcelle de peau de son corps. Se mordillant la lèvre, il tendit légèrement la jambe en avant pour essayer de dissimuler où le menaient ses pensées rebelles. Mais il ne put s'empêcher d'entrouvrir ses paupières lorsqu'il entendit Trace soupirer.

Trace se rapprochait inconsciemment de lui, attiré par sa chaleur animale… Après de longues minutes, il se rapprocha un peu plus dans son 'sommeil'. Se raidissant alors que son ami posait un bras sur lui, David étouffa un gémissement.

Oh, super. Donne à Trace un scotch de qualité et le mec se transforme en 'câlineur'.

David tenta de se déplacer de côté pour mettre plus d'espace entre eux, mais Trace resserra son bras et le ramena tout contre lui. Avec un soupir résigné, David essaya de se détendre. Cela faisait du bien d'être enlacé, et il s'endormit d'un coup.

IV

IL ÉTAIT tard le lendemain matin quand Trace s'étira, remuant légèrement contre le corps chaud qu'il tenait dans ses bras. Il ne lui vint pas à l'idée de s'en étonner. Il fredonna doucement, caressant des lèvres le cou de sa 'compagne' avant de replonger dans le sommeil. Son rêve lui apporta la satiété et le repos ; il ronronna doucement et attira le corps chaud plus près de lui, pressant gentiment les lèvres sur son cou. Il n'était pas encore assez conscient pour être vraiment réveillé.

Soupirant, Trace raffermit son étreinte, respirant profondément. C'était si agréable d'avoir si près de lui quelqu'un dont il se souciait vraiment, bien qu'il soit trop endormi, même dans son rêve, pour ouvrir les yeux et contempler sa maîtresse. Sa main s'incurva sur la taille du corps bien-aimé et se mit à masser légèrement la peau si chaude.

Le mouvement subit du corps en question le laissa perplexe, et il lui fallut un long moment avant de faire la part entre le rêve et la réalité tandis qu'il s'asseyait et ouvrait les yeux. Il cilla, constatant immédiatement que David avait quitté le lit et que lui-même se trouvait au milieu et non pas de son côté, comme il était supposé l'être. Il vit d'un coup d'œil que la salle de bain était fermée ; il se retourna vers les draps froids, de son côté, et s'enroula autour de l'oreiller. Il espéra replonger dans son rêve si doux, à l'odeur familière – une odeur qu'il avait reconnue d'instinct comme appartenant à un être cher. Mais il se rendormit avant d'avoir pu associer cette odeur à un nom. Trace soupira d'aise comme il replongeait dans son rêve, enchanté par le bras qui s'enroulait autour de lui, l'odeur qui emplissait ses narines et lui faisait ressentir qu'il était exactement là ou il devait être.

41

CALMANT SES émois sexuels à grandes inspirations, David s'appuya un moment contre la porte de la salle de bain. Après une ou deux minutes, il se retourna et fit couler la douche. Enlevant son boxer, il se plaça sous le jet – attelle comprise. Il pourrait toujours la mettre dans le sèche-linge plus tard. Mais quand il ferma les yeux, tout lui revint en mémoire.

Il avait fait le plus fantastique des rêves. Trace l'avait coincé à plat ventre sur le matelas, le visage enfoui au creux de son cou, ses cheveux au doux parfum se répandant sur son corps mince arc-bouté, son sexe glissant lentement dans le corps de David, se retirant encore plus lascivement, en un rythme régulier. David avait tendu les fesses en arrière, s'offrant à son amant, en marmonnant une prière pour que continue le langoureux va-et-vient que dissimulaient les draps.

— Mmm. Oui… Trace ! avait gémi David, tendant les fesses au sexe turgescent qui fouaillait ses chairs tendres et délicates.

David avait roulé sur la droite pour donner à son amant un meilleur accès – et il avait jeté un coup d'œil à son épaule blessée, calée contre la pile d'oreillers. Une intense douleur l'avait alors réveillé en sursaut. Horrifié, il avait pratiquement sauté hors de portée du corps ensommeillé de Trace. Cette nouvelle secousse à son épaule avait failli lui arracher un cri. Les dents serrées, le souffle court, il avait balancé les jambes hors du lit et s'était précipité dans la salle de bain.

Laissant l'eau couler le long de son corps, il ne put s'empêcher d'enrouler sa main autour de son sexe toujours en érection. Il grogna, mais il n'était toujours pas décidé à se satisfaire seul. Se masturber en pensant à Trace ? Cela reviendrait à forcer une barrière invisible qu'il n'était pas sûr d'être prêt à franchir. Avoir Trace comme 'infirmier' à domicile était la meilleure et la pire chose qui lui soit jamais arrivé.

Fermant les yeux, David répartit maladroitement du shampooing dans ses cheveux et les lava. Tout en se rinçant, sa main suivit le parcours de la mousse du shampooing le long de son torse, ses doigts s'attardant dans la touffe de poils pubiens qui entouraient son sexe toujours en érection. La sensation était trop agréable et il rendit les armes. Ses doigts pleins de savon s'enroulèrent autour de son membre et il commença à se masturber, la maladresse de sa main gauche étant compensée par le savon comme par sa frustration. Le front pressé contre la paroi fraîche de la cabine de douche, il continua à se caresser, les images persistantes de son rêve le poussant au bord de l'orgasme. Il haleta en éjaculant.

— *Trace*, murmura-t-il, désespéré.

David tremblait sous la force de son orgasme, et il dut presser l'épaule gauche contre la paroi, le temps que le jet d'eau rafraîchisse son corps brûlant. Refermant le robinet, il sortit de la douche, les muscles aussi mous qu'un plat de nouilles. Il s'essuya du mieux qu'il put tout en se débarrassant de son attelle qui tomba sur le sol. Puis soudain, il se rappela. Il avait été si pressé de se réfugier dans la salle de bain qu'il avait oublié de prendre des vêtements de rechange. Jetant un coup d'œil dans la chambre, il s'assura que Trace était encore endormi avant de se diriger sur la pointe des pieds vers son armoire pour y sélectionner un boxer propre et un pantalon de survêtement.

Le grincement de la porte réveilla Trace, et il tourna la tête en direction du bruit.

— David ? C'est toi ? murmura-t-il d'une voix ensommeillée.

Sursautant d'un air coupable, David jeta un coup d'œil par-dessus son épaule, certain que Trace serait capable de lire sur son visage les pensées libidineuses qui lui étaient venues à l'esprit. Serrant ses vêtements pliés contre son entrejambe, il marcha à reculons jusqu'à la salle de bain, en restant dos au lit.

— Ah, ouais, j'étais juste venu chercher des fringues. Rendors-toi.

— D'acc', soupira Trace, le nez enfoui dans l'oreiller, le lorgnant vaguement d'un air somnolent.

De retour dans la salle de bain, David jeta un coup d'œil à Trace à travers l'embrasure de la porte. Comment un homme pouvait-il être à la fois si attirant *et* si mignon qu'on avait envie de lui faire des câlins ?

Il referma la porte avec un soupir.

ENVIRON DEUX heures plus tard, Trace entra dans la cuisine portant uniquement un pantalon, des chaussettes, et un maillot de corps. Ses cheveux humides étaient tirés en queue-de-cheval sur la nuque. Il ouvrit le frigo et en sortit du jus de fruit avant de s'en servir un verre.

— Bonjour, marmonna-t-il, toujours endormi et grincheux malgré sa douche.

Il n'était décidément *pas* du matin.

43

David contempla la bouteille de jus de fruit que Trace avait posée sur le plan de travail. Il ne buvait pas de jus d'orange, il n'aimait pas ça. Mais comme Trace faisait les courses maintenant, le contenu du frigo était un mélange de ce que chacun aimait. C'était à la fois rassurant et inquiétant.

— Bonjour, la Belle au Bois Dormant, le taquina David, en enregistrant son travail sur l'ordinateur.

Sa production avait considérablement ralenti puisqu'il ne pouvait plus bosser que d'une seule main, mais au moins il avait un travail qu'il avait la possibilité d'effectuer à la maison si nécessaire. Et pour être parfaitement honnête, les réunions éditoriales du lundi matin ne lui manquaient pas.

Replaçant la bouteille de jus de fruit au frigo, Trace sortit des muffins du placard et en mit un à chauffer dans le grille-pain.

— Tu veux un muffin ? demanda-t-il en s'emparant du beurre et d'un couteau après avoir passé une bonne minute à regarder l'évier sans vraiment le voir.

— J'ai mangé une de ces omelettes déjà mixées en me levant, répondit David, en se forçant à revenir à l'écran de son ordinateur. Tu vas au bureau aujourd'hui ?

Trace posa le muffin sur une serviette en papier et le beurra avant de répondre un 'Ouais !' un peu trop fort. Il apporta à table son verre de jus de fruit et son muffin sans cesser de bâiller et s'assit en face de David.

— J'ai la critique des restaurants à faire pour la rubrique du Choix du Lecteur. Je ne serai pas à la maison pour le dîner.

Le menton niché au creux d'une paume, il mordit dans son muffin en refermant les yeux.

Il ne sera pas à la maison pour dîner... David ne s'attarda pas sur cette pensée dangereuse.

— Je pense que je survivrai. De quel restaurant vas-tu faire la critique ce soir ?

Il se leva et sortit du frigo la confiture à la fraise, attrapant au passage une cuillère qui était sur l'égouttoir. Déposant le tout à côté de son ami ensommeillé, il se rendit compte qu'il connaissait les préférences de Trace aussi bien que celui-ci connaissait les siennes.

Trace entendit le cliquetis d'un pot qu'on posait sur la table et ouvrit des yeux qui s'éclairèrent à la vue de la confiture. Il s'empara de l'autre moitié de son muffin pour le tartiner.

— *Kabuki* en ville, *Raffi* sur Highstreet, et *Delectable*, la nouvelle pâtisserie. Je vais devenir une vraie baleine après cette série de reportages ! Il faut que j'arrive à étaler ces rendez-vous. Je commence à 17 heures et je ne finirai probablement pas avant 23 heures !

— *Ahhhh*. C'est dur, mais il faut bien que quelqu'un se sacrifie et ingurgite tous ces repas fins gratuits, ironisa David, étalant avec précaution de la confiture sur son muffin de la main gauche.

Trace soupira.

— Ouais, et je vais devoir passer deux heures de plus à la gym pour évacuer toutes ces calories. Dieu merci, ça n'arrive qu'une fois tous les deux ans.

Des images de Trace à moitié nu et en sueur s'imprimèrent dans l'esprit de David. C'était une vision familière mais qui revêtait maintenant une connotation différente, plus sexuelle. Repoussant résolument cette pensée, il donna le muffin à Trace, attrapa sa tasse et alla se servir du café. Par habitude, il voulut prendre du sucre avec la main droite et cria de douleur.

— David ! gémit Trace. Essaie d'avoir un peu de compassion pour ceux d'entre nous qui ne sont pas encore bien réveillés, tu veux bien ?

Il fronça les sourcils.

— Où est ton attelle ?

— Ahh, eh bien… se mit-il à balbutier nerveusement. Je l'ai en quelque sorte mouillée sous la douche… Je l'ai laissée dans la salle de bain. Dès que j'aurai fini mon petit-déjeuner, je la laverai.

Trace plissa les yeux en signe de désapprobation.

— Pose tes fesses sur cette chaise, monsieur, ordonna-t-il comme il se levait pour se diriger vers la salle de bain.

D'un coup d'œil circulaire, il repéra l'attelle sur le sol, contre l'armoire. Il ne l'avait pas remarquée en prenant sa douche. Il l'essora du mieux qu'il put et la mit directement dans le sèche-linge avant de revenir dans la cuisine où il se planta devant David, les bras croisés en secouant la tête.

David se mordilla la langue pour s'empêcher de se défendre. Il était un adulte, pour l'amour de Dieu ! S'il ne voulait pas porter l'attelle, il n'avait pas à le faire. Il ne savait si Trace était en colère ou déçu, mais il avait le sentiment qu'il devait s'expliquer.

— J'ai essayé de ne pas la mouiller, mais le savon m'a échappé des mains et…

Il ne pouvait décemment pas dire à Trace pourquoi le savon lui avait échappé des mains ou ce qu'il faisait à ce moment-là. Merde, quel menteur pathétique il faisait !

— J'ai essayé, juré !

Trace le rejoignit en soupirant.

— Pourquoi tu ne m'as pas réveillé ? Je t'aurais aidé. C'est pour ça que je suis là, David. Je suis désolé si je me comporte comme une mère poule. Mais je m'inquiète pour toi. Je sais qu'il t'est difficile de faire quoi que ce soit de la main gauche.

Se passant les doigts dans les cheveux, David massa les muscles noués de son cou.

— C'est juste que je me sens inutile. Je ne peux même pas mettre mon jean tout seul. J'apprécie tout ce que tu fais, vraiment. Je suppose que je me sens trop dépendant.

— D'accord, dit Trace d'un ton conciliant, se rapprochant pour écarter la main de David et prendre le relais en massant les tendons crispés. Ça ne fait qu'une semaine, et tu ne peux pas te servir de cette épaule trop rapidement. Mais ça ira de mieux en mieux, d'accord ?

— D'accord… fredonna David. Ça fait vraiment du bien.

Il se rapprocha à son tour et posa la tête sur le ventre de Trace alors que celui-ci lui massait le cou. C'est vrai qu'il était fatigué d'être aussi faible – aussi limité dans ses mouvements – mais en revanche il n'était pas fatigué d'avoir Trace avec lui. En fait, il semblait très bien s'habituer à sa présence. Trop bien, peut-être.

— Ton cou est en mauvais état. Probablement à cause de ton épaule, murmura Trace, et le fait de ne pas porter ton attelle ne va pas aider en quoi que ce soit.

Il le poussa gentiment.

— Je sais que tu en as marre. Je ne me souviens pas t'avoir vu aussi handicapé pendant si longtemps.

— Je suppose que c'est ce qu'on appelle la vieillesse… dit David en se mettant à rire doucement.

Il se relaxa sous les mains expertes, préférant ignorer que cela l'amenait encore plus près de Trace.

— Quand j'étais jeune, je suis tombé bien plus mal que ça alors que j'étais ivre et je ne me suis jamais blessé.

— Je te l'ai déjà dit, tu n'es pas vieux, insista Trace, pétrissant les muscles qui se détendaient sous ses doigts. Je ne comprends pas comment tu peux être à la fois si sûr de toi et pratiquer l'autodérision avec autant de brio.

David soupira.

— Je pense que c'est à cause de mon anniversaire.

Trace l'avait entraîné dans une série de parties de baseball, et ils s'étaient vraiment amusés. Mais quant à l'anniversaire lui-même…

— Ton dernier anniversaire ? demanda Trace, les sourcils froncés.

Il avait pourtant eu l'impression que David avait apprécié leur week-end sur le terrain de baseball.

— Mes autres anniversaires s'étaient bien passés, mais quarante-cinq ans ? C'est à cet âge que mon père a eu sa crise cardiaque. Il a vécu encore une dizaine d'années après ça, mais il n'a plus jamais été le même.

Trace resta silencieux un long moment.

— Ça ne t'arrivera pas. Pas tant que je serai là, dit-il très sérieusement. Tu vas faire du sport avec moi et manger plus sainement. Je dois prendre soin de mon meilleur copain, pas vrai ?

Il semblait vraiment déterminé.

— Ouais, en attendant, tu dois retourner travailler et moi, je dois donner à Lloyd matière à publier. Je te promets d'être sage et de porter mon attelle, ajouta David, en se rasseyant et en s'écartant à contrecœur des mains apaisantes de Trace.

Trace lui sourit en prenant un peu de recul.

— D'accord. J'espère être à la maison vers 10 heures, bien qu'à ce moment-là, j'aurai besoin d'un chariot élévateur pour me déplacer...

Il se détourna et sortit pour regagner le bureau où il avait pris l'habitude de ranger son nettoyage à sec. David y avait même nettoyé des étagères pour lui.

David se resservit du café et s'attabla en attendant que son attelle finisse de sécher. Rapprochant de lui son ordinateur portable, il contempla l'écran, s'efforçant de se remettre au travail.

IL ÉTAIT plus tard que prévu quand Trace s'extirpa de sa voiture et se dirigea vers la maison, sa housse en cuir pendue à une épaule, son blouson par-dessus, et une petite boîte dans l'autre main. Il jongla avec le tout pour sortir ses clefs et ouvrir la porte de derrière. Il entra dans la cuisine sur la pointe des pieds au cas où David serait endormi. Comme la cuisine était plongée dans le noir, il posa ses affaires sur la table et mit la boîte au réfrigérateur avant de se diriger vers le salon. Il passa une main dans ses cheveux qui lui retombaient sur le visage. Sa chemise ouverte laissait entrevoir un triangle blanc – son tee-shirt – et sa cravate défaite pendait négligemment à son cou.

David était installé sur le canapé avec son ordinateur portable.

— Hé, le salua Trace, en s'appuyant au chambranle.

David lui jeta un coup d'œil par-dessus son épaule.

— Oh, hé, répondit-il distraitement, visiblement absorbé par quelque chose. Comment était le dîner ? ajouta-t-il en regardant l'horloge et en se frottant les yeux. Merde, il est tard.

— Copieux. Très, très copieux, répondit Trace en croisant les bras. Je t'ai rapporté une part du cheese-cake le plus riche de la création !

Il savait que c'était une des douceurs préférées de David.

— Vraiment ? s'exclama David en se redressant.

Il s'était un peu assoupi en essayant de se persuader qu'il n'attendait pas Trace, mais à la mention du cheese-cake, il se réveilla d'un coup.

— Je suppose que je devrais faire du café, alors, ajouta-t-il. On ne peut pas savourer un cheese-cake sans un bon café.

Trace fit la grimace.

— Plus de nourriture ou de liquide pour moi pendant au moins douze heures, murmura-t-il en retournant dans la cuisine faire le café.

Il réalisa à cet instant qu'il n'avait pas projeté de rapporter de cheese-cake ; il l'avait juste fait, sachant que David l'apprécierait. C'était à ses yeux une petite attention de rien du tout – pas comme s'il avait bouleversé sa vie entière pour s'installer là et jouer au baby-sitter. Ce qui, honnêtement, n'avait pas été un bien grand sacrifice, maintenant qu'il y pensait.

David regarda Trace et sourit. C'était toutes ces petites attentions de la part de son ami qui le rendaient si spécial à ses yeux. Il se rappela toutes les fois où Trace lui avait rapporté une bouteille de vin ou autre chose d'un de ses voyages d'affaires, ou bien les fois où il l'avait appelé quand ils étaient tous les deux trop occupés et ne s'étaient pas vus depuis un certain temps. Trace était vraiment un super ami. Et maintenant, il avait droit au cheese-cake !

— Viens ici et parle-moi, dit Trace tandis qu'il préparait le café. J'ai passé la soirée à être dévisagé par le personnel des restaurants.

— Pas de problème.

David le rejoignit dans la cuisine et prit une assiette à dessert sur l'étagère.

Trace fronça les sourcils.

Pourquoi s'embarrasser d'une assiette ?

Apparemment, David pouvait lire dans ses pensées sans problème.

— *Quoi ?* s'exclama-t-il, aussitôt sur la défensive. Un bon dessert mérite un traitement de première classe, pas d'être engouffré à la va-vite.

Trace renifla de dédain.

— J'ai mangé dans de la porcelaine de Limoges ce soir, et crois-moi, parfois ça n'aide pas à rendre les mets plus savoureux.

Il secoua la tête, et mit la cafetière en marche avant de s'affaler sur une chaise.

— Oh, mon Dieu, *achevez*-moi maintenant !

— Tu veux des antiacides ?

— Je veux qu'on me pompe l'estomac, murmura Trace, la tête en appui sur le dossier de la chaise. La nourriture était très bonne. Il y en avait juste beaucoup trop.

— Tu n'es pas obligé de tout manger, tu sais. En règle générale, les critiques gastronomiques prennent quelques bouchées de chaque plat, et c'est tout.

David vérifia où en était le café. Le cheese-cake était si appétissant qu'il se rappela qu'il n'avait pas vraiment dîné ce soir. Pas étonnant qu'il soit affamé.

— Oh, crois-moi, c'est exactement ce que je fais. Mais dans ce genre de restaurant, on t'apporte un plat après l'autre – et ils y ajoutent même des dégustations que tu n'as pas commandées, dit Trace en se tortillant sur sa chaise. Je suis à deux doigts d'exploser ! Note bien qu'il sera plus facile de nettoyer le carrelage de la cuisine que la moquette du salon...

— Je préfèrerais que tu 'n'exploses' nulle part dans ma maison si ça ne te dérange pas.

David soupira quand la petite lampe-témoin de la cafetière s'alluma, signalant que le café était prêt.

— *Enfin* !

Trace sourit, amusé par sa réaction. Cela ne faisait même pas cinq minutes qu'il avait mis la cafetière en marche.

— Vraiment, je me demande si tu n'aimes pas ce café plus que le cheese-cake.

David sourit.

— Entre nous, c'est une véritable histoire d'amour. Nous nous aidons mutuellement à nous améliorer.

Portant une bonne cuillerée de cheese-cake à la bouche, il eut une expression de béatitude quasi orgasmique.

— *Mmmmm…*

Trace rit.

— Tu vois, je sais comment te transformer en un gros matou ronronnant ! dit-il en souriant. Qui d'autre que moi pourrait s'en vanter ?

— C'est presque aussi bon que le sexe, murmura David, en prenant une gorgée de café. Tu veux bien m'épouser ?

— Je ne sais pas… Tu es assez difficile à vivre, dit Trace d'humeur badine, en lui décochant un clin d'œil appuyé. Bien que je préfère de loin vivre dans ta maison plutôt que dans mon appartement.

Il retira ses chaussures, les laissant sous la table, et se leva pour prendre une bouteille d'eau dans le frigo.

— Eh bien, tu sais, les partenaires haut de gamme font les meilleurs amants, le taquina David.

Trace se retourna pour le lorgner ostensiblement.

— Haut de gamme, vraiment ? fit-il d'une voix traînante. Eh bien, on en apprend des choses, ce soir. Je te ferais dire que personne ne s'est jamais plaint !

David eut un petit rire feutré et séduisant. La 'faute' sans doute à l'heure tardive et à la qualité du cheese-cake, songea Trace.

— Si on jouait au poker, je suivrais, rien que pour voir.

Trace sourit, surpris par la voix vibrante de sensualité de David. Il ne l'avait encore jamais remarqué chez son ami, et il se surprit à frissonner tandis qu'une onde de chaleur lui traversait le corps.

— C'est une bonne chose que nous ne soyons pas en train de jouer, je mens lamentablement, avoua-t-il en débouchant la bouteille d'eau et en buvant une gorgée avant de soupirer. Plus question que j'avale quoi que ce soit jusqu'à 15 heures demain, je le jure devant Dieu, murmura-t-il.

— Mon pauvre bébé… dit David en éclatant de rire. Combien de restos tu dois tester demain soir ?

Trace enfouit son visage entre ses mains et gémit.

— Trois.

Il fit mine de geindre, avant de relever les yeux et de constater qu'il n'avait aucune compassion à attendre de la part de David. En fait, son ami était très occupé à dévorer son cheese-cake comme si sa vie en dépendait.

— Hé, je sais que tu aimes le cheese-cake, mais si tu engloutis tout ce sucre aussi vite, c'est toi qui seras malade.

— Il se pourrait que j'aie oublié de dîner, admit David, posant sa fourchette juste le temps de boire une gorgée de café.

Trace plissa les yeux.

— Il se *pourrait* que tu aies oublié ? répéta-t-il, sceptique. Je suis sûr que tu t'en souviens parfaitement.

David baissa les yeux, l'air coupable.

— J'ai déjeuné, se justifia-t-il.

Jetant un coup d'œil à l'horloge, Trace ferma les yeux en tâchant de se contenir.

Pourquoi est-ce que David ne prend pas mieux soin de lui-même ?

Il s'appuya au plan de travail, agrippant le rebord comme il ravalait sa colère, et il prit une décision.

— D'accord. Eh bien, tu viens juste de résoudre un de mes problèmes, dit-il, en gardant un ton faussement décontracté que démentait sa posture raidie – il n'était visiblement pas content.

Confus, David le fixa, les sourcils froncés.

— Quoi ?

Trace le rejoignit, posant une main sur la table et l'autre sur le dossier de la chaise de son ami. Il se pencha pour mieux soutenir son regard.

— Je t'emmène avec moi demain soir, je te nourrirai et te donnerai même à boire.

Un frisson parcourut la colonne vertébrale de David – quand bien même Trace n'avait pas voulu insinuer quoi que ce soit. Trace ne venait pas de l'inviter à dîner à proprement parler, et à cette idée, une douleur inattendue le saisit. Afin de reprendre contenance, il décida de le taquiner.

— Tu es sûr que tu peux te le permettre ?

— Oh, demain soir, l'argent ne sera pas un problème. Caviar et champagne à gogo, filet mignon en croûte d'Australie, bisque de homard et gésiers en salade, pétoncles crostini, crème brûlée française… Tu pourras avoir tout ce que ton petit cœur désire, conclut Trace d'une voix douce et feutrée comme du velours.

Trace sut qu'il avait marqué un point quand David déglutit péniblement en hochant la tête.

David frissonna de nouveau. Le délicieux cheese-cake et un Trace séducteur, c'était plus qu'il n'en pouvait supporter ! Incapable de se détourner du regard chocolat de son ami, il ravala sa salive en hochant la tête de plus belle. Il était trop ému pour garder un ton normal, et préférait se taire.

— Oh oui, bébé ! chantonna Trace en se rapprochant. Tu viendras dans les trois restaurants avec moi. Je vais m'assurer que tu manges. Et tu *adoreras* chaque… succulent… moment.

— Ça suffit, Trace. Je viendrai. Et maintenant va vite t'asseoir comme un bon petit hétéro avant que je te saute dessus ! le prévint David.

Sous le ton léger qu'il avait adopté perçait quelque chose de plus sombre.

Trace sourit et se pencha juste assez pour embrasser avec espièglerie le bout du nez de David avant de se lever et de contourner la table pour s'installer en face de lui, bouteille d'eau à la main. Il s'assit, l'air béat et très content de lui. *Ça*, il pouvait l'être, car non seulement il profiterait de la merveilleuse présence de David au lieu d'avoir à supporter des serveurs nerveux, mais en plus, il n'aurait à manger que la moitié des plats servis.

Pourquoi n'y avais-je jamais pensé avant ?

V

DAVID S'INSPECTA dans le miroir. Son pantalon noir était remonté sur ses hanches mais il n'était pas fermé. Il avait pu mettre son tee-shirt et sa chemise sans trop de peine, même si remuer l'épaule lui faisait mal. Bien sûr, aucun bouton n'était attaché. Il pourrait toujours y arriver, mais d'une seule main, ça lui prendrait au moins une heure, et il avait assez mal comme ça dès qu'il soulevait le bras droit. Voilà donc tout ce qu'il était capable de faire tout seul. Prenant une grande inspiration, il appela :

— Oh Trace, j'ai besoin de mon valet !

Il entendit rire dans la salle de bain, et levant les yeux au ciel, il fixa la porte afin que Trace reçoive le plein impact de son regard courroucé dès qu'il réapparaitrait dans la chambre. Mais son regard furibond le quitta dès que Trace apparut. Il en oublia même de respirer.

Merde !

Trace était déjà beau au naturel, mais quand, en plus, il se mettait sur son trente-et-un, il était à couper le souffle. Incapable de formuler une phrase cohérente, David regarda son ami s'avancer vers lui. C'était exactement la même sensation que la veille au soir, dans la cuisine, quand la voix de Trace, aussi douce que de la soie, l'avait laissé pantelant.

Trace avait vraiment fait le bon choix en optant pour un costume gris métallisé coupé dans un tissu très léger qui soulignait à merveille la ligne de son corps élancé. Il avait dénoué ses cheveux qui lui retombaient sur les épaules, dans un style coiffé/décoiffé très étudié qui avait dû lui demander une longue préparation. Il s'était même rasé.

Trace haussa un sourcil.

— Ô Maître, vous avez sonné ? dit-il avec un petit rire.

De toute façon, le regard noir de David n'avait absolument aucun effet sur Trace ; il l'avait déjà vu, et il le verrait encore, il en était certain. Il s'approcha lentement de David en boutonnant sa chemise de haut en bas. Impossible de ne pas admirer ce corps svelte à la musculature racée. Il savait combien il était dur de rester en forme, et il pouvait en apprécier le résultat rien qu'au regard de David.

Trace glissa sous la taille du pantalon les pans de la chemise de David, lissant le tissu sur ses hanches pour s'assurer qu'il n'y avait pas de plis. Puis il releva les yeux en tirant légèrement sur le pantalon afin de le boutonner.

— Que se passe-t-il ? demanda-t-il. On dirait que tu as oublié quelque chose.

Ouais, mon cerveau...

David se demanda soudain ce qui avait pu lui faire croire que le fait que Trace emménage avec lui jusqu'à ce qu'il se sente mieux était une bonne idée. Bien sûr, Trace ne lui avait pas vraiment laissé le choix. Il eut un petit sourire en coin en repensant à la façon dont son ami pouvait se montrer têtu et obstiné. Il se mordilla l'intérieur des joues, s'efforçant de ne pas s'emballer au contact des longs doigts qui l'effleuraient.

David avait vraiment besoin de s'envoyer en l'air. Mais il se voyait mal demander à Trace de le laisser pour la nuit après tout ce qu'il avait fait pour lui. Il était cependant tout à fait sûr que son très hétéro ami n'accepterait jamais ce que David avait vraiment envie de lui faire.

Il secoua la tête en réponse à la question de Trace et baissa les yeux pour le regarder boutonner et remonter la fermeture éclair de son pantalon.

— Et voilà, dit Trace en passant la main sur le ventre de David pour s'assurer que la chemise ne faisait pas de plis.

David se demanda combien de temps encore il pourrait supporter cette exquise torture...

Trace ferma ensuite le bouton du col de sa chemise.

— Tu comptes mettre une cravate ?

La sienne, couleur argent, était assortie à son costume, captant la lumière à chaque mouvement.

— Ouais, si tu me boutonnes comme un prêtre, je suppose que ça vaudrait mieux, fit David en essayant d'être drôle.

Et en effet, cela fit rire Trace.

— Tu n'es pas obligé d'en porter une ; personne n'y trouvera à redire. Encore que tu serais beaucoup plus beau si jamais un de tes journalistes venait à nous surprendre. Tu savais que Matt hante tous les endroits à la mode pour la rubrique *Célébrités* de Katerine ? Il a pris une photo de moi hier soir alors que j'étais en pleine discussion avec la député-maire et son mari. J'espère qu'il ne la publiera pas, ou alors qu'il la coupera pour qu'on ne me voie pas. J'avais sûrement l'air horrible après douze heures de travail non-stop.

— Tu ne pourrais jamais avoir l'air horrible, tu es une telle gravure de mode ! Mais bref, rien que pour toi, je vais essayer d'être aussi beau que possible, le taquina David – à moitié – en le regardant pudiquement à travers ses cils à demi-baissés.

Trace recula d'un pas et toisa David de pied en cap, l'air délibérément évaluateur. David était un très bel homme, sans l'ombre d'un doute. Il ne devait pas avoir de mal à collectionner les partenaires.

— Eh bien, je ne suis pas un expert – en ce qui concerne les hommes en tout cas – mais je te trouve absolument parfait, admit-il la tête inclinée en fixant la cravate que David avait posée sur son épaule.

Les yeux bruns pétillants, Trace jeta un coup d'œil espiègle aux fesses de son compagnon. Le commentaire '*absolument parfait*' eut sur David l'effet d'une douche froide, lui permettant de refouler momentanément sa libido déchaînée. Trace n'était *pas* gay, et David n'avait plus convoité d'hétérosexuel depuis au moins deux décennies ; c'était beaucoup trop frustrant.

— Merci, dit-il sèchement en glissant l'attelle sur son manteau et en tirant sur les sangles afin de l'ajuster. Je suppose que tu ne me laisseras pas sortir sans cette 'laisse', même pour une soirée, ajouta-t-il en grommelant.

S'écartant pour le laisser passer, Trace glissa une main dans sa poche. David s'était quelque peu braqué, et Trace réalisa qu'il l'avait peut-être trop taquiné. Il devrait y repenser plus tard, essayer de comprendre ce qui s'était passé. Quant à l'attelle…

— Je ne vais pas t'embêter avec ça, pas ce soir. J'ai juste un peu peur que tu te fasses mal si tu ne la portes pas, répondit-il calmement.

David soupira à la perspective bienvenue de passer enfin quelques heures sans ce dispositif frustrant.

— Que dirais-tu d'un compromis ? Je la prends mais je la laisse dans la voiture, et si j'en ai besoin, tu iras la chercher pour moi.

Trace rit.

— D'accord, ça me va, dit-il en enfilant sa veste, puis il consulta sa montre. Tu es prêt ? On a une demi-heure de trajet.

Écartant un pan de sa veste pour glisser son portefeuille dans la poche arrière, son argent et une poignée de bonbons à la menthe dans la poche avant, David se dirigea vers la porte.

— Je suis prêt. Après toi.

DAVID GRINÇAIT des dents. Depuis qu'ils avaient tous deux franchi le seuil, l'hôtesse d'accueil du *San Angelo* n'avait cessé de flirter avec Trace, n'hésitant pas – comme en ce moment – à lui tâter malicieusement les biceps sous son costume de prix. Et à en juger par son sourire éclatant, elle aimait ce qu'elle découvrait. David se demanda si les employés du restaurant s'imaginaient que l'érotisme à outrance pourrait influencer la note gastronomique dans la revue du *Sun-Herald*. Tout à la rage qui couvait en lui, il tendit sans réfléchir la main droite pour tirer à lui la lourde chaise en acajou et ne put étouffer un cri de douleur.

Trace bondit instantanément à ses côtés sous les yeux ronds d'une hôtesse bouche bée.

— David, qu'est-ce qu'il y a ?

David fixa un point virtuel sur le mur d'en face, tâchant de reprendre contenance tout en retrouvant l'équilibre.

— C'est rien, j'ai juste été stupide. Qu'est-ce que tu dirais de te conduire en gentleman et de tirer cette chaise pour moi ? Il semblerait que j'en sois incapable pour l'instant.

Inquiet, Trace tira la lourde chaise et comprit à quel point cela avait dû être douloureux pour David de la déplacer. Il n'accorda aucune attention à l'hôtesse et au personnel qui suivaient la scène.

— Ça va ?

David s'assit et acquiesça ; il lui rapprocha un peu plus la chaise.

— Tu devrais poser ton bras sur l'accoudoir, suggéra-t-il.

Stupéfaite, la jeune femme s'était figée près d'eux, deux lourds menus en cuir reliés et une carte des vins encore plus épaisse dans les bras ; deux serveurs nerveux l'encadraient.

— Tout va bien, donne-moi juste une seconde, murmura-t-il. Tu veux bien faire quelque chose ? J'ai l'impression d'être une gazelle blessée couvée par un léopard affamé…

Trace prit les menus et la carte des vins, et d'un geste, congédia le personnel. Effrayés à l'idée de déplaire au critique, les employés disparurent en un clin d'œil. Trace tendit un menu à son compagnon qu'il dévisageait d'un air inquiet.

— Arrête de me fixer, dit David en relevant les yeux de son menu. J'ai juste oublié mon épaule en voulant tirer la chaise vers moi. Tout ira bien dans un instant. Bon, qu'est-ce que je dois commander ? À moins que tu ne veuilles le faire pour moi ? Après m'avoir aidé à m'asseoir, on pourrait lancer une rumeur…

David battit des cils, l'air faussement ingénu.

Trace cligna des yeux et sourit, ravi de la bonne humeur de son ami.

— Commande ce que tu veux. Je prendrai quelque chose de différent, comme ça nous pourrons tester plusieurs plats, dit-il en jouant avec la carte des vins. Une rumeur, hein ? À propos de toi et moi ? demanda-t-il en esquissant un sourire. Je suis sûr qu'avant longtemps, quelqu'un te reconnaîtra et se demandera pourquoi nous dînons en tête-à-tête.

— Ouais, Lloyd me fera vivre un enfer. Pour ce qui est des rumeurs, c'est cent fois plus rigolo de spéculer sur un couple plutôt que sur un individu, et je ne plaisantais qu'à moitié. Si ça te dérange, faisons en sorte d'avoir l'air de deux amis qui se rencontrent pour comparer leurs prouesses sexuelles, dit David en refermant le menu qu'il repoussa de côté. Je prendrai les fruits de mer.

Trace se dit qu'en effet, qu'une rumeur se propage à leur sujet n'était pas impossible. Après réflexion, il décida que ça ne le dérangeait pas. Ils étaient amis. Les rumeurs d'une romance ne changeraient rien entre eux ; il n'était pas mal à l'aise en compagnie de David. Il ne l'avait jamais été, et il n'y avait aucune raison pour que ça change.

L'air sérieux, Trace reprit la parole à mi-voix.

— Ça ne me dérange pas, David. Pas du tout. Je dîne avec un super beau mec. Pourquoi est-ce que je me plaindrais ? demanda-t-il en refermant à son tour son menu. Pour moi, ce sera une grillade.

— Tu devrais y réfléchir un peu plus. Matt vient juste d'entrer avec ce photographe freelance très à la mode. Être vu au resto avec un homme, qu'il soit beau ou pas, pourrait sérieusement compromettre tes chances avec les femmes, le prévint David en ouvrant la carte des vins et en faisant de son mieux pour ignorer les deux hommes assis deux tables plus loin.

Ce n'était pas qu'il avait quelque chose contre Matt. Ils étaient même amis. Il prenait de magnifiques photos, mais voilà, Matt avait tendance à exagérer. Et s'il voulait un emploi dans la revue de potins de Katerine, il allait effectivement en chercher, des potins.

— Ça ne m'inquiète pas, assura Trace.

L'idée qu'on l'associe à David ne lui causait pas de conflit intérieur – au contraire, il en éprouvait même une bienheureuse sensation de chaleur qui pouvait facilement s'attribuer au fait qu'il aimait vraiment son ami. Ceci étant, il réalisa que tout en prenant soin de David, en le secourant lorsqu'il était tombé dans sa salle de bain, ou encore en lui boutonnant son jean serré, il n'avait jamais pensé à eux comme à un couple. Jusqu'à maintenant.

— Tu sais quoi ? reprit Trace. Si ça devient un problème, je peux toujours appeler deux ou trois femmes superbes et me rendre à un événement très médiatisé. Et toi ? Tu ne te sens pas concerné par ce que cela pourrait impliquer pour ta réputation ?

David haussa les épaules.

— Matt est au courant de mon orientation sexuelle, et je lui fais confiance pour ne rien entreprendre qui puisse me causer du tort.

Trace acquiesça.

— C'est pour ça que tu as peur qu'il écrive un papier sur moi. Surtout que je travaille au *Herald*.

— Je peux te promettre qu'il sera honnête, mais il ne fait que prendre des photos. C'est Katerine qui les légendera... Personnellement, je trouve cette rivalité débile. La ville est assez grande pour deux journaux, mais... dit David en haussant de nouveau les épaules. Tu sais bien comment ça marche. Je sais aussi que Katerine a enchéri sur toi et perdu, l'année dernière, lors de la soirée caritative au profit de l'hôpital Saint Vincent. Et elle n'a pas perdu avec élégance, si tu vois ce que je veux dire.

— *Mmmm*, j'avais oublié, admit Trace, se remémorant l'agitation qui avait régné ce soir-là.

Ils furent interrompus par le serveur qui venait prendre leur commande. Celui-ci avait apparemment reçu des consignes strictes pour se montrer très attentionné. Il finit quand même par se retirer alors qu'un autre serveur arrivait avec leurs apéritifs. Une fois qu'ils se retrouvèrent enfin en tête-à-tête, goûtant une paix relative, Trace reprit la discussion là où elle s'était arrêtée.

— Et alors, qu'est-ce qu'elle a gagné finalement ?

David fit la grimace.

— Eh bien, disons qu'elle nous avait cassé les pieds à ton sujet toute la semaine précédente, et nous avions décidé de détourner son attention à l'instant fatidique.

Trace haussa les sourcils d'incrédulité.

— Tu as fait *quoi* ? L'équipe de ton journal sifflait et huait pendant que j'étais en train de parader, en cherchant à me mettre mal à l'aise. Qui t'a aidé ?

— Eh bien, en fait, Matt et l'éditeur sportif, Chad. Nous étions ivres et nous nous sentions d'humeur espiègle.

David sourit, ses yeux se plissant au souvenir de cette soirée. Il s'était beaucoup amusé ce soir-là. Trace n'avait pas été la seule enchère que ses amis et lui avaient influencé. Ils avaient également poussé Keri Carter à renchérir sur Bill Winchell, et aujourd'hui encore, ces deux-là étaient toujours ensemble.

Trace aussi s'était beaucoup amusé. Secouant la tête, il sourit à l'homme assis en face de lui.

— Tu es un véritable ami. Je tremble à l'idée de ce que Katerine mijotait.

— Ha ! s'écria David. Je sais très bien ce qu'elle mijotait. Son travail, ce sont des rumeurs à colporter, et elle avait appris que tu étais très doué avec ta langue.

Oh mon Dieu !

Les yeux écarquillés, Trace s'appuya au dossier de sa chaise, l'air abasourdi.

— Tu plaisantes !

David rit de plus belle devant la tête que faisait Trace.

— Non.

À cet instant, Matt vint se présenter courtoisement à leur table.

— David, tu devrais au moins attendre que ton dîner soit servi avant de te mettre aux alcools forts, le taquina-t-il, souriant avec indulgence alors que David essayait vaillamment de reprendre son sérieux.

— Désolé ! dit-il en essuyant les larmes qui lui étaient venues aux yeux. C'est juste que… Bref, Trace…

Il éclata de rire.

Matt se tourna vers Trace et lui tendit la main.

— Pauvre David ! Il ne me parait pas très cohérent. Si votre but est de le saouler, je dirais que vous êtes sur la bonne voie, ajouta-t-il avec humour. Je suis Matt Harwick.

Toujours ébahi par la scène, Trace lui serra la main.

— Trace Jackson. Ravi. J'aurais dû l'empêcher de prononcer certaines paroles que je n'avais vraiment aucune envie d'entendre. *Mon Dieu* ! Je n'avais pas réalisé que Katerine pouvait être au courant de ce genre de choses !

— Oh... gloussa Matt en évitant de regarder David afin de garder son sérieux. Eh ouais, il ne faut jamais sous-estimer Katerine. Mais dis-moi, David, qu'est-ce que tu lui as raconté ?

Hoquetant, celui-ci essaya tant bien que mal de se ressaisir.

— Désolé ! Nous parlions de Katerine, et... Mon Dieu ! Je vois encore sa tête sur un corps d'araignée emprisonnant Trace dans sa toile... ! Tu te rappelles la tête qu'elle faisait quand elle a perdu les enchères ?

Il se remit à rire, déclenchant l'hilarité de Matt.

— Ouais, c'était impayable ! Alors comme ça, tu partages des secrets avec l'ennemi ?

Il s'appuya légèrement sur l'épaule de David, qui, pour lui échapper, se rejeta contre le dossier de sa chaise, s'attirant inévitablement une douleur plus vive.

— Faites attention, le prévint Trace, David... s'est fait mal à l'épaule...

Il ignorait ce que Lloyd avait dit à ses employés.

Le sourire de Matt s'effaça pour laisser momentanément place à de l'inquiétude.

— Je suis désolé... Je t'avais pourtant recommandé de ne pas te tortiller autant quand tu es menotté au lit ! ajouta-t-il avec une note d'humour irrépressible.

— Va te faire voir ! rétorqua David, les yeux brillants de malice en le frappant de son bras valide. Va donc retrouver ton joujou et laisse les hommes, les vrais, tranquilles !

Accoudé à la table, Trace se couvrit la bouche d'une main, étouffant vaillamment l'avalanche de rires qui l'avait presque étranglé depuis la vision de David à propos de 'Kate-Araignée'. Il devait admettre qu'il avait effectivement songé à attacher David au lit pour qu'il puisse reposer son épaule, mais… il était certain que ce serait mal interprété. Et Matt avait un 'joujou' ? Trace jeta un coup d'œil au jeune homme qui aurait pu être top model, puis se retourna vers Matt en haussant un sourcil interrogateur.

Ce dernier murmura quelque chose à l'oreille de David qui lui fit baisser les yeux en rosissant. Tapotant précautionneusement le dos de David, Matt se retira après un dernier coup d'œil spéculatif à leur table.

— Oh, je n'ai pas fini d'en entendre parler, prédit David, portant son verre d'eau à ses lèvres.

Sourcil haussé, Trace soupira et s'appuya au dossier de sa chaise.

— Ai-je vraiment envie de savoir de quoi il s'agit ?

— Probablement pas, lui confirma David. Matt et moi nous connaissons depuis bien longtemps, et toute cette histoire ne serait pas très convenable pour une conversation polie.

Trace renifla.

— Parce que ce que je peux faire avec ma langue relèverait d'une 'conversation polie' ?

Le serveur reparut avec la salade et les amuse-gueules.

David souleva sa fourchette, toujours malhabile avec sa main gauche.

— Disons juste que cette histoire est d'une nature intime concernant des parties du corps dont tu ne t'occupes pas en-dehors de ta douche.

Sitôt que ces mots sortirent de sa bouche, il eut à l'esprit des images de Trace nu et couvert de savon, et il en oublia instantanément sa faim – au profit d'*autres* appétits.

— Je vois, dit Trace en prenant sa mini-bruschetta à la tomate et au fromage pour n'en faire qu'une bouchée. *Mmm*, ça mérite un *A*, dit-il en mâchant avec délice.

— Tu es trop facile à satisfaire pour un critique gastronomique, le reprit David en riant.

— Je te ferais savoir que mes notes tournent autour de deux trois quart sur quatre, dit Trace avec malice, souriant béatement alors que le manager du restaurant, qui s'était approché de leur table, pâlissait et détalait.

David renifla en secouant la tête.

— Tu viens de filer des cauchemars à ce pauvre homme.

Trace haussa un sourcil – *et* les épaules.

— Peut-être qu'ils prendront un soin particulier avec nos plats, dans ce cas, dit-il en souriant, s'adossant à sa chaise avant de lever son verre. À un merveilleux dîner, dit-il en portant un toast.

Une onde de chaleur se diffusa au creux de son ventre – et David savait que c'était sans rapport avec le vin. Levant son verre à son tour, il trinqua.

— Merci, Trace.

Ses yeux bleus plongés dans les siens, David but à petites gorgées, caressant furtivement le bord du verre de la pointe de sa langue.

Pris d'un picotement sensuel, Trace battit des cils en essayant de mettre un nom sur cette sensation fugace. Étaient-ce toutes ces taquineries qui lui faisaient envisager David de façon inhabituelle ? Ses yeux, par exemple… avait-il déjà remarqué qu'ils étaient d'un bleu moucheté d'or ? Il vida son verre d'un trait et baissa la tête, sentant le rouge de la confusion lui monter aux joues.

Trace prit de petites bouchées de salade avant de la repousser, la jugeant d'une qualité moyenne, pour reprendre plutôt une des mini-bruschetta qu'on lui avait servies. Pourquoi diable se sentait-il si nerveux tout à coup ? Il avait pour compagnon de table David, son meilleur ami depuis des années ! Finalement, il comprit. Il ne voyait plus David *uniquement* comme son meilleur ami, mais également comme un bel homme.

— Je t'en prie, répondit-il calmement. Tout le plaisir est pour moi.

Lui jetant un autre coup d'œil à la dérobée, il constata qu'il était toujours frappé par la manière dont la lumière vacillante de la chandelle transformait les beaux yeux de son ami.

S'emparant de la dernière bruschetta, David sourit, les papilles gustatives aux anges sous l'effet conjugué de la tomate et de l'ail au goût délicieux.

— Mon Dieu, rappelle-moi ça quand je te maudirai tout à l'heure d'avoir trop mangé ! Nous avons de l'Alka-Seltzer à la maison ?

Trace hocha la tête en gloussant.

— Ouais, j'en ai pris quelques-uns hier soir, dit-il en se détendant de nouveau, soulagé que la conversation reprenne un tour innocent. Alors, tu penses que tu vas survivre à la nuit ? reprit-il en retrouvant le sourire.

David allait répondre quand arriva un plateau au fumet alléchant. Il jeta un regard amusé à Trace en constatant que le manager lui-même était venu les servir. Alors que son compagnon congédiait gracieusement l'homme obséquieux, David leva les yeux au ciel.

— Survivre, ce sera dur, en effet, mais je vais faire de mon mieux !

VI

TRACE CONDUISAIT sur la route sinueuse qui le ramenait en ville, les cheveux au vent. Laisser la capote baissée avait été une très bonne idée, même s'il avait dû monter le chauffage afin de ne pas avoir trop froid. Ils rentraient à la maison après avoir quitté le dernier restaurant de la soirée, un restaurant français réputé, et cette fois, il n'était pas malade comme la nuit précédente, mais plutôt agréablement repu.

Ils avaient dîné à *La Vie en Rose*, sur la terrasse. Porcelaine de Chine, argenterie, cristal, nappes en lin… L'atmosphère était décidément très romantique, et la nourriture fabuleuse. Les quatre étoiles très convoitées du restaurant étaient largement méritées.

Trace n'avait aucune vergogne à demander à David son avis sur ce qu'ils avaient consommé. Il jeta un coup d'œil à son compagnon, côté passager.

— Alors, qu'as-tu pensé de ce resto ?

David tourna la tête vers Trace.

— Que c'est le genre d'endroit qu'on qualifie de 'valeur sûre'.

Un large sourire éclaira le visage de Trace tandis qu'il se mordait la langue pour ravaler son commentaire. Mais la tentation était trop forte et la perche que lui tendait David, trop facile.

— Tu penses donc que je suis une 'valeur sûre' ?

— Trace, si je pensais que tu as ce genre d'inclination, je te laisserais me prendre de toutes les manières possibles, murmura David d'une voix ensommeillée, les yeux déjà fermés, le vent soufflant dans ses cheveux courts, alors qu'il s'endormait sous les effets conjugués d'une nourriture riche et du bon vin, bercé par les vibrations de la décapotable.

64

Les mains de Trace se crispèrent sur le volant, tandis qu'il regardait fixement la route sans la voir. L'esprit en ébullition, assailli par toutes les visions torrides qu'il imagina aussitôt en entendant cela, il déglutit péniblement en cillant, tâchant de ne pas foncer dans le décor…

Qu'est-ce que… ?

Il jeta subrepticement un coup d'œil à David et laissa échapper un petit souffle tremblant. Après leur premier repas, quand ils avaient rencontré Matt – peut-être à cause de la conversation pas si polie que ça à propos de sa *langue* – la soirée avait été chargée d'une tension que Trace n'avait encore jamais ressentie en compagnie de David. Et ça lui avait plu. Il se tortilla sur son siège et comprit soudain la cause de son agitation. Il était excité. Terriblement, indéniablement excité par les images torrides que l'aveu de David venait de lui inspirer. Il se passa une main nerveuse dans les cheveux, une sorte de panique étrange jaillissant des tréfonds de son être. Sa main vint couvrir sa bouche alors qu'il étouffait un rire effrayé.

Bon Dieu !

Quelques instants plus tard, grâce à Dieu *et* à une volonté de fer, Trace s'était calmé tandis qu'il s'engageait dans l'allée d'accès de la résidence de David. Son bon sens avait repris le dessus. David était épuisé et probablement un peu ivre – *et* sous analgésiques pour ne rien arranger. *Les drogues vous font dire et faire des choses insensées, pas vrai ?* Et le concept avait été présent dans son esprit depuis leur rencontre avec Matt. Peut-être que David faisait juste une association d'idées, mais… il avait aussi fait clairement savoir qu'il savait exactement à qui il parlait. Cela étant, David savait aussi que Trace était hétéro et heureux de l'être, alors ce n'était sûrement rien de plus qu'un commentaire à un ami, lâché sans y penser, censé être une blague dont ils pourraient rire par la suite. Trace soupira, ouvrit la portière, sortit une jambe et se pencha en arrière sur son siège pour admirer le ciel étoilé.

Si cette idée le tracassait autant, il devrait y repenser sérieusement. Trace ne s'était jamais voilé la face, pas plus qu'il ne s'était menti à lui-même.

Après quelques instants passés à contempler le ciel, il se déplaça légèrement pour fixer David, l'étudiant comme il ne l'avait encore jamais fait. Certes, il ne plaisantait pas lorsqu'il avait déclaré sortir avec un 'super bel homme'. Trace n'avait pas de problème à reconnaître qu'un homme pouvait être séduisant. Plus il y pensait, plus il se demandait s'il n'avait pas inconsciemment pris David comme référence dans le jugement qu'il portait sur les autres mecs.

Trace finit par tendre le bras avec l'intention de secouer légèrement David, mais au lieu de cela, ses doigts se posèrent sur la douce chevelure blonde, la caressant, juste pour savoir ce que cela faisait – il ne s'agissait pas d'un geste de réconfort, c'était juste qu'il en avait envie. Le cœur battant, il s'écarta, l'esprit plongé dans la confusion. *David n'apprécierait pas.* La curiosité étant la plus forte, Trace repassa les doigts dans les cheveux ébouriffés, se demandant si ce geste sensuel allait réveiller son ami.

David tourna légèrement la tête, se pressant contre la main de Trace sans pour autant se réveiller. Il battit légèrement des paupières avant de replonger dans le sommeil, les lèvres entrouvertes. Trace posa la joue contre le cuir de son siège et regarda sa main glisser entre les mèches blondes, souriant devant l'air détendu de son compagnon. Le voir si confiant était quelque chose de spécial pour lui. Il soupira, retirant doucement sa main des cheveux blonds pour la poser sur l'avant-bras de son ami.

— David, dit-il doucement, on est à la maison.

David émergea lentement. *Quelqu'un me caresse les cheveux...* Cela faisait si longtemps qu'il n'avait plus connu une caresse si simple *et* si intime à la fois. Il détestait devoir rouvrir les yeux et que tout s'arrête. Son cœur battait la chamade sous l'effet conjugué du parfum subtil de Trace et de sa main caressante dans ses cheveux. Il finit par rouvrir les yeux à contrecœur… Et la vision du visage de son ami au clair de lune vint sublimer son fantasme. Le magnétisme intense de cet instant de grâce lui coupa le souffle.

En croisant le regard bleu clair de son ami, Trace ressentit une sorte de pincement dans la poitrine. S'il n'en comprenait pas la cause, il savait du moins que c'était quelque chose de fondamental. Et un sourire ourla ses lèvres.

— Réveille-toi, la Belle au Bois Dormant, on est à la maison, dit-il doucement.

Pendant un instant, l'esprit embrumé par la bonne nourriture, le vin et la chaleur de la caresse de Trace, David perçut les mots à la façon dont un amant aurait pu les dire. *À la maison...* Pas seulement la maison de David, mais *leur* maison. Un nid d'amour. La promesse de faire l'amour dès qu'ils seraient dans l'intimité de leur chambre… L'estomac noué, il s'imagina les yeux chocolat de Trace remplis d'amour et d'excitation.

La gorge soudain plus sèche que le Sahara, David déglutit avec peine et se passa la langue sur les lèvres. Il se redressa en tâchant de chasser la vision par trop attrayante.

— Ouais, mon épaule me fait mal. Je devrais prendre des calmants et me coucher, murmura-t-il, se rappelant soudain pourquoi Trace restait auprès de lui.

Trace marqua une pause avant de retirer sa main et David ressentit brusquement avec acuité la privation de cette douce chaleur que ses doigts lui avaient procurée.

— Allons-y, murmura-t-il.

David, qui n'avait aucune envie de bouger, se résolut à sortir de voiture. Ce n'était pas le moment d'analyser ce sentiment un peu fou inspiré par une nuit étrangement romantique en compagnie de son meilleur ami. Il se secoua mentalement et claqua la portière derrière lui.

Sans attendre Trace, il fonça vers le porche, espérant gagner quelques secondes de répit pour se calmer. De la main gauche, il batailla avec la serrure de la porte d'entrée, jurant de frustration quand il fit tomber la clé.

— Putain de merde ! Quel imbécile je fais…

Heurtant du poing la porte en bois, il pressa le front contre la lucarne de verre et essaya de respirer calmement. Il détestait se sentir aussi impuissant, et pire encore, aussi ébranlé.

Trace ne bougea pas, même s'il aurait voulu plus que tout s'approcher pour lui venir en aide. David semblait de plus en plus mécontent d'être dorloté et Trace se dit qu'il vaudrait peut-être mieux qu'il rentre chez lui avant qu'il finisse par le jeter dehors.

— Ça va ? se hasarda-t-il à demander.

— Parfaitement, répondit David les dents serrées.

Prenant une profonde inspiration, il se pencha pour ramasser les clés. D'où lui venait pareille nervosité ? Du fait qu'il devait tant bien que mal utiliser sa main gauche dans les gestes du quotidien, ou était-ce plutôt à cause de la proximité de Trace ?

Au prix d'un troisième essai, il réussit enfin à insérer la clé et à ouvrir. Une petite victoire, mais qui, pour lui, comptait beaucoup.

Debout dans le hall d'entrée, David jeta un coup d'œil en direction de la chambre, puis du salon, calculant ses options. Il n'était pas sûr de pouvoir se contrôler si Trace devait encore l'aider à se déshabiller.

— Ça te dirait de boire un coup, maintenant que tu n'as plus à te soucier de nous ramener à la maison ? suggéra-t-il.

Pour une raison qu'il n'arrivait pas à définir, que David mentionne la maison inspira à Trace une chaleur diffuse dans tout son corps. Et il n'avait pas bu une seule goutte d'alcool, contrairement à David, qui lui, en avait un peu abusé.

— D'accord, répondit-il calmement. On va boire une de tes bonnes bouteilles ? ajouta-t-il en se débarrassant de sa veste et en desserrant sa cravate.

Peut-être qu'un verre l'aiderait à comprendre ce qui s'était passé dans la voiture.

— Pour toi ? Le meilleur ! déclara David en sortant du bar une bouteille noire sans label. Prends-nous des verres, suggéra-t-il.

Leurs regards se croisèrent avant que Trace baisse le sien et se retourne. Cet accès de timidité inspira à David un regain de désir ; si leur soirée en tête-à-tête avait été un *vrai* rendez-vous en amoureux, il aurait pu croire que son compagnon s'intéressait à lui et nourrissait probablement des idées coquines à son sujet. Mais voilà… Avec Trace, il ne savait plus quoi penser. Leur amitié se renforçait d'une manière différente de tout ce qu'il avait connu auparavant. Tout en regardant Trace quitter la pièce, il enleva tant bien que mal sa veste et se concentra pour tenter de maîtriser sa libido.

Trace alla dans la cuisine prendre deux verres dans le buffet, marquant une pause afin de retrouver des idées claires. Quelle mouche l'avait donc piqué, dans la voiture ? Il baissa les yeux sur ses mains. Déposant les verres, il se tourna vers l'évier et ouvrit le robinet d'eau froide, mains tendues sous le jet. Il devait cesser d'y repenser. Il était temps pour lui de sortir et de terminer la soirée en beauté par une bonne séance de baise. Il fantasmait à propos de David ! Il ferma le robinet en soupirant, se sécha les mains, reprit les verres et retourna dans la fosse aux lions...

Il y repenserait plus tard. Pour l'instant, c'était l'heure du scotch.

D'une *cascade* de scotch.

Ragaillardi à l'idée d'avoir pu se débarrasser de sa veste sans aide, David ôta ensuite sa cravate qu'il posa sur le dossier de la chaise. Enlevant ses chaussures avec ses pieds, il s'étendit sur le canapé et hissa les chevilles sur la table basse, gagné par un sentiment de victoire. En entendant le tintement des verres, il s'efforça de rester calme et lança un sourire à son ami par-dessus son épaule.

— J'ai un cadeau spécial pour toi. J'ai déniché cette bouteille dans un petit pub en Ecosse qui n'avait même pas de devanture.

Entendre David lui parler de *'cadeau spécial'* inspira à Trace de longs frissons. Peut-être n'était-ce pas une si bonne idée après tout. D'ordinaire qualifié de 'décontracté', Trace devenait encore plus malléable et agréable lorsqu'il avait bu. Il avait aussi tendance à laisser échapper des choses qu'il n'aurait jamais avouées en temps normal.

— Juste un doigt, alors, répondit-il, se voyant déjà en train de battre en retraite sous la douche dès qu'il aurait goûté l'alcool fort.

Pour l'instant, la seule présence de David suffisait à l'exciter. Il aurait déjà dû se calmer.

Lui prenant les verres des mains, David fit le service.

— Assieds-toi. Maintenant ferme les yeux et savoure une gorgée.

Trace s'assit docilement en regardant David avec une lueur d'amusement dans les yeux, avant de baisser les paupières et de porter son verre à ses lèvres, laissant juste un peu de liquide glisser sur sa langue. Il inspira bruyamment lorsque la saveur et l'intensité de l'alcool explosèrent dans sa bouche et avala une gorgée, puis une autre.

— Incroyable, pas vrai ? ronronna David.

Au lieu de suivre son propre conseil, il savourait la liqueur, se replongeant dans les souvenirs qu'elle semblait lui inspirer, les yeux grands ouverts. Il scruta Trace en guettant sa réaction.

Après une autre gorgée, Trace s'allongea sur le canapé l'air béat, les yeux toujours fermés, en cueillant d'une langue gourmande la goutte de scotch qui s'était échappée sur sa lèvre inférieure. À cette vue, David ressentit la même attirance irrésistible que dans la voiture. Plus que tout au monde, il aurait voulu se pencher et lécher le scotch sur ses lèvres, mais il se contenta de reprendre une gorgée en fermant les yeux, histoire de se soustraire au moins à la tentation visuelle. Trace avait retiré sa veste en allant dans la cuisine, froissant sa chemise… Juste assez pour le rendre encore plus attirant aux yeux de David, qui pouvait encore sentir son parfum et la chaleur de son corps et entendre le son délicieux que faisait Trace en savourant le scotch.

Ça suffit maintenant. Arrête ça !

Avec un soupir d'aise, Trace reprit quelques gorgées puis cala le verre sur ses genoux.

— Et si je dormais ici ? murmura-t-il d'une voix alanguie en s'enfonçant dans le canapé.

Il ressentait déjà une chaleur diffuse dans tout le corps après juste un demi-verre. Il lui était facile maintenant d'oublier soucis, réactions bizarres et questions difficiles. Il pouvait se détendre et… flotter. Il rouvrit les yeux.

— David ? Tu as besoin de moi ? Si je finis ce verre et que j'en prends un second comme j'en ai l'intention, je ne serai plus capable de me lever de ce canapé.

— Ouais, et tu finiras par terre comme la première nuit. Tu ne te souviens pas du mal que tu as eu à dormir ici ? lui rappela David.

Il en avait entendu parler pendant tout le petit-déjeuner. Ça lui semblait si loin maintenant…

Les resservant, David se leva et les mots sortirent tout naturellement de sa bouche avant même qu'il puisse s'en empêcher :

— Allez, viens, allons nous coucher. Je te laisserai t'occuper de moi, on finira le scotch et on pourra s'endormir confortablement.

David secoua la tête et reprit un verre, plus généreusement rempli qu'il n'aurait dû l'être. Heureusement, l'alcool avait un peu atténué l'attirance qu'il éprouvait pour Trace et il put admirer la courbure sensuelle de ses fesses alors qu'il se levait sans ressentir l'impérieux besoin de le plaquer au mur pour abuser délicieusement de lui. Enfin, presque pas…

Clignant des yeux, Trace tâcha de ne pas s'attarder sur le double sens de l'invitation innocente de David. *Allons nous coucher…* Honnêtement, Trace n'avait jamais pensé à David en ces termes auparavant ; pourquoi se découvrait-il cette sensibilité nouvelle aux choses ce soir ?

Il avait besoin de plus de scotch.

— D'accord, dit-il en se levant péniblement du canapé.

Il s'empara au passage de la bouteille en se dirigeant vers la chambre.

David l'y suivit et ses yeux se posèrent sur le lit. Trace vida son verre en hoquetant, s'agrippant au chambranle. Il prit une grande inspiration et se racla la gorge avant de se resservir. Il se mit à déboutonner sa chemise, se voyant chanceler dans le miroir. Le scotch commençait visiblement à faire effet sur lui.

Campé à l'embrasure du seuil, David regardait Trace se déshabiller maladroitement. Ce n'était pas la première fois qu'il le voyait ivre. Il fut tenté de lui reprendre la bouteille au label prestigieux pour y substituer une marque courante du magasin de spiritueux du coin de la rue, mais après tout ce que Trace avait fait pour lui depuis qu'il s'était blessé, cela lui semblait un peu trop mesquin. Se rapprochant de son ami, David lui posa une main sur l'épaule et surprit son regard dans le reflet du miroir.

— Ça va aller, tu penses ?

Trace était tout simplement magnifique avec ses cheveux emmêlés qui lui tombaient sur le visage. Le torse bronzé et musclé de son ami était révélé par sa chemise déboutonnée et David déglutit avec peine. Mais l'expression de Trace était loin d'être gaie, et cela suffit à refroidir les ardeurs de David.

Tête inclinée, Trace croisa dans le miroir le regard de David en rejetant d'un haussement d'épaule ses cheveux en arrière. Il remarqua distraitement que David était échevelé. Et cela lui allait très bien.

— Je crois bien que je vais vider ta bouteille de scotch…

David fixait Trace tandis que la chaleur de l'alcool se déversait dans sa poitrine et… gagnait son entrejambe… Il se demanda si Trace pouvait se voir comme lui-même le voyait. Tellement attirant ! Bon Dieu, ce qu'il avait chaud… Et que Trace se tienne si près de lui n'était pas fait pour calmer le jeu.

Le regard de Trace s'adoucit, un sourire détendit ses traits, et David eut comme une bouffée de chaleur – qui n'avait rien à voir avec le scotch. Toussotant pour masquer le gémissement qui montait de sa gorge, il se retourna et entreprit de déboutonner sa chemise d'une seule main.

— Oh, pas de problème. Le scotch, c'est fait pour être bu.

— *Mmmm.* Et pour être savouré ? Pour le goûter et sentir sa bienfaisante chaleur t'envahir en se diffusant dans tout ton corps ? susurra Trace d'une voix rauque en se resservant.

Il n'était pas encore ivre au point de ne plus avoir conscience de son état. Et Trace se rappelait trop bien ce qu'il avait ressenti dans la voiture, même si son cerveau s'y refusait.

Lui qui ne cessait d'observer le reflet de David dans le miroir – le fixant même – il vit ses lèvres remuer et une question lui vint spontanément à l'esprit : seraient-elles douces et tendres en épousant les siennes ? Ou au contraire dures et inflexibles, telles qu'il s'imaginait que devaient être les lèvres d'un homme ?

À l'instar du scotch, les paroles de Trace transpercèrent David, lui inspirant une nouvelle bouffée de chaleur trop vive. À la remarque innocente de Trace, David substituait déjà une vision d'un tout autre genre : son ami à genoux devant lui, occupé à le 'savourer' d'une bouche gourmande et à se délecter de son nectar...

Putain ! Il aurait dû laisser Trace dormir sur le canapé ! Il lui serait impossible de cacher encore sa réaction viscérale quand il lui demanderait de l'aider à se déshabiller pour la nuit. Il avait déjà essayé d'enlever sa ceinture – sans succès.

Sans attendre qu'on le lui demande, Trace posa son verre de scotch et se rapprocha pour aider David à finir de déboutonner sa chemise. Il sentait irradier sa chaleur corporelle. Cela ne lui était jamais arrivé auparavant. Il dégagea du pantalon les pans de chemise de son ami, lui effleurant fortuitement le ventre en faisant glisser le ceinturon hors des passants.

David déglutit, son estomac se contractant sous la caresse involontaire de Trace. Il se mordilla l'intérieur de la joue, cherchant à calmer la tumescence qui pointait à quelques centimètres seulement des doigts de son ami.

Trace finit par défaire la boucle de la ceinture, et de l'autre main, tira sur le cuir afin de la dégager. Glissant les doigts sous la taille du pantalon pour ouvrir le bouton, il les replia ensuite sur la fermeture éclair. La chaleur corporelle était plus intense à cet endroit, et il releva lentement la tête. Ses yeux glissèrent sur la gorge de David, puis remontèrent sur sa mâchoire aux lignes ciselées pour s'arrêter sur ses lèvres humides de scotch qui, décidément, semblaient vraiment douces. Trace savait sans l'ombre d'un doute que si David avait été une femme, il aurait déjà été en train de l'embrasser.

Trace n'est pas gay. C'est ton ami. Et il n'est pas gay.

L'admonestation tournait en boucle dans sa tête tel un leitmotiv tandis qu'il se forçait à ne pas bouger, s'interdisait de se pencher vers la chaleur magnétique du torse viril, à quelques centimètres à peine de lui. Fermant les yeux, il bloqua sa respiration, priant pour que cette torture s'arrête. Il avait les joues rouges – sous l'effet du scotch ou de sa propre excitation ? Il n'aurait su le dire.

Comme Trace descendait la fermeture éclair, sa main effleura une protubérance révélatrice. Et il eut un petit sourire en coin. Visiblement, il n'était pas le seul à être excité. David semblait attendre, les yeux fermés...

72

Mais quoi ? Un baiser ? Son cœur battant la chamade, Trace céda à la tentation. Tête inclinée, il se risqua à effleurer les lèvres de son ami.

David en fut certain : il venait *d'imaginer* la légère caresse des lèvres de Trace sur les siennes, chaudes et sèches, avec juste un soupçon de barbe. La caresse inattendue disparut aussi vite qu'elle était apparue, et dérouté, il se demanda s'il n'avait pas rêvé. Peut-être que son esprit enfiévré avait tout imaginé, en effet... Son premier élan fut de prendre la fuite – fuir et prétendre que Trace n'avait pas remarqué à quel point il était excité. Bien sûr, il n'y avait aucune chance pour que son ami n'ait pas compris ce que ses doigts avaient touché. Cette caresse, si légère fût-elle, l'avait presque fait jouir et ses jambes avaient du mal à le porter.

Il réalisa alors qu'il était dans un état de semi-excitation perpétuel – depuis que Trace avait emménagé avec lui, en fait... Se sentant stupide, pantalon ouvert, paupières closes et tremblant légèrement, il se força à rouvrir les yeux.

— Euh... s'étrangla-t-il, cramoisi.

Tu viens de m'embrasser ? Je n'ai pas rêvé ? aurait-il voulu s'exclamer. Mais ses lèvres restèrent muettes... Attrapant son ceinturon pour empêcher son pantalon de lui tomber sur les chevilles, il se retourna d'un bloc et courut se réfugier dans la salle de bain.

Trace ne sut pas comment réagir. Tout ce qu'il savait, c'était que l'excitation de David avait déclenché quelque chose au fond de lui, comme un choc électrique, et il était tellement troublé que ça en devenait embarrassant. Une fois la porte de la salle de bain refermée, Trace tituba vers le lit ; il se tenait la tête d'une main, l'autre se posant d'elle-même sur son érection. Que faire maintenant ? Mon Dieu, quelle nuit ! Il avait l'impression de perdre l'esprit. Toutes ces allusions à double sens et le léger flirt avaient certainement dû lui monter à la tête. Sinon, pourquoi serait-il brusquement attiré par David ? Trace s'inspecta dans le miroir. La faute au scotch, tout cela. Sûrement ! Et aux circonstances. Mais la sensation qu'il avait ressentie au contact des lèvres de David – si douces et chaudes... ce n'était pas du tout ce qu'il s'était imaginé.

Frustré – aussi bien mentalement que physiquement – Trace se releva après une longue minute, et pieds nus, à demi dévêtu, sortit prendre dans la boîte à gants de sa voiture une cigarette et un briquet. Puis il s'assit sur les marches du perron et alluma sa cigarette d'une main tremblante en se demandant ce que David pouvait bien penser de tout ça. Doux Jésus, quel genre d'homme était-il devenu ? Pour flirter éhontément de cette manière... ? Trace ne pouvait qu'espérer que son ami ne lui en voudrait pas.

Retranché dans la salle de bain, David tremblait de tous ses membres en cherchant désespérément à reprendre contenance. Qu'était-il en train de faire ? Trace était son meilleur ami ! Cette dernière semaine, leur amitié s'était encore raffermie. Il n'allait tout de même pas laisser cette attirance subite et déraisonnable venir tout gâcher entre eux !

S'agrippant au rebord du lavabo, il fit couler un peu d'eau froide et s'aspergea le visage et le cou avant de sécher les gouttes qui constellaient son torse. Il soupira en se remémorant la caresse de Trace. Et se frotta le torse d'une serviette mouillée jusqu'à en avoir la peau toute rouge. Pestant, il jeta la serviette dans le panier à linge et se débarrassa de son costume qu'il laissa choir. Au moins, il pouvait enfiler tout seul son pantalon de pyjama à la taille élastiquée qui pendait à la patère.

Priant pour que Trace ait décidé de se coucher et qu'il soit déjà endormi, David coupa l'éclairage et entrouvrit la porte. S'attendant à trouver la pièce plongée dans le noir, il se tendit quand il vit que la lumière était toujours allumée. Dans une chambre... vide. Trace était donc parti ? Oubliant son embarras dans l'affolement, il traversa en trombe la maison à sa recherche. Personne dans le bureau. Personne au salon. Personne dans la cuisine... La porte de derrière était toujours fermée à clé. Il tourna les talons et courut à l'entrée vérifier que la voiture de Trace n'avait pas disparu. Ce faisant, il faillit tomber dans les bras de l'homme qu'il cherchait partout.

Trace se rattrapa de justesse à la rampe en fer, manquant de peu dégringoler au pied de l'escalier.

— Hé, David, je suis là !

Trace ne s'était donc pas envolé... À demi nu devant sa porte d'entrée, David se sentit soudain ridicule.

— Oh, euh, désolé...

Il avait l'impression de passer son temps à s'excuser ces derniers temps.

— Je voulais juste... Eh bien, tu n'étais plus là... Je ferais mieux de te dire bonne nuit.

Se traitant mentalement de tous les noms, il pivota et revint sur ses pas. Peut-être se rendormirait-il, avec un peu de chance, avant que Trace le rejoigne.

Sourcils froncés, Trace tira une dernière bouffée sur sa cigarette, retrouvant un peu d'assurance. Il soupira et se leva, avec l'espoir que tout rentrerait dans l'ordre dès le lendemain matin. Aussi excitant que soit cet interlude, il voulait retrouver David, son ami. De retour dans la chambre, il le vit poser un verre vide sur la commode.

Leurs regards se croisèrent. Marmonnant 'bonne nuit', David éteignit la lampe de chevet et se glissa sous les couvertures en se calant doucement sur son épaule valide. Trace resta figé dans le noir une bonne minute, avant de se rendre à son tour dans la salle de bain. Quand il en émergea, il grimpa immédiatement dans le lit.

Trop épuisé quant à lui pour dormir, David sut à la minute près l'instant où Trace finit par s'assoupir, sombrant dans un sommeil plutôt agité. Au bout d'un quart d'heure, il avait inconsciemment glissé vers David, s'était presque plaqué contre son dos. Les bras repliés sur son torse, Trace touchait légèrement l'épaule de David du bout des doigts.

David, lui, sentait la main de Trace sur sa peau nue, comme pour le marquer au fer rouge. Chaque fois qu'il bougeait, Trace suivait dans son sommeil les légers mouvements de son corps, se rapprochant de plus en plus. Il finit par se retourner carrément vers son compagnon, main tendue sur sa joue, et s'abandonna quelques instant à ses désirs avant de le réveiller pour qu'il retourne de son côté. Mais, loin de se réveiller, Trace se détendit, perdant un peu de son agitation, et sombra dans un sommeil plus apaisé. Écartant une longue mèche de cheveux du visage de Trace, David décida de ne pas le réveiller. Les paupières lourdes, il se remit sur le dos et laissa le sommeil l'envahir à son tour.

TRACE FAISAIT un rêve. Il rêvait qu'on le tenait tendrement. Il rêvait de baisers doux s'attardant sur sa peau. Il sentait des mains puissantes sur son corps, des mains dont la force lui plaisait. Des lèvres sur son cou, à l'endroit le plus sensible, le faisant tressauter. La sensation d'un corps musclé contre le sien, de bras l'entourant juste pour se sentir proche.

Il y avait bien quelques étincelles, mais pour l'essentiel, il était tout simplement content de se laisser aller dans ces bras puissants, heureux de ces petits baisers volés, de ces tendres murmures dont il ne se rappelait pas.

Quand il revint à lui, la chaleur de son rêve se traduisit naturellement par une érection matinale. Il se remémora vaguement la présence d'un corps pressé contre le sien – celui d'un homme, chaud comme la braise. Ils étaient entrelacés, les longues jambes de Trace s'insérant entre des cuisses fermes. Il gémit doucement en sentant un long 'pieu' contre lui. Il se rapprocha inconsciemment, cherchant à apaiser le feu qui traversait son entrejambe. Quand une main ferme descendit le long de son dos et lui agrippa la hanche pour stopper son léger déhanchement, Trace chantonna doucement et se figea, après s'être encore rapproché des bras qui le tenaient.

On l'obligea à lâcher le corps chaud dont il se servait comme d'un oreiller, et il finit par se réveiller.

David s'étira. Dès qu'il s'était retourné sur le dos, Trace s'était collé à lui. Et il avait maintenant glissé une jambe entre ses cuisses. David grogna en la sentant faire pression sur son érection. Il baissa la main pour immobiliser les hanches de son ami ; ses mouvements subtils étaient en train de le rendre fou de désir. Trace fredonna et s'immobilisa non s'en s'être encore rapproché des bras qui le maintenaient.

Merde ! Et maintenant ? David ne voulait pas troubler le repos de son ami, mais Trace était bien capable de dormir encore deux heures au moins. Il tenta de se glisser hors de ses bras, mais Trace fronça les sourcils, cherchant à se réveiller suffisamment pour comprendre ce qui n'allait pas.

— David ? fit-il d'une voix rauque.

David... C'était bien lui. Mais était-ce *lui aussi* cette nuit ? Trace avait du mal à assembler les pièces du puzzle. Tout était encore confus. C'est alors que l'ombre qui planait au-dessus de lui se pencha et que des lèvres douces effleurèrent les siennes. Comme si Trace rêvait toujours... Un baiser si fugace que d'instinct, il enroula une main sur la nuque de David pour en quêter un autre.

Tête inclinée, David approfondit leur baiser dans un grognement sensuel, leurs bas-ventres frottant l'un contre l'autre. D'une main alanguie, il caressa le dos de Trace, empaumant ses fesses et le rapprochant encore plus de lui, avant qu'il mesure la portée de son geste.

Il se redressa en sursaut, s'exposant à la fraîcheur matinale, et ne put réprimer un frisson. Il bondit hors du lit. Sans même un regard vers Trace, il passa une main tremblante dans ses cheveux ébouriffés.

— Je suis désolé... dit-il, le regard fuyant. Je vais faire... euh... du café.

Il s'éclipsa en se passant derechef une main fébrile dans les cheveux.

La chaleur et le plaisir qu'avait éprouvés Trace s'envolèrent instantanément, et il se força à rouvrir les yeux. Mais avant qu'il puisse protester, son ami s'était volatilisé.

Et Trace était toujours aussi excité.

Fredonnant tout bas, il se tourna à plat dos, une main se frayant un passage sous sa hanche, et il frotta sa paume contre son sexe dur dans son boxer, balançant légèrement les hanches alors qu'il replongeait dans son rêve.

LORSQU'IL SE réveillait, David ne traînait pas au lit. Il se levait et allait se faire du café. Ce matin-là ne dérogeait pas à la règle. Il savoura sa deuxième tasse en posant sur le journal un regard distrait. Au lit, il n'avait rien d'un compagnon idéal. Et encore moins avec Trace lové contre lui. Il lui était impossible de garder ses mains pour lui. Il froissa le journal en soupirant. Il n'aurait jamais dû l'embrasser. Non que Trace lui en voudrait. Mais ce n'était qu'un plaisir égoïste, sans gratification possible.

Quoique Trace lui en voudrait sûrement si jamais il se réveillait avec David en train de l'embrasser à bouche-que-veux-tu en se frottant à lui, en lui caressant le dos, en caressant ses fesses, en l'étreignant sans nulle retenue…

David s'arracha brutalement à sa rêverie en entendant Trace dans la salle de bain.

— Du café ! grogna-t-il.

Trop tôt pour y ajouter une rasade de whisky ?

Se passant la main dans les cheveux, il se leva à contrecœur pour aller s'en resservir une tasse.

Le temps qu'il revienne s'asseoir et reprenne le journal, Trace faisait son entrée dans la cuisine.

— J'ai besoin d'un café, marmonna-t-il.

Dieu, ce qu'il détestait le matin.

— Il est chaud, dit David en désignant la cafetière.

Trace bâilla en sortant une tasse du placard. Comme il se servait, David l'observa alors que même à moitié endormi, il nettoyait le plan de travail avant de s'asseoir. David ne put s'empêcher de sourire.

— J'ai du boulot aujourd'hui, annonça Trace entre deux autres bâillements.

— Je reçois la reine pour le thé, dit David calmement.

— J'ai des réunions de 10 heures à 16 heures, et ensuite je… attends une seconde. Tu as bien dit la *Reine* ?

Quand David se mit à rire, Trace lui balança un coup sous la table.

— Il est trop tôt pour ce genre de conneries, mec ! se plaignit-il.

David se mordilla la lèvre.

— Mais c'est si rigolo !

Trace lui lança une serviette à la figure d'un air penaud.

— Tu devras te débrouiller pour le déjeuner. Je serai de retour pour dîner plus tôt que d'habitude, mais il faudra que j'aille chercher mes costumes au pressing. Je m'occuperai de Mabel ce matin.

— Qu'est-ce que tu entends par 'tôt' ? demanda David.

— Probablement autour de 17 heures, précisa Trace en bâillant encore. Je ne me serais jamais levé si tôt si Mabel n'était pas autant en rogne en ce moment. Elle déteste rester seule. Elle a lacéré mes rideaux. Mais ça vaut mieux que si elle s'attaquait à mes costumes.

David sourit.

— Je me demandais pourquoi tu étais revenu du pressing l'autre jour avec juste ta veste de costume.

Trace leva les yeux au ciel.

— Tu sais combien il va m'être difficile de trouver un pantalon qui aille avec cette veste maintenant ?

— Laisse tomber. Ta veste de costume ira très bien avec des bermudas. Tu ne seras jamais aussi bien qu'avec la marine.

— Merci pour la leçon de mode, grommela Trace en se levant pour poser sa tasse dans l'évier.

Comme si David comprenait quelque chose à la mode !

— Toi qui crois qu'on ne peut pas porter de jean troué en société.

— C'est faux. Les trous aux genoux sont acceptables quand le jean est associé à une belle veste, mais pas les trous sur les fesses, répondit David, puis il éclata de rire, incapable de garder son sérieux. À moins, bien sûr, que la veste ne soit assez longue pour les cacher !

Trace le fixa d'un air absent avant de secouer la tête.

— Je ne trouve rien à répondre à ça.

Il attrapa sa veste et l'enfila.

David regarda la veste glisser sur ses épaules, suivant naturellement des yeux le tombé parfait qui recouvrait malheureusement la courbure superbe de ses fesses.

Un costume bien coupé sur un bel homme, c'est quelque chose de fantastique !

Trace prit sa sacoche d'ordinateur portable ainsi que ses clés et ouvrit la porte avant de s'immobiliser dans l'embrasure.

— Hé, tu t'en sortiras pour le déjeuner ?

— Oui, *maman*. Cela fait presque quarante-deux ans que je me nourris tout seul, tu sais.

Trace lui fit une grimace et sortit en claquant la porte derrière lui.

VII

DAVID LEVA les yeux en entendant tourner la poignée. L'instant suivant, la porte s'ouvrit avec fracas et Matt apparut, un lourd sac de chez *Five Guys Burgers and Fries* coincé entre les dents. Il jeta ses clés et le courrier sur le plan de travail.

— Hé, espèce de fainéant, ramène-toi ici, j'ai tes hamburgers !

— Je suis là ! répondit David en riant.

Matt se retourna et le découvrit installé à la petite table de la cuisine, devant son ordinateur portable.

— Tu profites bien de tes vacances ? dit-il, sarcastique.

— Oh, oui, tu ne peux pas savoir à quel point, badina David. Super, voilà à manger !

— Exigeant, avec ça ! Tu n'en as pas eu assez, hier soir ? répliqua Matt en posant le sac sur la table.

— Mon Dieu, ne m'en parle pas. J'ai vraiment trop mangé…

— Serais-tu en train de me dire que tu n'as pas gardé de place pour le dessert ?

Matt grimaça en faisant glisser un hamburger vers lui.

— Ouais, j'ai vu le tien, de dessert… Un éclair au chocolat fourré à la crème, lui lança David, irrévérencieux.

Matt lui jeta une frite à la tête en représailles.

— Nous ne sommes pas ici pour parler de ma vie amoureuse mais de la tienne.

— Ce n'est pas pour ça que je t'ai demandé de venir, rétorqua David avec un haussement d'épaule avant de mordre dans son hamburger.

— D'accord, alors *pourquoi* m'as-tu demandé de venir ? Tu n'as jamais pris de pause-déjeuner depuis que je te connais. Je me doutais bien qu'il y avait autre chose, ajouta Matt en s'asseyant en face de son ami.

David soupira.

— J'ai besoin que tu me rendes un service.

— Ça y est… Nous y voilà, s'exclama Matt en se couvrant les yeux. La dernière fois que je t'ai 'rendu service', je me suis retrouvé dans une prison mexicaine !

— J'ai payé ta caution ! s'insurgea David en prenant un air blessé. Mais non, je te rassure, ce n'est pas un si gros service cette fois. Il faut juste que tu me conduises quelque part.

Il lui désigna son épaule.

— Du moment que tu ne me demandes pas de te conduire à Tijuana, répondit Matt en mâchonnant ses frites.

— Non, juste en ville.

— Et pourquoi ce besoin subit d'aller en ville ?

David étudia Matt pendant un moment. Il savait très bien que le photographe allait se moquer de lui dans les grandes largeurs quelle que soit la façon dont il formulerait sa réponse.

— En fait, je dois aller chez Trace.

Et ça ne rata pas ; Matt éclata de rire.

— Pourquoi ?

— Il y a un peu plus d'une semaine, j'ai eu une de ces affreuses migraines et j'ai dû appeler Trace à la rescousse pour qu'il aille me chercher mes médicaments.

Il leva la main en voyant Matt ouvrir la bouche.

— Oui, je t'aurais appelé, bien sûr, mais il se trouve que ce soir-là, tu assistais à la grande sauterie du gouverneur, à deux heures de route d'ici.

Matt se gratta le nez.

— Donc tu as appelé Trace et il t'a apporté tes médicaments. Et le dîner d'hier soir ? C'était ta façon de le remercier ?

— Non, Trace rédige des critiques gastronomiques pour son journal. Je ne faisais que l'accompagner, expliqua David.

— D'accord. Alors dans ce cas, pourquoi devrait-on s'introduire par effraction dans son appartement ?

— J'ai une clé, rétorqua David, les sourcils froncés.

Matt ne le quittait pas des yeux, guettant la suite. David s'efforça de ne pas se tortiller sous le regard scrutateur de son ami.

— Je dois aller chercher sa chatte.

Matt pinça les lèvres, cherchant visiblement à contenir un nouvel éclat de rire. Il se racla la gorge.

— Tu ne crois pas qu'on se fait un peu vieux pour aller encore chaparder la mascotte de l'équipe adverse ?

— Mais non, imbécile ! Trace a emménagé ici depuis que je me suis cassé l'épaule, dit David en passant les doigts sur la sangle de son attelle. Il y a tout un tas de choses que je ne peux plus faire tout seul et j'ai besoin de son aide. Sa chatte est toute seule dans son appartement depuis plus d'une semaine maintenant, sauf quand il passe en coup de vent une fois par jour pour s'occuper d'elle.

David pouvait voir toutes les questions qui traversaient l'esprit de son ex – aux yeux des autres, Matt restait indéchiffrable, mais David, lui, le connaissait depuis vingt ans et il était pratiquement le seul à lire en lui comme dans un livre ouvert.

Matt mordit dans son hamburger, et il fit de même, attendant la remarque que son ami ne tarderait pas à faire.

— Alors on doit d'abord s'arrêter au magasin pour acheter une litière et de la nourriture pour chat, dit Matt gentiment.

Surpris, David haussa les sourcils.

— Comment ? Pas d'autres commentaires ?

Matt secoua simplement la tête.

— Je suis sûr que Trace a déjà tout ce qu'il faut chez lui, on n'aura qu'à tout prendre, dit David.

— Il est hors de question que tu mettes cette litière dans ma Mustang, et ce ne sera pas moi en tout cas qui la nettoierai.

DAVID OUVRIT la porte avec précaution et jeta un coup d'œil dans l'appartement, redoutant que la chatte n'en profite pour s'enfuir. Mais non, aucun signe du petit félin. Il entra en regardant autour de lui.

— Tu es certain que Trace n'est pas secrètement gay ? s'enquit Max.

David s'esclaffa.

— Pourquoi tu demandes ça ?

— Regarde son appartement ! Chic et beaucoup trop bien entretenu pour un homme seul. Sans compter qu'il est toujours tiré à quatre épingles. Et qu'il a une *chatte…*

David secoua la tête.

— Non, Trace n'est pas secrètement gay. Beaucoup de femmes seraient prêtes à le jurer.

— Je sais pas, mec… dit Matt en sortant un CD du meuble vidéo. Regarde ! Coldplay ! s'exclama-t-il puis il attrapa ensuite un DVD. *Quand Harry rencontre Sally* !

— Et alors ! rétorqua David. Moi aussi j'aime *Quand Harry rencontre Sally* !

— Exactement ! s'écria Matt triomphalement.

— Arrête ton char, d'accord ? On doit trouver Mabel.

— *May*-bel ?

— Hé, ce n'est pas moi qui l'ai baptisée. Et parle un peu moins fort, elle a sûrement très peur.

David revint dans la chambre ensoleillée juste à temps pour voir une boule de poils disparaître sous le lit dans un tintinnabulement de clochette. Se tournant pour demander de l'aide à Matt, il se figea en le voyant fouiller dans les tiroirs de Trace.

— Qu'est-ce que tu fais ? s'exclama-t-il.

Matt pivota vers lui, un boxer en soie noire se balançant au bout de ses doigts.

— Tu vois ? Gay !

— Je suis sûr que ça plaît aussi bien aux femmes qu'aux hommes, argumenta David.

Parce que, ô Seigneur, rien que d'imaginer Trace dans ce boxer suffirait presque à me donner le vertige !

— Tu as déjà rencontré un hétéro qui portait des boxers en soie, toi ?

— Je n'ai jamais regardé ce qu'il y avait dans le pantalon d'un hétéro, répliqua David, en se saisissant du boxer pour le replacer dans le tiroir.

— Eh bien maintenant, tu as vu ce qu'il y avait dans ses tiroirs, murmura Matt.

David le frappa sur le ventre de sa main valide.

— Mabel est sous le lit.

— *Oooh,* le lit ! badina Matt.

Il se précipita vers la table de nuit.

— Oh non, n'y songe même pas ! s'exclama David en le rattrapant juste à temps par la main. Il y a des choses qu'on ne doit pas savoir, et les habitudes sexuelles d'un hétéro en font partie.

Matt s'apprêtait à répliquer quand Mabel se faufila entre eux, filant en direction de la cuisine. Surpris, tous deux se retournèrent en même temps, se cognant l'un à l'autre pour finalement s'effondrer sur le lit.

— Hé, attrape-la ! s'écria David en évitant de prendre appui sur son épaule blessée.

— On m'a demandé d'attraper bien des choses dans ma vie, mais jamais une chatte !

Se relevant, Matt se lança à la poursuite du petit félin.

Quand David le rejoignit dans la pièce principale, son ami tenait dans ses bras une 'peluche' noire avec un air de patience résignée ; David ne put s'empêcher de rire.

— Avant que tu dises un mot, dit-il, Trace l'a récupérée il y a un an lorsque sa grand-mère est partie vivre en Floride.

— Bien sûr, bien sûr… répondit Matt.

Mabel était un Persan femelle à la robe noire, une tête plate, et aux étranges pupilles orange et or. Il devait y avoir un collier sous ces longs poils soyeux ; David aperçut la clochette qui venait de tinter.

— Regarde, dit Matt, visiblement très amusé, en désignant une photo qui trônait sur l'étagère.

On y voyait Trace, l'année précédente, recevoir le premier prix de philanthropie, vêtu d'un costume bien taillé, ses cheveux lui balayant les épaules.

— Ils se ressemblent.

— D'ACCORD, MABEL, la litière est dans la salle de bain de l'entrée. Voilà ton bol d'eau, et là, celui de nourriture.

David regarda les deux bols roses décorés de petites pattes de chat sur les côtés.

— Tu as assez à manger ?

Mabel cilla en remuant le bout de sa queue.

— Je ne devrais pas espérer de réponse, je suppose. Je crois que les calmants commencent à faire effet. Trace va bientôt arriver. Si quelque chose ne va pas, il s'en occupera.

Mabel approcha timidement du bol, renifla la nourriture, et tourna son regard orangé vers lui.

— Je t'ai acheté du poisson. Tous les chats aiment le poisson, pas vrai ?

David soupira et se passa la main dans des cheveux déjà emmêlés.

— Et merde, voilà que je parle au chat ! Il est temps de passer à des activités plus viriles, comme regarder du baseball.

Il passa au salon allumer la TV, s'installa sur le canapé, cala un coussin sous sa tête et s'étira.

— *Ooof !*

Mabel venait de lui sauter sur le torse, lui coupant le souffle.

— Nom d'un chien, tu es plus lourde que tu n'en as l'air !

Mabel lui griffa légèrement le ventre en ronronnant.

— Aïe ! Putain, arrête, ça fait mal ! Ça m'apprendra à parler de poids à une femelle, tiens...

Il s'efforça en vain d'extraire délicatement les griffes en extension de sa chemise.

Tournant sur elle-même, Mabel se lova en rond sur son humain en ronronnant de plus belle. David soupira et reporta son attention sur l'émission sportive, mais les vibrations apaisantes des ronronnements finirent par l'endormir.

Peu après, Trace entra par la porte de derrière et posa sur la table son étui d'ordinateur portable, à côté de celui de David et de trois tasses sales. Il enleva sa veste, en drapant le dossier de la chaise, et ramassa les tasses. Il les rinça et les mit à sécher sur l'égouttoir.

— David ?

Il se lança à sa recherche.

— David, où est-ce que... ?

Surpris, Trace se figea en cillant. Étendu sur le canapé, David ronflait doucement, une petite boule noire familière sur la poitrine... Trace se rapprocha en penchant la tête.

— Mabel ? s'exclama-t-il, interloqué.

La petite chatte redressa la tête.

— Que fais-tu là, ma belle ?

Trace la souleva dans ses bras. Mabel émit un miaulement de protestation et voulut se dégager. Il la retint tout en flanquant un petit coup de genou à son ami.

— Hé, David ! David…

Celui-ci finit par ouvrir les yeux, sans comprendre ce qu'il voyait. Puis il se redressa doucement en se frottant les paupières avec un bâillement.

— Salut…

— Salut, lui répondit Trace, amusé. Il y a une raison pour laquelle tu dors avec ma chatte ? Je croyais que le beau sexe ne t'intéressait pas ?

— Les chats non plus en général, murmura David. Et laisse-moi te dire que c'est bien une femelle, elle ! Pas de doute…

— Qu'est-ce que tu veux dire ?

Trace s'assit à l'autre bout du canapé en caressant Mabel de la façon dont elle aimait. Pourtant, elle chercha encore à se dégager. Il fronça les sourcils.

— J'ai bêtement fait un commentaire déplacé sur son poids, et elle m'a planté ses griffes dans le ventre ! rouspéta David en se massant ostensiblement le torse.

— Et moi, je te repose la question : qu'est-ce qu'elle fait là ? s'exclama Trace, plongé en pleine confusion.

Mabel lui mordilla un doigt, l'obligeant à la lâcher avec un cri. Mabel bondit hors de ses bras en sifflant puis retourna se lover sur les genoux de David avec un ronronnement satisfait.

David qui, perplexe, vit son ami glousser.

— On dirait bien que tu as une petite amie ! s'écria Trace entre deux éclats de rire.

— Je suppose qu'il y a une première à tout, soupira David, philosophe, en caressant la tête du petit félin qui s'était visiblement pris d'affection pour lui.

Ronronnant de plus belle, Mabel se frotta contre sa main.

— Elle te préfère à moi, se plaignit Trace. Voilà des mois que j'essaie de gagner son affection, la petite peste !

David s'éclaircit la gorge en jetant des regards innocents à la ronde.

— J'ai sauvé la demoiselle en détresse de la famine et de la privation de caresses en son château isolé.

Trace leva les yeux au ciel.

— Parfait, murmura-t-il.

Il soupira et se dit qu'il devait se faire une raison. Mabel lui avait déjà fait deux crises en trois jours, faisant de la charpie d'un de ses pantalons.

— Elle sera plus heureuse ici, de toute façon.

David lui lança un regard désolé.

— Puisque tu es là, il n'y a pas de raison pour qu'elle reste là-bas toute seule. Je détestais l'idée de la savoir dans cet appartement vide. Je veux dire, avec tout ce que tu fais pour moi…

— Je le fais parce que je le veux bien, David, pas parce que j'attends quelque chose de toi en retour.

Trace lui sourit. Il trouvait cela adorable.

— Merci. Je suis content de l'avoir ici. Même si elle te préfère à moi… ajouta-t-il en plissant les yeux.

David haussa les épaules et une pensée lui traversa soudain l'esprit, le faisant sourire.

— Qui aurait pu prédire que je te volerais ta belle à ton nez et à ta barbe ?

Trace sourit à son tour.

— Ne la gâte pas trop. Ce sera infernal quand je la ramènerai à la maison. Même si je n'ai jamais été très présent pour elle avant de venir emménager ici, je l'avoue…

— Ouais, on a l'impression que personne ne vit dans ton appartement, dit David en se remémorant les pièces impeccablement rangées.

— Hé, mais au fait, comment tu t'es rendu là-bas ? s'exclama Trace avec un sentiment d'inquiétude. Tu n'as pas conduit, j'espère ?

Il pensa aux médicaments dans la salle de bains qu'il lui administrait quotidiennement.

— Non, non. J'ai demandé à Matt de m'accompagner, le rassura David.

— Matt… Le photographe, se souvint Trace.

— Oui, il était heureux de m'aider. Il a fait toute sorte de compliments à propos de ton appartement.

Compliments qu'il n'avait pas l'intention de lui répéter.

— Mabel aussi l'a apprécié.

Trace soupira.

— Je commence à penser que Mabel est une vraie sorcière, murmura-t-il.

David la serra contre lui.

— Hé, c'est de ma nana dont tu parles, là !

Trace eut l'impression que pour un peu, Mabel lui aurait tiré la langue...

Petite peste !

Et si la petite bête lui inspirait bel et bien un élan de jalousie ? Il préféra ne pas s'attarder là-dessus.

VIII

TRACE REMUA sur sa chaise en plastique pour la centième fois au moins et soupira en feuilletant le magazine qu'il avait pris sur la table basse. Cela ne présentait guère d'intérêt pour lui dans la mesure où il était l'auteur de l'article qu'il s'efforçait de lire.

Il releva les yeux quand la porte du cabinet du kiné s'ouvrit enfin ; ce ne fut pas David qui réapparut, mais une grand-mère avec son déambulateur. Plissant le nez, il revint à son magazine et tourna la page. David devait faire des progrès parce que ça faisait bien une heure qu'il était là-dedans. C'était sa deuxième visite, et Trace n'était pas sûr de vouloir voir la séance prendre fin. Après le premier rendez-vous, la semaine passée, David s'était comporté en ours mal léché. On aurait dit qu'il s'était fracturé le bras la veille, et non trois semaines auparavant.

La porte se rouvrit, et cette fois David apparut, soutenant d'une main son épaule blessée. Avisant Trace d'un coup d'œil, il se dirigea vers son ami tête basse, avec un faible sourire.

— On m'a ajouté deux exercices cette semaine. Je te jure, ces séances sont plus douloureuses que lorsque je me suis cassé le bras.

Il semblait tellement fatigué… Trace réprima une grimace.

— Que dirais-tu d'aller déjeuner ? Ensuite, tu pourras prendre tes calmants.

Pris d'une vive douleur à la poitrine, David grimaça.

— Mieux vaudrait que je prenne d'abord mes calmants.

— Pas si tu veux les garder dans l'estomac le temps qu'ils fassent effet, dit Trace doucement en l'accompagnant à la porte. Essayons des biscuits pour commencer, et après tu feras un repas plus substantiel. Tu ne veux pas être malade toute la nuit comme la dernière fois, pas vrai ?

Et franchement, Trace avait atteint sa limite de compassion ce jour-là.

— Avant que Belzébuth pose les mains sur moi, j'allais suggérer un restaurant de fruits de mer, sur le port. Maintenant, je n'ai plus qu'une envie, retourner au lit m'abrutir de calmants. Comment une chose censée me faire du bien peut faire aussi mal ? Putain !

Une patiente assise près de la sortie grimaça en entendant l'invective. Trace lui jeta un coup d'œil et ils échangèrent un sourire contrit.

— Faisons un compromis. Biscuits, médocs, sieste, puis dîner sur le port, dit doucement Trace en faisant signe à David de sortir.

— Je peux prendre mes médicaments avec du scotch ?

— Avance !

Se disputer avec David alors qu'il souffrait n'était pas une bonne idée, et Trace n'avait pas l'intention de discuter.

— Plus vite on sera à la maison, plus vite tu pourras prendre tes calmants.

David monta en voiture et s'affaissa sur le siège côté passager, la tête à la renverse et les yeux clos. Il lâcha son bras endolori le temps d'attacher sa ceinture de sécurité.

— Si tu étais une bonne *maman,* tu aurais des biscuits dans ta poche, ton sac… là où les bonnes mères les rangent pour pouvoir les enfourner dans la bouche de bébé dès qu'il se met à vagir au restaurant ! C'est quelque chose que je n'ai jamais vraiment compris, d'ailleurs. Elles ont toujours des biscuits… même lorsque le resto en sert…

David continua à papoter, retenant son souffle quand la voiture franchit un dos d'âne en sortant du parking. Il se rendait bien compte qu'il n'était pas d'une compagnie agréable, mais pour l'instant, il n'arrivait pas à être plus positif.

Trace pinça les lèvres tandis que David continuait de palabrer sans discontinuer à propos de tout et de rien. Il aurait préféré que son ami soit un peu plus sur son quant-à-soi.

— Les compétences parentales me font cruellement défaut, j'en ai peur ; Mabel pourrait en attester.

— Tu es meilleur que tu ne le penses, murmura David, en regardant la circulation par la vitre.

Trace sourit en haussant un sourcil.

— Merci.

David agita une main cavalière. Il ne voulait pas que Trace se doute de combien il était embarrassé. Après quelques minutes de silence, il reprit la parole.

— Je déteste avoir à le dire, mais j'ai peur de me dégonfler sinon...

Il se dandina sur son siège, apparemment incapable de trouver une position confortable.

— Docteur Mengele veut que je fasse une série de d'extensions et de rotations trois fois par jour, mais pour cela, il faudrait m'aider à supporter le poids de mon bras. La dernière chose dont tu aies besoin, c'est bien d'apprendre que j'ai *encore* besoin d'aide...

— David, ça ne me dérange pas, lui assura Trace, en tâchant de dissimuler sa frustration.

Il le lui avait dit et redit, mais son ami avait manifestement toujours l'impression qu'il allait finir par s'enfuir en courant.

— Tout ira bien. Petit-déjeuner, déjeuner, et dîner. La routine, quoi...

— Je suis partagé entre la gratitude et la déception de voir que tu ne m'envoies même pas balader, histoire que j'y retourne la semaine prochaine en disant que je n'ai trouvé personne pour m'aider... Je pourrais toujours appeler Matt, mais il n'a pas la fibre 'infirmière'...

Trace regarda David du coin de l'œil. Il agissait comme s'il était déjà sous médicaments. Peut-être était-il exténué ?

— ... Enfin, je suppose qu'il pourrait venir m'aider en milieu de journée à faire mes exercices si tu n'es pas disponible. Je ne sais pas ce que fait Matt de ses journées au juste, mais je suis pratiquement certain que ça ne concerne pas le travail.

Les paupières lourdes, David s'esclaffa.

Trace soupira en marquant un stop. Sans réfléchir, il passa une main dans les cheveux de son ami pour lui dégager le front. Des cheveux juste assez longs pour être toujours décoiffés lorsqu'ils roulaient capote baissée. David plissa le nez et Trace replia précipitamment le bras.

— Comment est-ce que Matt arrive à faire ça ? gémit David, et Trace se relaxa en l'entendant reprendre son babillage.

Ça devait l'aider à surmonter la douleur.

Trace redémarra en souriant.

— TU ES sûr de vouloir faire ça ?

Le lendemain matin, David n'arrêtait plus de râler et de se plaindre depuis que Trace était entré dans la cuisine, quarante-cinq minutes plus tôt que d'habitude. Il fronça un peu plus les sourcils en voyant que Trace l'ignorait superbement au profit du café et des muffins.

— Tu n'as pas vraiment envie de commencer ta journée avec un grincheux qui souffre, pas vrai ?

Faisant la sourde oreille, Trace mit ses muffins dans le grille-pain et prit le beurre et la confiture au frigo.

David frotta nerveusement son avant-bras sous son attelle. Son épaule ne le faisait plus souffrir pour l'instant.

— Je suis sûr que je pourrais me débrouiller tout seul, du moins au début, tu sais, jusqu'à ce que je sois un peu remis de ma séance de torture d'hier.

Quand Trace finit par se tourner vers lui, café en main, en s'appuyant au plan de travail, David soupira. L'expression de son ami était des plus éloquentes...

Tissu de sornettes !

— Merde... murmura David.

Les lèvres frémissantes, Trace posa son muffin sur la table, près du beurre et de la confiture.

— Esclavagiste ! ajouta David.

Trace renifla de dédain.

— Gros bébé, répliqua-t-il en bâillant.

Il tartina son muffin croustillant de confiture.

— Encore dix minutes et ce sera fini, ajouta-t-il.

Avec un peu de chance, David constaterait enfin que ce n'était pas si douloureux et se calmerait.

— Jusqu'au déjeuner, rétorqua David.

— Dix minutes, insista Trace, et ce sera fini.

À son tour, David renifla de dédain et s'empara de son café. Il n'était pas sûr de ce qui arrivait à Trace ce matin ; d'habitude, il était plus... endormi.

— Jusqu'au dîner.

Trace sourit, se délectant avec humour de la réaction excessive de son ami.

— On est bougon ce matin ? s'enquit-il avec une feinte sollicitude.

— Je n'ai pas envie d'avoir encore mal, admit David.

Trace haussa les épaules.

— Soit tu as mal maintenant, et ça ira mieux après, soit tu n'as pas mal maintenant, et tu souffriras plus tard, résuma-t-il entre deux bouchées.

David plissa le front.

— Tu es bien trop décontracté à propos de tout ça.

— Tu préférerais que je sois plus dur ?

— Il m'est difficile de me fâcher contre toi quand tu es si calme et d'humeur si serviable.

— Ça fait partie de mon plan, admit Trace en tartinant sa moitié de muffin. Tu as mangé ?

— Oui, *maman.*

Du haut de ses quarante-deux ans, David se montrait bien puéril, il en avait conscience. Peu enthousiaste à l'idée d'entamer sa session d'exercices thérapeutiques, il se remettait également difficilement d'une nuit très agitée. Il n'avait cessé de repenser à la manière dont les mains de Trace glisseraient sur sa peau, soutenant gentiment son bras, caressant son poignet...

David se secoua. Trace était en train de l'observer. Est-ce qu'il lui avait dit quelque chose ?

— Quoi ?

— Je t'ai demandé si tu préférais faire tes exercices ici où tu pourras t'asseoir sur une chaise, ou bien dans le salon où tu pourras t'effondrer sur le canapé une fois que ce sera fini ?

— Oh, le salon, sans hésitation. Et très près du canapé, murmura David en se levant, ignorant le petit sourire en coin de Trace.

Il s'affala sur le canapé, se disant qu'il était temps qu'il grandisse. Se comporter comme un bébé ne ferait qu'énerver Trace qui finirait par jeter l'éponge et partir, et il se retrouverait tout seul avec une épaule encore mal rétablie. Il se frotta les yeux : oui, décidément, il ferait mieux de prendre sur lui.

— Enlève ton attelle, s'il te plaît.

Trace s'était muni du programme d'exercices que le thérapeute lui avait remis. Prenant une grande inspiration, il chaussa ses lunettes et étudia les schémas.

— Ça ne devrait pas être trop dur.

— Ce n'est pas toi qui as une épaule cassée.

Trace s'assit près de lui sans répondre à la provocation.

— Allons-y. Premier exercice : tu vas maintenir ton bras, coude tendu à quatre-vingt-dix degrés, et le soulever plusieurs fois en l'écartant de ton corps.

David regarda Trace lui montrer le mouvement prescrit et ne put réprimer un petit rire.

— Quoi ?

Trace leva les yeux.

— On dirait un poulet ! s'esclaffa David.

— Oui, eh bien, je suis le coq de la basse-cour. Allez, *mon poulet*. Bats des ailes, lui ordonna Trace avec un clin d'œil.

Non sans soupirer, David souleva lentement le bras, redoutant de raviver la douleur fulgurante qu'il avait ressentie la veille chez le thérapeute. Par bonheur, son épaule était juste très raide et endolorie pour le moment.

— Soulève-la un peu plus haut, l'encouragea Trace en posant la main sur le coude de David pour l'aider.

Il s'était perché sur le bord du canapé, et leurs genoux se touchaient.

— Tu dois lever le coude à hauteur de l'épaule.

David frissonna alors que des picotements le traversaient là où Trace le touchait. La minute suivante, il fronça les sourcils en sentant son bras s'alourdir.

— Pas étonnant que j'aie besoin d'aide.

— Pourquoi ?

— J'ai l'impression que mon bras pèse une tonne.

Le front barré d'un pli soucieux, Trace se dit qu'il ne fallait pas qu'il s'inquiète. David était un grand garçon ; il y arriverait.

— Bon, dix fois pour commencer, c'est suffisant.

Soupirant de soulagement, David laissa retomber son bras, ce qui était également un peu douloureux. Il s'était habitué à ce qu'il soit soutenu.

— Quelle est la suite du programme, entraîneur ?

— Remets-toi dans la même position pour commencer, mais cette fois, tu le soulèves parallèlement à ton épaule, puis tu reviens à ta position initiale.

Nouveau ricanement.

— On dirait Tiger Woods.

Trace leva les yeux au ciel.

— Cinq fois.

Quand David finit cet exercice, plus les deux suivants, il serrait les dents.

— C'est tout ?

Trace l'observait, mais il n'aurait su dire à quoi son ami pensait.

— C'est tout ? insista-t-il.

— Ah, oui…

Trace posa la feuille sur la table, fier que David n'ait pas abandonné.

— Enfin !

David se retourna vers son attelle.

— Et si tu allais prendre une douche avant de la remettre ? lui suggéra Trace.

— Peut-être que je n'ai pas envie d'une douche, répliqua David, au mépris de la sueur sur son cuir chevelu et entre ses omoplates.

Il avait l'impression d'être bien faible pour se fatiguer si vite en faisant des exercices aussi ridicules. Il se leva d'un bond en repoussant sans égard les genoux de Trace qui bascula presque à la renverse sur le canapé. Il repassa en trombe dans la chambre pour s'inspecter devant le miroir, l'air boudeur.

Il s'assit en soupirant au bord du lit et se prit la tête entre les mains. Il se rendait compte qu'il réagissait très mal face à tout cela. Il n'avait aucune raison de s'en prendre à Trace, alors que son meilleur ami faisait tant d'efforts pour lui venir en aide.

David sentit quelque chose contre ses mollets et baissa les yeux pour voir Mabel s'enrouler autour de ses chevilles en ronronnant. Secouant la tête, il se pencha pour la frotter entre les oreilles. Quand il releva les yeux, il croisa le reflet de Trace dans le miroir ; attelle au poing, son ami s'appuyait tranquillement au chambranle.

— Je suis désolé, Trace, dit David avec une résignation sincère dans la voix. Je me comporte comme un imbécile et tu ne mérites pas ça.

Trace ne réagit pas tout de suite ; il lui tendit juste l'attelle. David se leva pour venir la lui prendre des mains, murmurant un merci.

— Je serai de retour pour le déjeuner. *Subway*, ça te va ?

Trace espéra qu'alors la mauvaise humeur de David ne serait plus qu'un souvenir. Il lui tapota le torse en signe de soutien.

David acquiesça, sensible à la douce chaleur qui se diffusait sur son torse. Il baissa les yeux sur la main que Trace venait de poser sur lui. Un geste… réconfortant. Rassurant. Il savait que son ami le comprenait.

— Tu sais ce que j'aime, dit David doucement.

Trace sourit, et David fut choqué de constater combien ce qu'il venait de dire était vrai.

TRACE BAILLA en tirant ses cheveux en arrière pour les nouer. Il n'était pas encore habitué à se lever si tôt – enfin, très tôt pour lui en tout cas. Pour un oiseau de nuit dans son genre, se lever ne serait-ce qu'une heure plus tôt, même si c'était pour aider David, nécessitait une phase d'adaptation.

Il cilla en posant la brosse à cheveux et se saisit d'un gant de toilette. Laissant l'eau couler le temps que le débit se réchauffe, il se dévisagea dans le miroir se demandant ce que David voyait quand il le regardait. Soupirant, il plaça le gant sous le jet d'eau.

Depuis cette fameuse nuit dans la voiture, son esprit le ramenait sans cesse à la vision de David assis à côté de lui, détendu dans son sommeil, à la façon dont les cheveux soyeux de son ami avaient glissé entre ses doigts... Et au fait qu'il avait ressenti *quelque chose*, assis là, dans l'obscurité, près de David.

Laissant échapper un soupir rauque, Trace ferma le robinet et appliqua le gant sur ses joues afin de réchauffer sa peau et de la préparer au rasage. En appui sur le rebord du lavabo, il ferma les yeux en sentant ses joues s'échauffer... pas *seulement* à cause du gant. Comment aurait-il pu oublier combien cette poussée d'excitation l'avait choqué...

... et le choquait encore ?

Il rouvrit les yeux et connut la même montée du désir alors que son sexe gonflait. Trace gémit. *Ça devait cesser* ! Un hétéro ne devait pas convoiter ainsi son ami gay.

Pas vrai ?

Fixant son reflet dans le miroir, il tâcha d'analyser ses sentiments. Était-il donc possible que lui, un homme à femmes – lui qui aimait les femmes et tout ce qui se rapportait à elles – puisse être attiré par un homme ? L'estomac en capilotade, Trace fronça les sourcils en s'efforçant de comprendre ce qui le dérangeait réellement dans la façon dont il réagissait. S'inquiétait-il du qu'en dira-t-on ? De l'opinion des gens ?

Non, je ne pense *pas. J'ai pratiquement toujours fait ce que je voulais, de toute façon. Et j'ai pas mal d'amis gays, ce n'est pas comme si je n'étais pas familier avec le concept.*

Contrarié ? *Non. Comment pourrais-je être contrarié par David ? Ce n'est pas de sa faute si j'ai une crise d'identité.*

Paniqué ? *Un peu.*

Il cligna des yeux.

D'accord, plus qu'un peu, mais peut-être que 'crise' est un mot un peu trop fort.

En colère ? *Non, pas du tout. Plutôt... confus. Pourquoi est-ce que ça m'arrive maintenant ?*

Excité ? *... Oh, Bon Dieu !*

Trace grimaça, laissa tomber le gant de toilette, se saisit du gel de rasage et commença à se raser tout en ruminant. Pourquoi était-il tellement excité ?

Parce que David était... incroyable dans ce costume ! Et beau. Si beau...

Et pourquoi ça t'affecte maintenant ?

Je ne sais pas... La proximité ? Notre amitié nous rapproche ? C'est mon meilleur ami.

Sois honnête !

Putain. Il... m'excite ! Et je ne sais absolument pas quoi faire...

Jetant le rasoir dans le lavabo, Trace s'inspecta dans le miroir.

Est-ce que ça change vraiment quelque chose ?

Oui.

Pour le pire ?

Non.

Tu es sûr ?

Absolument.

Pour le meilleur ?

Je sais que David sera toujours mon ami. Peut-être pourrait-il être un peu plus qu'un ami ?

Digérant l'idée, Trace s'habilla, parvenant à une sorte de paix intérieure.

Je vais juste attendre et voir ce qui se passe. Peut-être que je verrai les choses autrement ensuite.

Se sentant beaucoup plus sûr de lui, il balaya ses incertitudes et rejoignit David dans la cuisine.

— *Caféééé* ! gémit-il, bras tendus, en adoptant la démarche syncopée d'un zombie.

— Imbécile !

Amusé, David lui flanqua une petite bourrade dès qu'il passa à sa portée ; avec un affreux rictus 'en caractère', Trace se traînait lamentablement…

— Tu as déjà abusé de mon scotch. Tu as intérêt à apprécier mon café, ou je t'enverrai chez McDonald !

Trace remarqua que son journal préféré était plié à côté de son assiette. David avait aussi préparé deux bagels, et le fromage blanc était déjà à table prêt à être tartiné. Ils avaient découvert qu'étaler du fromage blanc était presque impossible d'une seule main.

— Bah, le café de McDonald n'est pas si mauvais depuis qu'ils ont changé de fournisseurs. Mais si tu veux un café vraiment, vraiment bon, tu dois aller à la Maison de la Gaufre.

Trace émit un *mmm* pour accentuer son point de vue en ouvrant le fromage blanc qu'il se mit à étaler ; une large portion sur son bagel, et beaucoup moins sur celui de David.

— Sacrilège ! s'écria David. Comment oses-tu comparer mon café français fraîchement torréfié au jus de chaussette de la Maison de la Gaufre ?

Mordant dans son bagel, il disparut derrière son journal, confortablement calé sur sa chaise, pieds nus hissés sur le siège de Trace en face de lui, histoire de les réchauffer sur la cuisse de son ami.

Se décalant avec bonne humeur pour lui laisser de la place, Trace mordit à son tour dans son bagel et… frissonna en reconnaissant le sentiment qui l'envahissait.

— C'est qui, le critique gastronomique ? J'ai testé tous les cafés de la ville. Je sais de quoi je parle.

Il reposa le journal près de son assiette.

Presque deux heures s'étaient écoulées entre les exercices, une cafetière vidée, et trois journaux parcourus. Repliant le dernier journal, David attrapa son ordinateur portable en soupirant.

— Je suppose que je devrais travailler un peu avant que les copains arrivent. Tu comptes être là pour la partie de poker, ce soir ?

— *Oooh*, c'est une invitation officielle ?

Heureux à cette idée, Trace sourit. Cela faisait quelque temps qu'il n'avait plus de vie sociale et ça lui manquait.

— Je suis toujours aussi nul au poker, mais je pense que je vais rester... ne serait-ce que pour goûter de nouveau à ce scotch, ajouta-t-il en haussant les sourcils de façon cocasse avec un chaleureux sourire. Je tiens aussi à rencontrer tes amis.

David lui rendit son sourire.

— Je ne sais pas... Si Matt te voit siroter sa bouteille de scotch à quatre cents dollars, il est capable de te flinguer ! Ou tout du moins, il ne t'aidera pas à échapper aux griffes de Katherine lors de la prochaine vente aux enchères. Mais oui, si tu penses que tu peux bien te comporter, j'aimerais beaucoup que tu sois là.

Trace prit son air le plus innocent.

— Je serai sage, c'est promis !

Il s'efforçait vaillamment de réprimer un éclat de rire, les yeux pétillants et les lèvres pincées.

— Bien. Tu crois que tu pourrais faire un saut à l'épicerie cet après-midi ? Je ne suis pas censé conduire à cause de ces foutus calmants, et si on compte sur mes amis pour apporter des vivres, on aura droit à du 'liquide' uniquement.

— Pas de problème. Je dois passer quelques heures au bureau et j'ai une interview prévue cet après-midi dans une galerie d'art en ville. Je peux y aller après ça. Qu'est-ce que tu veux que je prenne ? ajouta Trace en savourant sa dernière tasse de café.

Il se rendit soudain compte que tout cela constituait une scène très...domestique... et ça le fit sourire. Qui aurait pu penser que ça lui plairait autant ?

— Je vais te faire une liste pendant que tu prends ta douche. Au cas où tu ne l'aurais pas remarqué, il est déjà 10 heures.

David éclata de rire alors que son ami sursautait.

— Merde ! s'exclama Trace.

Il allait se précipiter hors de la cuisine quand il se ravisa et revint aussitôt sur ses pas afin de poser sa tasse avant de se ruer dans la salle de bain.

99

IX

DAVID S'AFFAIRAIT dans la cuisine, plaçant les verres, faisant du café et remplissant un seau à glace. Juste avant l'arrivée prévue des invités, Trace avait foncé dans la chambre se préparer.

David, lui se tenait occupé histoire de résister à la folle envie de monter le rejoindre afin de reluquer ce corps qui l'avait fait fantasmer toute la journée. Il attrapa un paquet de fromage à ouverture facile, reconnaissant à son ami d'avoir acheté des provisions simples à déballer par égard envers lui, que son attelle gênait toujours dans ses mouvements. S'il n'avait plus réellement besoin de la mettre tous les jours, ce soir en tout cas, il n'avait pas envie de courir le risque de souffrir.

Il versa les cubes de crème de fromage dans un bol en grès noir et jeta l'emballage à la poubelle, avant d'ajouter le bol aux apéritifs disposés sur le comptoir où ils grignoteraient en attendant que les steaks soient cuits. Au moment où il se saisissait d'un bocal d'olives afin de l'apporter au salon, il entendit la voix de Trace résonner dans la maison.

— David ? Tu n'aurais pas vu ma chemise rouge, par hasard ? Elle n'est pas dans le placard et je suis sûr de l'avoir laissée là.

— Ouais ! cria David en fonçant dans la buanderie. Je l'ai lavée ! Une seconde, je te l'apporte.

Attrapant le cintre sur lequel elle était suspendue, David revint dans la chambre.

— Tiens, la voilà.

Trace se tenait dos à la porte, remontant son pantalon noir sur son boxer.

— Merci, dit-il distraitement en ajustant son pantalon sur ses hanches sans l'attacher pour pouvoir y insérer les pans de sa chemise.

Il se retourna et tendit la main.

David déglutit péniblement. Trace avait enlevé sa cravate et sa chemise, se retrouvant torse nu. Le regard de David s'attarda sur le torse musclé et l'alléchante ligne de poils noirs qui descendait vers son nombril pour disparaître sous ses sous-vêtements. Se forçant à relever les yeux, il vit avec fascination les mamelons de Trace durcir sous son regard.

Quoi qu'il se passât entre eux, il n'était visiblement pas le seul à le ressentir, et cette constatation envoya une onde de chaleur à travers tout son corps. Il soutint le regard de Trace. Décrochant la chemise du cintre, David fit un pas en avant avec l'intention de la draper sur les épaules de son ami quand la sonnette d'entrée retentit. David haussa les épaules, fataliste, et se détourna pour aller ouvrir non sans jeter un coup d'œil lourd de regrets en direction de Trace.

Ce dernier s'était immobilisé en voyant David le dévorer des yeux, et il fut de nouveau parcouru de ce frisson caractéristique. Il pencha légèrement la tête de côté. Donc, ce qui s'était passé hier soir n'était pas dû au scotch... Il allait se rapprocher de David quand il entendit la sonnette. Il lut du regret dans les yeux de son ami et se demanda ce que David aurait fait s'ils n'avaient pas été interrompus.

— David...

Alors que son cœur battait déjà la chamade, David eut l'impression qu'il s'arrêtait carrément de battre en entendant Trace prononcer ainsi son nom, sur ce ton... rauque, sourd, vibrant de promesses...

La bouche de Trace s'étira en un sourire.

Vas-y ! *Demande-moi de rester, et je laisserai les invités à la porte indéfiniment...*

— Je ferais mieux d'aller ouvrir, murmura-t-il après quelques secondes de silence.

Trace fit deux pas et s'arrêta près de lui. Il lui prit la chemise des mains avant que son ami quitte la pièce. Rassuré par la franche appréciation de David ainsi que par ses inflexions de voix rauque, Trace ébaucha un nouveau sourire. Découvrir ainsi qu'un homme le trouvait attirant... Il n'aurait jamais cru que ça lui fasse autant plaisir.

— Merci. Vas-y. Je te rejoins dans une minute.

L'esprit en ébullition, David longea le couloir et se rendit dans la cuisine pour aller ouvrir à Patrick et John. Il vit Jared se garer dans l'allée. Matt serait en retard, comme d'habitude.

Alors qu'il enlevait sa veste, John fronça les sourcils avec inquiétude en avisant l'attelle de David.

— Tu vas bien ?

David sourit pour rassurer son ami.

— Laisse ta sacoche de docteur dans la voiture, John ! badina-t-il. Je me suis fait mal à l'épaule il y a quelques semaines déjà. Je suis en bonne voie de guérison mais c'est juste que ça reste un peu sensible.

— *Sensible ?* le reprit Trace, amusé, qui venait de les rejoindre dans la cuisine. Tu t'es cassé l'épaule, mon grand !

David lui jeta un coup d'œil. Trace avait fini de s'habiller, la chemise sagement rentrée dans son pantalon noir, un ceinturon assorti soulignant l'élégante finesse de sa taille. Mais il avait laissé ouverts les deux boutons du haut de sa chemise, adoptant un air chic décontracté, avec ses cheveux lâchés et coiffés en arrière. Il était parfaitement dans le ton, puisque les autres hommes arrivaient dans leur costume plus ou moins défraîchi après une longue journée de travail.

Le regard que lui lança David brillait de tendresse.

— Oui, *sensible*. Allons dans le salon. Les mecs, je vous présente Trace. Trace, voici John et Patrick.

Inconsciemment, il caressa le ventre de Trace en passant à côté de lui, ses doigts se posant juste au-dessus de la ceinture avant de retomber le long de son flanc.

Comme ils se dirigeaient vers la grande table ronde en marbre, Patrick se pencha vers lui en haussant un sourcil inquisiteur.

— Un nouvel amant ?

David sentit un frisson remonter le long de sa colonne vertébrale. Il n'avait pas pensé à ce que ses amis pourraient dire à propos de sa relation avec Trace. Ils avaient une façon de se moquer pas très discrète qui risquait de compromettre ce qui était en train de se construire entre eux.

— Ouh là, non ! protesta-t-il avec une feinte désinvolture en prenant une bouteille d'alcool pour l'ajouter au bar. Tu connais mon type d'homme. Trace est juste un très bon ami qui me donne un coup de main. Contrairement à vous autre d'ailleurs, qui ne vous êtes jamais inquiétés de savoir si j'avais besoin de quelque chose et ne pensez à moi qu'à l'occasion de notre partie de poker.

Trace se mordilla la lèvre en entendant la réponse spontanée de David à une question qu'il n'avait pas entendue mais pouvait facilement imaginer. Ce n'était pas la réaction de David qui le gênait, mais bien la déception que cela lui causait.

Il se remémora la façon dont son corps avait réagi sous le regard de braise de David.

Waouh !

Il avait ressenti une tension sexuelle entre eux – quelque chose qui couvait depuis un certain temps déjà. Et il ne voulait pas que ça s'arrête. Il s'était figé sous le regard appréciateur de David, et un éclair de désir l'avait transpercé.

Trace cligna des yeux. Ce qu'il avait éprouvé n'était pas le fait du hasard – il le ressentait de plus en plus. Il se passa la main là où David l'avait touché. Ils étaient toujours amis, se rappela-t-il.

Quoi que l'avenir nous réserve.

Déterminé, Trace apporta le seau à glace au salon, où les invités prenaient place, verre en main, dans la joie et la bonne humeur. Jared battit et coupa les cartes. Trace allait retourner en cuisine chercher les amuse-gueule quand un éclat de voix l'arrêta dans son élan.

— Trace, quelle surprise !

Se tournant de trois quart, celui-ci sourit en voyant le nouvel arrivant.

— Hé, Matt ! Bienvenue à la fête. J'ai entendu dire que tu battais régulièrement ces rustres à plates coutures ! s'exclama-t-il en passant tout naturelle au tutoiement. Je ne savais pas que tu étais doué pour autre chose que tenir un appareil photo.

— Oh, j'ai beaucoup de talents. Demande à David.

Matt fit une grimace à David, soulevant l'hilarité générale. Le cercle amical avait l'habitude de voir Matt et David flirter. Trace appréciait la plaisanterie. Ce n'était pas très différent de ce qui se passait avec ses propres amis. Il pouvait gérer ça.

— Et ces talents incluent le kidnapping de chat ? s'enquit Trace.

— Le kidnapping de chat ? répéta Patrick, intrigué.

Matt éclata de rire en s'asseyant.

— Je n'étais que le complice. Mais il est vrai que *moi,* j'ai des *talents…*

— La ponctualité n'en fait pas partie. Tais-toi donc et distribue, va ! lui enjoignit David.

Cravates desserrées, les joueurs s'installèrent. David jeta un coup d'œil à Trace qui s'asseyait en face de lui.

— Ne me compte pas. Je suis juste là en observateur, dit Trace, tandis que Matt lui tendait un shot de téquila.

— Ça ne marche pas comme ça ici. Il n'y a pas 'd'observateur'. Si tu es là, tu joues !

Patrick tapota la chaise à côté de lui.

— Je t'aiderai, ne t'en fais pas.

Dubitatif, Trace prit néanmoins place près de Patrick.

— D'accord, mais je dois te prévenir : David a voulu m'apprendre les bases, et je n'ai toujours rien pigé.

Il jeta un autre coup d'œil à son ami en prenant ses aises.

— Je suis bien meilleur professeur que David. Pas vrai, les gars ? lança Patrick.

Des acclamations enthousiastes lui répondirent, et tous donnèrent des jetons au nouveau venu.

Comme il se penchait pour parler à Matt, David ressentit un malaise en voyant l'attention de Patrick se focaliser sur Trace ; le kinésithérapeute avait poussé sa chaise de façon à ce que leurs genoux se touchent. Mis à part Matt, Patrick était le seul du groupe à être attiré par les hommes. S'il n'était pas gay, il était du moins bi, et Trace était absolument magnifique ce soir.

En voyant Matt et David ainsi penchés l'un vers l'autre, Trace se posa des questions.

Non, pas Matt !

Trace s'en serait déjà rendu compte sinon. Et puis David lui avait dit qu'ils s'étaient fréquentés. Dans le passé. Il reporta son attention sur Patrick qui, accoudé, lui parlait stratégie à l'oreille. Trace en était certain, l'animal flirtait ! Lèvres pincées, Trace écouta Patrick lui murmurer une question à propos du jeu.

Il n'y a pas de mal à flirter un brin, après tout.

John venait de relancer et de jeter quelques jetons lorsque Mabel surgit de nulle part et sauta sur la table, éparpillant jetons et cartes à la ronde. Patrick et Matt eurent juste le temps de rattraper leurs verres avant qu'ils se renversent.

— Mabel ! s'écria Trace.

— Mabel ? renchérit Jared.

— Ah, le kidnapping de chat… lâcha Patrick d'un air entendu.

— Oh, mon Dieu, j'en ai encore des cicatrices ! gémit Matt.

David lui jeta des cartes à la figure.

Mabel siffla en évitant de justesse Trace qui tentait de la rattraper au vol, et elle bondit sur les genoux de David. Elle s'y lova benoîtement, comme si de rien n'était, et entreprit de se lécher la patte.

Matt sourit.

— Ah, c'est comme ça ?

— Elle le préfère à moi, se plaignit Trace en se rasseyant.

— Je ne savais pas que tu avais une chatte, dit John en rassemblant les jetons épars.

— Il n'en a pas, assura Trace.

— Elle est à Trace, répondit David en même temps.

— Elle ne semble plus être à lui, commenta Patrick alors que John et Jared éclataient de rire.

Matt ricana.

— David s'est trouvé une petite amie, les gars.

De sa main valide, David frappa Matt au torse ; puis il se remit à caresser Mabel.

— Au moins, elle a bon goût, murmura Trace.

Patrick faillit s'étouffer de rire en avalant de travers une gorgée de scotch.

— D'accord, cette main ne compte pas ! protesta Jared en redistribuant.

Confortablement lovée sur les genoux de David, Mabel semblait aux anges ; Trace soupira en voyant son ami glisser les doigts dans la belle fourrure de la chatte. Il reconnaissait déjà trop bien ce sentiment de jalousie irrationnelle.

LE MALAISE que David avait éprouvé dès que Patrick avait aidé Trace ne fit qu'empirer au cours des deux heures de jeu suivantes, puis au dîner, quand John fit griller les steaks. De toute évidence, Patrick n'avait d'yeux que pour Trace. Tout cela pesait sur David alors qu'il n'avait aucun droit sur son ami. Mais d'en avoir bien conscience ne l'aidait en aucune façon.

David sentit un petit coup de pied au mollet, et Matt se pencha vers lui.

— Tâche au moins d'avoir l'air impassible. Tu n'arrêtes pas de perdre ce soir, et tout le monde le remarque.

Pour la quatrième fois de suite, David jeta ses cartes au centre de la table.

— Je me couche.

Le poker nécessitait beaucoup de concentration, et pour le moment, toute son attention était focalisée sur les deux hommes en face de lui. Patrick aussi s'était couché depuis un moment déjà ; à présent, il prodiguait ses conseils à Trace à mi-voix.

— C'est l'heure du dessert. Viens m'aider, David, dit Matt, en jetant également ses cartes.

David leva les yeux au ciel. Matt n'était pas connu pour sa subtilité. Il se leva néanmoins. S'il ne le suivait pas, Dieu seul savait ce que Matt pourrait dire ou faire. Il attrapa le seau de glace vide et lui emboîta le pas.

Une fois dans la cuisine, Matt se retourna vers lui.

— Y a-t-il quelque chose entre Trace et toi ? murmura-t-il de but en blanc.

— On ne le dirait pas en tout cas, déclara David.

Ouvrant le frigo, il désigna une boîte de Cheesecake Factory.

— Seulement si tu es aveugle, répliqua Matt en sortant la boîte qu'il posa sur la table. Il y a tellement d'étincelles entre vous qu'on croirait un feu d'artifice. Et Patrick se délecte, puisque que tu fais de ton mieux pour l'ignorer.

— Peut-être que de traîner avec moi a ouvert les yeux de Trace sur la possibilité qu'il puisse être attiré par un homme. En tout cas, il regarde déjà Patrick d'un autre œil ; il y a un mois encore, il ne l'aurait pas regardé comme ça.

Affectant une nonchalance qu'il était loin d'éprouver, David s'affairait avec les sauces.

— Traîner avec toi ? Et depuis quand Trace 'traîne-t-il' avec toi ? Et que faisiez-vous dans ce restaurant l'autre soir ? C'était plutôt chic pour une sortie entre amis, le taquina Matt. Et comment ça se fait que tu ne parles jamais de lui ?

— On est amis depuis longtemps déjà, et je *traîne* avec lui quand je ne *traîne* pas avec vous, répondit David, conscient que ça sonnait faux. Je t'ai expliqué que je m'étais fait mal à l'épaule. Il était là quand c'est arrivé. C'est un très bon ami.

Matt l'étudia intensément, la tête penchée sur le côté.

— Je ne devrais pas avoir à dire ça à un boursier de Fullbright, mais *traîner* avec toi pour prendre soin du grincheux que tu sais être pendant quatre semaines est à mes yeux un peu plus que de l'amitié. Alors accouche ! Il est plus qu'un ami, pas vrai ?

David et Matt avaient tenté de nouer une idylle par le passé avant de se rendre à l'évidence – ils ne seraient jamais que des amis l'un pour l'autre, ça n'irait pas plus loin. D'ailleurs, ils étaient toujours amis. Donc, si quelqu'un pouvait se rendre compte de l'intérêt que David avait maintenant pour un autre homme, c'était bien Matt.

David cala sa hanche contre le bord du plan de travail.

— Je pensais…que peut-être… Cette soirée au restaurant ? C'était juste du travail. Trace écrit des critiques gastronomiques, mais quelque chose s'est passé…

Il releva les yeux, l'air penaud.

— C'est plutôt pathétique, pas vrai ? Je suis trop vieux pour m'amouracher d'un ami hétéro.

— Ou du moins de la chatte de ton ami hétéro...

Matt attrapa quelques serviettes et prit un air décontracté avant de jeter un coup d'œil à la table de poker. David savait très bien ce qu'il voyait : Patrick flirtait toujours, ce qui amusait beaucoup John et Jared. Bien que Trace ne l'encourage pas vraiment, il semblait tout de même apprécier l'attention. Matt avait un petit sourire en coin en voyant Trace flirter subtilement lui aussi. Il se retourna vers David, une lueur moqueuse dans les yeux.

— Tu es sûr qu'il est hétéro ?

— Non, avoua David avec un petit gémissement. En fait, je suis presque certain maintenant qu'il est 'bi-curieux'…

Et David se demanda comment tout cela était arrivé.

Matt eut un sourire radieux.

— Et c'est toi qui l'as initié à cette phase ?

— Pervers ! riposta David d'un ton léger.

Le regard tourné vers la partie de poker, sa perplexité augmenta d'un cran en voyant Trace poser le front sur l'épaule de Patrick avec un éclat de rire.

— Je ne crois pas que je l'aie 'initié' à quoi que ce soit, mais Trace a apparemment décidé de parfaire son éducation.

— Tu es vraiment accro, pas vrai ? dit doucement Matt en secouant la tête avant de jeter un autre coup d'œil à la partie en cours. Tout le monde sait que Trace flirte comme il respire. Il s'est fait presque toutes les femmes disponibles, et la plupart d'entre elles seraient partantes pour un deuxième round.

Matt posa une main amicale sur l'épaule valide de David tout en mettant des glaçons dans son verre.

— Réfléchis un peu : il prend soin de toi. Il a même emménagé avec toi. Et je suis prêt à parier que c'est lui qui te met ton pantalon tous les jours. Patrick n'est pas une menace pour toi.

David rougit devant l'exactitude des propos de Matt. Il connaissait ce dernier depuis assez longtemps pour savoir qu'il voyait des choses que personne d'autre ne voyait.

— Pourquoi Patrick n'est pas une menace ?

Matt lui sourit en prenant une bouteille de scotch.

— Parce que pendant qu'il rit et flirte, l'air de rien, il n'arrête pas de nous regarder. Correction : de *te* regarder. Exactement comme il le fait depuis que je t'ai traîné ici.

— Je n'avais plus ressenti cela depuis très longtemps, mais…

David eut un sourire contrit.

— Je m'adresse à la mauvaise personne, pas vrai ?

Entrechoquant son verre avec celui de David, Matt lui fit un clin d'œil avant de retourner à la table de poker, exigeant bruyamment de savoir ce qu'il avait manqué et pourquoi il lui manquait des jetons, laissant David à ses pensées conflictuelles.

En voyant Matt revenir seul de la cuisine, Trace se demanda ce qui retenait David. Est-ce qu'il se cachait ? Préparer les assiettes à dessert ne prenait pas autant de temps, même avec une seule main. Peut-être avait-il besoin d'aide mais n'osait pas l'avouer devant ses amis ? Après une longue minute, il jeta ses cartes malgré le bon jeu qu'il avait en main et attrapa son verre vide, excuse commode pour retourner en cuisine.

Il ne remarqua pas le petit sourire entendu de Matt.

— David ? Tout va bien ? lança-t-il en entrant dans la cuisine.

— Ouais, je laisse juste le cheese-cake dégeler à température ambiante afin qu'on n'ait pas à batailler pour le couper, répondit David, la bouteille de scotch à la main. Je te ressers ? Tu n'as pas à conduire ce soir.

— Avec plaisir.

Intrigué, Trace remarqua que les cheveux de son ami étaient tout emmêlés ; David n'avait pas cessé de s'y passer une main nerveuse durant la partie, et il était vraiment magnifique dans sa chemise impeccable aux manches retroussées et son pantalon anthracite parfaitement coupé.

Trace contempla un bon moment le fond de son verre.

— Tes amis sont marrants.

— *Hmmm*. En ce moment, j'ai un sérieux problème avec l'un d'entre eux.

Sans crier gare, il pivota et coinça Trace contre le buffet.

Ce dernier écarquilla les yeux tandis que ses fesses cognaient le plan de travail et renversa un peu de scotch sur ses doigts.

— Quelle sorte de problème ?

Il dévisagea David.

C'était un comportement totalement inédit de la part de son ami, ce côté dominateur – même s'il devait bien admettre que ça ne lui déplaisait pas. Et s'il ne le connaissait pas mieux, il aurait pu penser qu'il s'apprêtait à lui donner un baiser fougueux.

— Il semblerait que je sois devenu un peu intolérant, répondit David en repoussant du bout des doigts une mèche de cheveux de Trace qui lui tombait sur le visage. *Personne* n'a le droit de te toucher.

Se penchant légèrement, il pressa leurs corps l'un contre l'autre.

— À part *moi*, grogna-t-il.

Le ton qu'avait pris David en disant cela, sa chaleur animale, son contact insistant, tout ça le fit frissonner malgré lui, et il ne put détacher son regard des yeux bleus de son ami. Trace constata qu'il était excité par cette déclaration si possessive. Cela le força à considérer sous un autre angle les pensées qu'il avait eues en voyant David et Matt ensemble. Était-ce donc là ce qu'il voulait ?

L'élan de désir qu'il éprouva lui apporta la réponse.

— *Un peu* intolérant ?

Il le saisit en douceur par le coude, puisque David tenait toujours le scotch de l'autre main. *Ouais ! Ouais*, c'était ce qu'il voulait. Il *voulait* se presser encore plus contre David pour sentir la chaleur de sa peau.

— Eh bien, comme je ne suis pas sûr que tu aies envie que je te touche, c'est tout ce que je peux faire pour l'instant, pas vrai ? lui dit David en lui caressant la joue du pouce. Est-ce que tu le veux, Trace ? murmura-t-il d'une voix rauque. Tu veux que je te touche ?

Trace était abasourdi. On était en train de le séduire. Très habilement même. Et il *adorait* ça. Enivré par le magnétisme animal de David et le contraste qu'offrait la douceur de sa caresse, Trace glissa une main sur l'épaule de son ami, pencha la tête et... – *après tout, pourquoi pas ?* – releva doucement la bouche pour que leurs lèvres se touchent. Il voulait savoir ce que pouvait lui faire ressentir la passion qui brûlait dans les yeux de David. Celui-ci gémit, penchant un peu la tête pour accentuer la pression de leurs lèvres. Sa main libre glissa sur le corps de Trace, et vint lui agripper la hanche.

— David, c'est à toi de distribuer ! cria Matt depuis l'autre pièce d'un ton malicieux.

David et Trace s'écartèrent en sursaut, tournant la tête vers la porte qui les soustrayait aux coups d'œil indiscrets des autres.

Puis Trace enveloppa de nouveau David d'un regard brûlant.

— Je le veux, répondit-il d'une voix rauque avant de lui décocher un sourire ravageur.

Il passa au salon, faisant de son mieux pour cacher le fait que ses mains tremblaient et que son cœur battait à tout rompre. Il était plus excité qu'il n'aurait pu l'imaginer après avoir embrassé un homme. Non, pas juste un homme, il était certain que c'était d'avoir embrassé *David* qui le mettait dans cet état.

Trace reprit sa place, posant son verre à côté de lui, et prit une profonde inspiration, essayant de moduler sa respiration en écoutant les paris que lançaient les autres joueurs autour de lui. Il y était presque arrivé quand David les rejoignit au salon et se pencha vers lui. Il passa la main sur les longs cheveux qui balayaient l'épaule de Trace et dégagea son cou pour lui murmurer à l'oreille :

— Ce serait vraiment très mal élevé de ma part si je foutais tout le monde dehors, je suppose ? suggéra-t-il en caressant de ses lèvres le cou de son ami.

Frissonnant, Trace sentit l'excitation reprendre possession de son corps.

David était en train de montrer à tout le monde ce qu'il ressentait réellement pour son colocataire.

Paupières mi-closes, Trace tenta de recouvrer un peu de sang-froid. Puis il croisa le regard de David où brillait tout l'éclat d'une promesse.

Patrick secoua la tête tristement et lança ses jetons sur Matt, qui se contenta de ricaner. David se rassit en décochant à Matt un regard indigné.

— Salaud !

Il planta un baiser sonore sur sa joue en balayant d'un revers de main les jetons que Patrick venait de lui lancer.

— Hé ! protesta Matt.

— Merde, tu m'as tué ! bougonna Patrick avec bonne humeur. Tu as intérêt à le rendre heureux, David, sinon, je ferai tout pour te le voler !

John et Jared étaient morts de rire ; John désigna Trace, dont les joues s'étaient empourprées tandis qu'il battait les cartes. Il ne pouvait pas s'en empêcher. Rien que la pensée des lèvres de David sur son cou suffisait à lui donner le tournis.

— Tu peux toujours essayer, le défia David en distribuant.

D'un bond, Mabel fit de nouveau voler les cartes à la ronde.

— Ouh là ! s'exclama John en rattrapant de justesse son verre avant qu'il se renverse.

— Elle ne peut pas se passer de toi, David, s'esclaffa Patrick en ramassant les jetons éparpillés.

— C'est la chatte de Trace, aucun doute là-dessus ! plaisanta Matt avec un sourire diabolique. Apparemment, elle ressent la même chose que son maître.

Patrick, Jared, et John se tournèrent vers Trace qui, gêné, se racla la gorge et pinça les lèvres, déterminé à ne pas rougir.

— Elle pourrait tout aussi bien être à David, marmonna-t-il comme Mabel se lovait de nouveau sur les genoux de son ami.

Elle entreprit de lui lécher méticuleusement les doigts.

Matt éclata de rire.

— Eh bien, les gars, David a finalement pris goût aux *chattes* !

Les hommes le huèrent et lui lancèrent des jetons tandis qu'il ramassait les cartes. Trace était conscient des regards en coin que lui décochaient les amis de David, mais il se sentait accepté. Il sourit à David, qui, cartes en main, caressait Mabel de l'autre main – la droite, soutenue par l'attelle. Dès que ses yeux se posaient sur David, le sourire lui venait tout naturellement aux lèvres.

La soirée passa agréablement, fertile en allusions grivoises. Même si Patrick la mit un peu en veilleuse, il continua discrètement à flirter et Trace se rendit compte que cela faisait foncièrement partie de l'homme. Il se laissa donc faire et profita de la soirée, même si les autres joueurs ne se lassaient pas de le taquiner chaque fois qu'il tournait son regard vers David.

— Tu n'es pas un aussi mauvais joueur que tu le croyais, Trace, dit Jared alors qu'ils débarrassaient.

Un gobelet de glace fondue dans chaque main, Trace se fendit d'une petite courbette espiègle.

— Oh, j'espère bien te revoir la prochaine fois, gloussa Matt en rassemblant ses gains. Et puis, ça nous donne l'avantage puisque David est trop distrait pour jouer aussi bien que d'habitude.

Les yeux ronds, Trace jeta un coup d'œil en direction de la cuisine, où David expliquait à Jared où ranger les restes tout en repoussant Mabel.

— Oh, ne me jette pas ce regard innocent, dit Matt. Je t'ai regardé flirter avec lui toute la soirée après son petit show de possessivité. Tu as été assez discret, mais le fait est là.

Trace eut des doutes. Il ne savait pas dans quoi il s'embarquait, tout ce qu'il savait, c'était que c'était excitant et inédit… différent de tout ce qu'il avait pu ressentir jusqu'à présent. Était-ce à cause de son amitié avec David et de l'attraction grandissante entre eux ? Ou le fait que David était un homme ? Il l'ignorait, et au fond, qu'il puisse être aussi superficiel l'inquiétait un peu.

— Ne te creuse pas tant la cervelle, lui conseilla placidement Matt.

Trace cligna des yeux en reportant son attention sur lui. Matt lui sourit.

— Tout va bien se passer, ne t'en fais pas. Il t'aime déjà.

— Bien sûr qu'il m'aime. On est amis, répondit Trace machinalement.

Les yeux de Matt étincelèrent.

— Bien sûr, dit-il avec indulgence en rangeant ses gains dans son portefeuille. Hé, David ! cria-t-il. Il faut absolument que Trace soit là la prochaine fois pour que je puisse encore gagner.

— C'est en effet la seule façon pour toi de gagner, répondit David.

Matt ricana en les rejoignant dans la cuisine, Trace sur les talons.

— Je compte bien gagner souvent alors, plaisanta-t-il.

Il donna une accolade à David et sifflota tandis qu'il sortait avec Jared, le chauffeur pour la soirée ; celui-ci les salua d'un geste.

Verres en main, Trace ne quittait pas des yeux Matt qui descendait la volée de marches du perron. S'il espérait gagner souvent, cela voulait dire qu'il comptait que Trace reste là encore un bon moment. Pas vrai ?

La réponse affirmative qui lui vint immédiatement à l'esprit ne manqua pas de l'effrayer quelque peu. Non pas parce qu'il s'était amusé en jouant au poker, mais à cause des frissons qu'il avait ressentis quand David l'avait pris dans ses bras dans la cuisine, puis lorsqu'il l'avait embrassé dans le cou à la vue de tous ses amis.

Rien que d'y repenser, Trace ressentit une nouvelle pointe de désir.

Seigneur ! S'il avait éprouvé autant de désir pour une femme, il se serait déjà précipité dans le salon, s'arrachant les vêtements à la volée pour la posséder sauvagement sur la table, entre les jetons et les cartes... avant de passer ensuite au lit avec elle et de prendre tout son temps.

— À quoi tu penses ? demanda David en revenant vers lui.

Il lui effleura sciemment le bras en lui prenant un verre des mains.

Trace décida d'être honnête.

— À toi, répondit-il en souriant.

David sentit sa peau le picoter. Soulevant son bras qui était en voie de guérison, il caressa du pouce la joue de Trace. Il désirait son ami avec une passion qu'il n'avait plus éprouvée depuis des années. Posant le verre sur le comptoir, il leva l'autre main pour attirer à lui l'homme légèrement plus grand que lui.

— Tu dois me dire ce que tu veux, murmura-t-il en glissant la main sous les cheveux de son ami pour lui caresser le cou. Je ne veux pas me risquer à interpréter à tort quelque chose que tu ne désirerais pas.

Les yeux de Trace se fermèrent à demi sous la caresse.

— Je ne sais pas ce que je veux, David, admit-il. Mais je sais que j'aime ce que tu fais. Je ne veux pas que ça s'arrête. Ne pourrait-on juste... laisser faire les choses et voir où ça nous mène ?

Attirant Trace plus près de lui, torse contre torse, David enfouit le visage dans ses cheveux noirs, ses lèvres papillonnant sur son cou.

— Tout ce que tu voudras. Prenons notre temps. On verra bien ce qui se passera.

David lécha Trace du creux de sa clavicule jusqu'au point sensible, derrière son oreille.

— Seigneur, tu sens si bon ! J'ai envie de te lécher de partout !

Il réalisa que ses mots étaient très provocants pour quelqu'un qui venait de promettre d'y aller en douceur, mais il ne faisait que dire la vérité. Suçotant le petit bout de peau, il agrippa la boucle de la ceinture de Trace pour l'attirer encore tout contre lui.

Trace *ronronna*. Il passa les bras autour du cou de David, penchant la tête en signe d'encouragement.

— Prenons notre temps, répéta-t-il à voix basse. Tu es en train de me séduire, pas vrai ?

David eut un petit rire, profond et masculin, qui 's'enroula' autour de leurs corps.

— Je pensais que c'était toi qui me séduisais.

Constellant de petits baisers et mordillant le cou que Trace lui offrait, il ondula contre son ami.

Trace haleta doucement en soulevant les hanches pour venir à sa rencontre.

— Non, c'est toi. Je ne sais même pas par où commencer ! Est-ce que ce qui marche pour une femme marche aussi pour toi ?

Faisant un pas en arrière, David fit descendre ses doigts le long du corps de Trace pour s'arrêter sur sa boucle de ceinture. Il tira dessus pour entraîner son ami dans la chambre.

— Allons vérifier.

Incrédule, Trace arqua les sourcils.

— En tout cas, je ne te tirerai pas le long du couloir ! gloussa-t-il.

— Ah, non ? badina David d'un ton rauque en s'adossant au mur du couloir avant de l'enlacer. Alors, montre-moi ce que tu ferais.

Les yeux étincelants, Trace inspira profondément et se rapprocha, laissant juste assez d'espace entre eux pour y glisser les mains. Il déboutonna sa chemise tout en frottant sa joue contre celle de son compagnon, puis quêta ses lèvres des siennes. Du bout des doigts, Trace s'attarda sur la peau chaude de son torse.

David gémit ; bouche à bouche, tous deux mêlaient leur souffle humide. Trace joua avec l'attraction magnétique de leurs lèvres, se rapprochant de plus en plus près de lui. Ses aréoles durcirent au point de lui faire mal tandis que Trace écartait les pans de sa chemise.

Trace fredonna doucement en glissant une main sous sa chemise pour caresser sa peau veloutée ; il lui frotta un mamelon.

— Réponds à la question, souffla-t-il en décrivant des cercles langoureux sur l'aréole.

— Quelle... question... ? haleta David comme Trace griffait doucement la pointe érectile hyper sensible.

Il avait déjà oublié ce qu'il venait de lui demander.

Trace gloussa.

— Eh bien, eh bien... dit-il d'une voix traînante, c'est très intéressant.

Il orienta légèrement son visage de profil, taquinant de ses lèvres la joue de son amant.

Les yeux de David se fermèrent d'eux-mêmes sous les caresses de Trace qui faisait courir ses mains partout sur son corps.

Trace... *Mon ami.* Trace... *Mon amant.*

David sentit son sexe gonfler dans son jean, mais contrairement à d'habitude, il n'éprouvait nul besoin de brûler les étapes. Il n'y avait pas d'urgence. Quoi qu'il se passe entre eux, ils ne vivraient qu'une seule fois de tels instants, à l'aube de leur nouvelle relation, et il s'abandonnait tout entier à l'anticipation enivrante du moment, et au désir de profiter pleinement de chaque seconde.

— Encore...Touche-moi... encore.

Grisé par la chaleur animale de David, il ferma les yeux. De toute façon, le couloir était plongé dans le noir, ce qui exacerbait voluptueusement les sensations tactiles. Trace glissa l'autre main sous la chemise de David, sans faire mine de l'extirper du pantalon ou de la glisser de ses épaules. L'heure était à l'exploration, et Trace était trop heureux de s'en tenir strictement à ce que David lui avait demandé – rien de plus. Savoir que c'était ses mains qui excitaient David lui donnait un sentiment de puissance.

Ses lèvres se promenèrent doucement le long de la mâchoire de David ; leurs cheveux emmêlés retombaient sur leur visage tel un rideau soyeux, les isolant du monde entier. Dans leur corps-à-corps sensuel, Trace éprouva le besoin d'aller plus vite, plus loin, mais il le surmonta.

Laissons venir...

Il fit courir ses doigts sur les pointes érectiles des mamelons, se délectant de la sensation qu'il ressentit quand David frissonna sous la caresse de ses mains.

Il grogna, les muscles de son torse se contractant. Déglutissant avec difficulté, il frotta sa joue à la sienne, quêtant un baiser. Cédant à un désir qu'il n'aurait jamais cru éprouver un jour, Trace fit courir ses doigts le long du torse de son amant avant de les enfouir dans ses cheveux tout en posant sa bouche sur la sienne. Ce fut tout d'abord doux et langoureux – seules leurs lèvres se touchaient – avant que Trace s'enhardisse et lèche sa lèvre inférieure. La langue de David s'enroula à la sienne, la suçant en une caresse espiègle. Les mains de David, qui, jusque-là étaient restées innocemment sur la taille de Trace, remontaient maintenant le long de son dos et se mirent à masser les muscles tendus sous sa chemise.

Trace soupira doucement en goûtant le scotch sur la langue de David. Il l'embrassa langoureusement, les doigts emmêlés dans ses cheveux. Quand David ondula sensuellement contre lui, il émit un grognement et dut mettre fin à leur baiser.

— Oh, Seigneur ! Recommence et je ferai tout ce que tu voudras !

Il cambra légèrement le dos. Il adorait les massages. Les femmes qui devinaient son secret pouvaient faire de lui tout ce qu'elles voulaient.

David eut un petit rire, mordillant la lèvre inférieure de Trace en le poussant doucement en direction de la chambre.

— Très bien. Je t'échange un bon massage du dos contre un baiser, mais ce baiser a intérêt à être spectaculaire.

Trace gloussa en se laissant faire.

— *Mmmm…* Je m'en sors bien, plaisanta-t-il avant de s'étirer.

Il n'avait pas réalisé qu'il était aussi tendu.

Ça doit être la peur de l'inconnu. Je ne sais pas pourquoi je me fais autant de souci.

— Oh, je n'en suis pas aussi sûr que toi. Je m'attends à un baiser absolument extraordinaire, dit David en allumant la lampe de chevet, baignant la pièce d'une lumière tamisée. Déshabille-toi et allonge-toi.

Trace écarquilla les yeux.

— Je te promets que ta vertu n'a rien à craindre avec moi. C'est juste plus pratique pour le massage, le rassura David, anticipant les réticences de

Trace. Je vais me mettre en pyjama et prendre de la lotion. Tu veux bien m'aider à me déshabiller ?

Lèvres pincées, Trace s'apprêta en effet à l'aider à enlever son pantalon. Il commençait à se dire que son ami exagérait un tantinet – David avait récupéré assez de mobilité dans le bras pour être capable de s'habiller et se déshabiller tout seul. Mais cela dit, ça ne le dérangeait pas plus que ça.

— David, tu m'as vu en maillot mouillé. Ça ne laissait pas beaucoup de place à l'imagination, souligna-t-il avec ironie en glissant les doigts sous le ceinturon de son amant pour lui caresser la peau.

Serrant les dents, David retint son souffle comme Trace effleurait son érection.

— Ouais, et mon imagination s'est emballée ce jour-là ! feula-t-il d'une voix râpeuse.

Reculant dès que son pantalon fut défait, il se détourna de la tentation qu'incarnait Trace. Il lui avait promis qu'ils iraient en douceur, et supplier son ami de toucher son érection n'allait pas l'aider à tenir parole. Il songea à se masturber mais préféra pour le moment subir cette délicieuse torture en serrant les dents ; il verrait ensuite. De l'autre côté de la porte, David sourit en repensant aux nombreuses fois où il avait senti l'érection de Trace contre lui ces deux derniers jours. Enfilant son pantalon de pyjama, il ouvrit l'armoire à pharmacie et attrapa la lotion de massage.

Trace contempla David en se frottant les doigts. Il était pratiquement sûr de savoir ce qu'il avait touché, et ne voulait pas y penser trop sérieusement.

Embrasser un autre homme ?

D'accord.

Toucher le sexe en érection d'un autre homme ?

Trace déglutit en rougissant et en serrant le poing. C'était… déconcertant. Embarrassant même. Intellectuellement, il savait qu'il n'y avait aucun mal à toucher un autre homme. C'est juste qu'il n'aurait jamais cru un jour faire une chose pareille.

Jusqu'à aujourd'hui...

Il fut soudain frappé par une évidence, en réalisant que David avait *vraiment* envie de lui. Et Trace n'aimait pas l'idée de le mener en bateau. Quand son ami reparut dans la chambre avec une lotion de massage, Trace ressentit le besoin de soulager sa conscience.

— David, tu es sûr que c'est une bonne idée ? Je ne voudrais pas que tu te fasses des idées.

David passa une main apaisante sur le front plissé de son ami.

— Est-ce que ça te gêne, que je te touche, caresse ton corps, t'embrasse, le fait que tout cela m'excite ? demanda-t-il d'une voix douce.

Trace ferma les yeux alors que David posait sur lui une main légère.

— Non. En réalité, ça fait un bien fou à mon égo, admit-il avant de rouvrir les yeux. Je... Je suis juste effrayé à l'idée de faire quelque chose *à ce sujet*. Je détesterais me conduire en 'allumeur', avoua-t-il franchement.

— Tu réfléchis trop, dit David en soulevant sa chemise. Je te connais et je sais que tu ne te comporterais jamais de cette façon. Je t'ai promis d'y aller en douceur, et je compte bien apprécier chaque minute. Si jamais tu te sens mal à l'aise, pas de problème. On pourra arrêter, revenir en arrière, et redevenir de simples amis. Si ça devient trop intense pour moi, tu seras le premier à le savoir. D'accord ?

Il lui caressa la joue.

La lueur qui dansait dans les yeux de David était tendre et affectueuse, et Trace frotta sa joue contre la main de son ami.

— D'accord. Je vais essayer d'arrêter de réfléchir autant, promit-il en retrouvant le sourire.

Il enleva son pantalon, puis sa chemise qu'il drapa sur une chaise. Au niveau de l'élastique de son sous-vêtement, il eut une hésitation, décidant finalement de le garder. Il faisait confiance à David pour ne pas le pousser, mais il était préoccupé à l'idée d'apprécier un peu trop le massage. Il garda donc son boxer et se hissa sur le lit.

— Bon, dit-il en se tortillant à la recherche d'une position confortable.

— Poule mouillée ! le taquina David.

Trace sourit tristement. Son boxer soulignait à merveille les courbes et fossettes de ses fesses et de son entrejambe, ne cachant rien de son anatomie – et il en était conscient. Mais il le gardait pas principe. Il secoua la tête, puis cala sa nuque sur l'oreiller.

David s'agenouilla et s'installa à califourchon sur Trace, son poids venant reposer sur le haut des cuisses de son ami. Il se pencha pour attraper la bouteille de lotion, lui effleurant délibérément le dos. C'était trop tentant. Il se rappela une nouvelle fois sa promesse d'y aller en douceur, et il s'abstint de supplier son ami de lui en donner plus qu'il n'était prêt à offrir.

118

Et voilà que toute cette peau, ces longues jambes, ce dos musclé, tout cela était sous lui, nu.

Un jour viendra... où je le débarrasserai de tous ses vêtements et où je lui ferai l'amour comme personne ne le lui a jamais fait !

Trace soupira.

— Au travail !

David gloussa, décidant de verser l'huile de massage directement sur le dos nu de Trace sans l'avoir réchauffée préalablement entre ses mains, comme il l'aurait fait en temps normal.

Trace prit une vive inspiration, réprimant un sursaut sous la brusque sensation de froid.

— Merci ! ironisa-t-il avec un petit rire. Je suis vraiment détendu maintenant.

— Ouais, eh bien, essaie de ne pas énerver le masseur.

David appliqua l'huile sur le dos de Trace, remontant du creux des reins jusqu'aux larges épaules musclées. Il appuya un peu plus fort, sentant sous ses doigts le nœud qui s'était formé à cet endroit. Il fallait qu'il fasse attention à son bras blessé. Fermant les yeux, il adopta un rythme propre à les relaxer tous deux.

— *Mmmm*, ne force pas trop sur ton épaule, murmura Trace alors que David sentait les muscles commencer à se détendre.

Refusant de se souvenir que Trace était infirmier, David travailla les muscles avec autant de force qu'il le pouvait, désireux de donner à son ami autant que ce dernier lui avait donné au cours des dernières semaines. Trace ronronnait, gagné par les bienfaits du massage que David lui prodiguait.

Faisant levier de tout son poids, David accentua la pression sur les muscles des épaules ; au contact des fesses de Trace, il sentit de nouveau l'excitation l'envahir. Une sensation électrisante malgré le tissu qui les séparait. De peur que Trace se sente mal à l'aise, il recula immédiatement, et fit courir ses mains sur le dos de son compagnon pour pétrir les muscles gainant sa colonne vertébrale. Mais Trace avait senti son érection quand David s'était penché vers lui et il prit une longue inspiration en rouvrant les yeux.

David sentit Trace se crisper. *Merde !* Il ne pouvait pas contrôler ses réactions face à son ami ; il le désirait beaucoup trop. Il allait falloir trouver un compromis. Il se pencha de nouveau en avant, son corps se moulant à celui de son compagnon et lui murmura à l'oreille :

— Relax. Je sais que tu me fais confiance. Essaye de ne pas penser, juste de ressentir les choses.

Embrasé de désir, il se frotta sans vergogne aux fesses de Trace.

— C'est *toi* qui me fais cet effet. Tu es sexy et magnifique, et ça m'excite. Je suis sûr qu'il t'est arrivé de danser avec une femme, peut-être même la femme d'un ami, et ton corps a réagi en conséquence. Le contact, le toucher, ça émoustille. Et j'aime ça. Putain ! *J'adore ça !* Même si ça ne nous conduit nulle part. Si mon contact te donne du plaisir, et que le tien m'en donne aussi, tant mieux. Ne complique pas les choses.

David repoussa les cheveux de Trace pour lui effleurer le cou de ses lèvres.

Trace frissonna et obéit, se relaxant. Quand David se balança doucement contre lui, il commença par s'écarter inconsciemment, mais plus David se balançait, plus Trace appréciait le mouvement. C'était effectivement *très* excitant. Il gémit, entrant à son tour en érection avec un hoquet de surprise. David avait raison. Il adorait ça !

David reprit son massage, laissant ses doigts courir sur la peau nue de son ami, suivant le tracé de sa musculature. Les yeux fermés, il se mordilla la lèvre tandis que les hanches de Trace ondulaient au rythme du massage. Que cette séduction érotique soit involontaire la rendait encore plus provocante. La tension montait, proche de l'orgasme. Tremblant, David se força à calmer le jeu. Éjaculer contre les fesses de Trace ne faisait pas partie du plan de séduction qui germait dans son esprit.

Parfaitement détendu contre les oreillers, Trace gémit en signe de protestation, en agrippant les draps.

— David… dit-il, la voix rauque.

Putain, il était tellement excité !

— Chut, dit David d'une voix apaisante, modifiant son massage au profit de longues caresses du bout des doigts, des épaules jusqu'aux hanches de Trace.

Il avait capté le désir dans la voix de son ami et il aurait voulu pouvoir le satisfaire, mais il savait que Trace n'était pas encore prêt à franchir ce pas. Il se mordilla l'intérieur de la joue. C'était peut-être difficile maintenant, mais perdre l'amitié de Trace serait encore pire.

Le léger massage aida Trace à se relaxer de nouveau, et le désir qu'il avait ressenti sous les doigts de David laissa peu à peu place à une saine fatigue. Tout ce qu'il savait, c'était que ce qu'il éprouvait était sublime ; David l'avait tellement excité qu'il avait failli éjaculer sur les draps. Mais il y repenserait plus tard. Pour l'instant, il ne voulait plus être que plaisir et sensations.

David sentit toute la tension quitter Trace. Il continua de lui caresser les épaules, le dos, les bras et les cheveux, jusqu'à ce qu'il s'endorme.

Se relevant avec précaution, il récupéra la chemise de Trace et se rendit dans le salon pieds nus.

Enfilant la chemise qu'il laissa déboutonnée, il leva le col sous son nez pour inspirer à pleins poumons l'odeur de son ami. Son sexe palpitait, laissant une trace humide sur le fin coton de son pyjama. S'installant sur le canapé, il glissa la main sous l'élastique de son pantalon qu'il repoussa sur ses cuisses. Enveloppé par l'odeur de Trace, David se masturba rapidement, le nom de son ami s'échappant de ses lèvres alors qu'il éjaculait.

X

SE RÉVEILLANT progressivement, lové contre un autre corps, Trace eut tout d'abord une sensation de chaleur et de bien-être. Il ne réagit pas sur le moment. Il somnola quelques minutes encore avant de réaliser tout à coup qu'il aurait dû être seul ce matin. Fronçant légèrement les sourcils en constatant qu'il avait la gueule de bois, il rassembla ses souvenirs.

David s'était réveillé avec une douleur lancinante à l'épaule. Basculant sur le dos, il se rendit compte qu'il était allongé avec Trace, un peu groggy, et son bras reposait sur l'oreiller selon un angle inconfortable. Il ouvrit les yeux et se retrouva nez à nez avec son ami, son souffle sur le visage.

Trace rouvrit à son tour des yeux ensommeillés et découvrit David tout près de lui. Surpris, il n'esquissa cependant pas le moindre mouvement.

Ce n'était pas la première fois qu'ils se réveillaient côte-à-côte depuis que Trace avait emménagé. Apparemment, ils avaient tous les deux besoin de contact physique, mais cette fois, l'incroyable tension sexuelle de la veille crépita immédiatement entre eux. La respiration de Trace s'altéra alors que ce picotement typique lui parcourait le corps. Ils restèrent figés un long moment, puis David se rapprocha, très lentement, donnant à Trace le temps de s'écarter s'il le voulait. Ce qu'il n'avait manifestement aucune envie de faire tandis que les lèvres de David effleuraient les siennes. S'écarter était bien la dernière chose qu'il désirait. Et c'était très agréable. Ça le devint plus encore quand David passa la langue sur la lèvre inférieure de Trace, la suçant doucement.

Mieux qu'agréable, et tant pis pour l'haleine du matin.

Son cœur ratant un battement, Trace ferma les yeux alors que David accentuait leur baiser, gagnant en assurance. Nullement effrayé, Trace n'avait pas l'impression de faire quelque chose de mal. Au contraire, leur baiser était la perfection même. Trace aurait voulu que ça ne s'arrête jamais. Il entrouvrit des lèvres tremblantes dans un gémissement muet.

David était en train de l'embrasser ! Quoi qu'il advienne, ce serait parfait.

Il déploya les doigts sur le torse de son ami.

Le souffle de David s'altéra tandis que Trace glissait la main sur sa peau. Il serait si facile de prendre Trace dans ses bras, d'explorer leur relation naissante en tâchant de comprendre ce qui se passait entre eux. Il s'écarta un peu, pressant leurs joues l'une contre l'autre.

Trace trouvait cela très agréable. Du coup, il se posa encore plus de questions... Était-ce donc ce à quoi qu'il avait pensé, dans la voiture ? À *quelque chose* de plus... chaud... de plus doux que juste... du sexe ? Il déplaça légèrement sa main, explorant la peau chaude et étonnamment douce de David parsemée de poils drus. Ses doigts le démangeaient. Ils le démangeaient de caresser, ressentir, découvrir. Il serra le poing. Il ne comprenait pas vraiment ce qui avait bien pu lui prendre la veille, ou ce matin. Il ne pouvait pas mettre ça sur le compte du temps passé avec David ou même sur celui de la frustration, sous prétexte qu'il n'avait plus eu de femme accommodante dans son lit depuis trop longtemps. Le fait est qu'il voulait *toucher*. Toucher David comme il l'avait fait dans la voiture. Et l'étincelle qui avait illuminé le regard de David quand il avait ouvert les yeux la veille... Trace n'avait jamais vu un tel regard se poser sur lui. Une sensation d'une intimité extraordinaire... au point que, très troublé, il avait cherché un réconfort illusoire dans l'alcool.

Après un long moment sans bouger, Trace se déplaça un peu plus. Sa main glissa le long du bras de David jusqu'à ses côtes, puis il tourna la tête contre son épaule. Il s'était vraiment rapproché et aurait sans doute dû se sentir embarrassé. Mais il était trop bien ainsi, blotti dans les bras de David, pour continuer à ruminer bêtement. Pour l'instant, il ne pensait plus à rien et c'était très bien ainsi. Il voulait juste profiter de ces instants bénis d'intimité.

Il n'y a rien de mal à ça, pas vrai ?

David déplaça son bras, probablement pour alléger la pression sur son épaule blessée. Trace se rendormit une demi-heure avant de se réveiller de nouveau avec un soupir, la tête enfouie contre le torse de David. Cette fois, il ne fut pas désorienté ; il ne voyait simplement pas de raison de bouger. David ne l'avait pas repoussé, après tout. Il glissa les mains sous sa joue, laissant une bienheureuse léthargie l'envahir.

Quand Trace se blottit tout contre lui, David sentit son cœur s'emballer. Il avait bien trop de choses en tête pour trouver le repos. Bien sûr, Trace dormirait jusqu'à midi si on le laissait faire. David sourit et déposa un léger baiser sur la tête brune de son ami. Ces derniers temps, ils avaient beaucoup appris l'un sur l'autre, et apparemment, ils avaient encore des tas de choses à découvrir. Si quelqu'un lui avait dit un mois plus tôt qu'il échangerait des baisers avec Trace, il l'aurait traité de fou. Mais maintenant, cela lui paraissait tout naturel, dans le prolongement même de l'intimité qui avait grandi entre eux.

Trace changea de nouveau de position et David fronça les sourcils. Lève-tôt de nature, il ressentait le besoin de sortir du lit et d'affronter la journée. Son épaule lui faisait mal, et il avait très envie d'un café. Il promena sa main sur le bras de Trace, espérant que cette caresse le réveillerait. Il ne voulait pas qu'il se réveille tout seul au lit et s'imagine un instant que David regrettait ce qui s'était passé.

— *Mmmmmm.*

Le nez enfoui dans le cou de son compagnon, Trace chercha à se soustraire aux rayons de soleil qui filtraient à travers les volets.

— J'ai encore sommeil, murmura-t-il.

David ne put s'empêcher de rire.

— Quelle marmotte tu fais ! dit-il en lui chatouillant les côtes en riant. Allez debout, paresseux, le soleil brille et il est déjà midi !

Trace se débattit en riant aussi aux éclats.

— Non, non, non ! *Arrête !*

Oh, comme il est chatouilleux ! jubila David en son for intérieur.

Souriant, il se redressa… pour mieux revenir à la charge.

— Ah ! David ! *Arrête !*

Trace était coincé sous son ami qui s'était allongé sur lui. Il écarta les mains de peur de heurter son épaule dans leur chahut.

— Je me rends ! Je me rends ! *Ah !*

— Au vainqueur le butin ! triompha David, captivé par le regard de Trace, aux prunelles d'un chocolat irisé d'étincelles d'or. Tu admets que je peux donc exiger de toi n'importe quelle faveur ?

— D'accord, tout ce que tu voudras, capitula Trace d'un air pathétique en frissonnant. Mais par pitié, ne me chatouille plus !

Il l'implorait du regard, tout échevelé, ensommeillé, il était adorable.

En appui, bras tendus au-dessus de Trace, David se pencha doucement vers lui en faisant mine d'étudier la question.

— Hum, je ne sais pas… J'aime bien te voir comme ça, réduit à ma merci…

Il promena les yeux sur le torse et le visage écarlate de Trace. Sa bouche se rapprochant dangereusement, David envisagea de réclamer un 'vrai' baiser, un baiser que Trace ressentirait jusque dans ses orteils et, espérait-il, en d'autres endroits de son anatomie. Mais non… Trace n'était pas encore prêt à s'aventurer là où il voulait l'entrainer. Quand ils iraient plus loin, ce serait parce que Trace le supplierait. Rien que d'y penser, David eut un éclair de chaleur à l'entrejambe et faillit gémir.

Sa respiration et son pouls se calmant peu à peu, Trace dévisagea David. Le poids de son ami étendu sur lui de tout son long était une sensation bien agréable. Robuste et tout en muscles au lieu d'être doux et tout en courbes. Décidément, il aimait ça. Il se demanda si David allait encore l'embrasser. Ça ne le gênerait pas. Mais…

— David ? fit-il, un regret perçant dans sa voix.

David appuyait sur sa vessie, et ça par contre, ça n'avait rien d'agréable.

— Je crois que je garderai cette faveur pour plus tard. Mais n'oublie pas que tu m'en dois une. Je réclame toujours mon dû, dit David en souriant avant de se lever. J'ai besoin d'un café. Tu en veux ?

Trace soupira de soulagement et se leva à son tour.

— Oui, dès que j'aurai fait un tour dans la salle de bain.

Au passage, il se pencha impulsivement pour donner à son ami un baiser léger avant de s'enfermer dans la salle d'eau. Là, il laissa échapper un long soupir en portant la main à ses lèvres.

Des frissons coururent sur la peau de David après le geste désinvolte mais intime de Trace. Voilà des années que plus personne n'était resté avec lui aussi longtemps, et des instants comme celui-ci lui manquaient ; traîner au lit, préparer le petit-déjeuner à tour de rôle, de petites marques spontanées d'affection qui signifiaient bien plus qu'une baise rapide. Se forçant à se détourner de la porte fermée, David alla se faire du café. Il avait l'esprit trop embrumé pour gérer les pensées insensées qui le traversaient. Du genre *je suis en train de tomber amoureux de mon meilleur ami...*

Une fois dans la salle de bain, Trace laissa échapper un long soupir en levant la main à la bouche. Il se surprit à fixer ses lèvres dans le miroir où subsistait encore une douce chaleur. C'était tellement différent d'une attraction sexuelle basique. Il avait d'habitude des rapports sexuels pratiquement tous les week-ends, jusqu'à maintenant. Mais ça ? Il savait qu'il aimait David ; il n'y avait aucun doute là-dessus. Ils étaient meilleurs amis, et Trace l'appréciait. Mais il n'était pas 'amoureux' de David... Les yeux écarquillés, il dévisagea son reflet dans le miroir.

Chassant les derniers vestiges de sommeil, Trace se dit qu'il valait mieux laisser tomber. Il n'y avait rien de mal à *aimer* son meilleur ami. Ça ne voulait pas dire qu'il se languissait d'une relation sexuelle débridée avec un homme. Il leva les yeux au ciel et soupira.

— Imbécile ! s'invectiva-t-il dans un murmure.

Mais ces baisers avaient été absolument fabuleux.

Ça ne me dérangerait pas d'en avoir d'autres... occasionnellement...

Se moquant de lui-même, il se demanda ce que David pouvait bien penser de ses baisers. Et s'il en recevrait d'autres bientôt.

TRACE FREDONNAIT un air de jazz, se balançant en rythme tout en remuant le gombo dans la grande casserole qu'il avait dénichée dans le placard de David. Il le goûta à l'aide d'une grande cuillère en bois.

S'immobilisant à l'embrasure du seuil, David le regarda se déhancher au rythme de la musique. Avec leur sensualité innée, l'homme brun et le jazz semblaient aller de pair. Depuis la partie de poker, quinze jours plus tôt, David avait découvert combien Trace pouvait, en effet, être sensuel. Les attouchements légers, les baisers esquissés, les coups d'œil appuyés... Juste ce qu'il fallait pour garder David 'en ébullition'. De fait, il se sentait comme une cocotte-minute ; il en était réduit à se masturber presque tous les jours dans la salle de bain pour ne pas exploser sur place quand Trace lui décochait un de ces regards 'innocents' tellement intenses. Car, David en était persuadé, Trace n'avait rien d'un innocent en jouant à ce petit jeu avec lui.

— Ça sent bon, dit David en franchissant le seuil et en se collant au dos de Trace, le menton niché sur son épaule. Quelque chose de spécial ? C'est toi qui l'as cuisiné, ou aurais-tu soudoyé un des chefs qui essaient d'entrer dans tes bonnes grâces ?

— J'ai tout fait moi-même, ne t'en déplaise. Par contre, j'ai effectivement soudoyé un des chefs pour avoir la recette, avoua Trace en souriant.

David désigna la casserole d'un signe du menton.

— Je peux goûter ?

Lui mordillant le cou histoire de détourner son attention, David fit tomber par inadvertance des têtes de crevettes par terre, et Mabel les croqua promptement.

Trace leva la cuillère afin que David puisse goûter.

— C'est bon, hein ?

Un gémissement d'extase lui répondit.

— Excellent ! s'exclama David. Mais je n'en attendais pas moins de toi.

Il sourit, hanche calée contre le plan de travail, et regarda Trace étaler du beurre et de l'ail sur un morceau de pain. Trace portait un jean délavé, troué aux genoux et si usé au niveau des fesses qu'il était presque blanc. Son tee-shirt ne valait pas mieux. Il avait été lavé et relavé tant de fois qu'il devenait impossible de déterminer sa couleur d'origine. En tout cas, il épousait ses épaules et ses bras de manière très attrayante. Franchement, c'était plutôt étonnant, parce que David aurait pu jurer que Trace ne possédait aucun vêtement aussi vieux et usé. Même ses tenues de sport étaient toujours en parfait état. C'était un style très différent. Un style qui lui allait à merveille, ma foi, et David déglutit péniblement.

Cocotte-minute…

— Tu veux un peu de vin ? demanda Trace, en se balançant toujours en rythme comme il attrapait des verres dans le placard.

— Bien sûr. Je n'ai pris aucun médicament aujourd'hui.

Sortant le tire-bouchon du tiroir, il se tourna vers la bouteille sur le plan de travail, et jura lorsqu'il voulut l'ouvrir avec sa mauvaise main.

— Et merde !

Soupirant, Trace attrapa la bouteille et le tire-bouchon des mains de son compagnon, en profitant pour déposer un léger baiser sur son épaule.

— Eh bien, tu dois te sentir mieux si tu arrives à aller jusque-là avant d'avoir mal, dit-il pour l'encourager, tout en retirant le bouchon de liège.

David leva les yeux au ciel, en s'appuyant sur son ami.

— Ça ne m'aide pas. Je fais ces putains d'exercices depuis trois semaines déjà.

— Mon pauvre bébé, se moqua Trace, versant le vin dans les verres. Et ça, ça te soulage ?

De ses doigts à la force nerveuse, il lui massa le bras en douceur. David gémit, renversant la tête en arrière. Sous les bienfaits du massage impromptu, les muscles qu'il avait inconsciemment crispés se détendaient.

Blotti dans les bras de Trace, il tourna la tête pour lui consteller la mâchoire de baisers.

— Alors, y-a-t-il quelque chose que ce pauvre handicapé puisse faire pour t'aider ?

Il savoura une première gorgée du cru capiteux.

Trace heurta ses hanches des siennes en fredonnant, histoire de le repousser contre la cuisinière.

— Remue donc le gombo. Encore une demi-heure et ce sera prêt. Tu veux autre chose que du riz et du pain en accompagnement ?

— *Hmmm*, eh bien…

David battit des cils et lui tendit les lèvres.

Trace sourit et secoua la tête. Sans cesser de danser, il se rapprocha aussitôt.

— *Humm*, je ne sais pas... J'ai fait la cuisine, et voilà que tu veux ton dessert avant le repas ?

Les yeux de David s'arrondirent.

— En apéritif ?

Levant les yeux au ciel, Trace l'embrassa affectueusement.

— Comme ça ? demanda-t-il, amusé. Je n'ai pas envie de gâcher ton repas.

Les yeux fermés, David renversa la tête en arrière, s'humectant les lèvres, comme s'il savourait une friandise de roi.

Puis il lui décocha un clin d'œil.

— Tu as raison. Si doux et sucré… Pas de doute, c'est bien un dessert !

Trace eut un petit rire.

— Baratineur, va ! Je parie que tu dis ça chaque fois qu'un critique gastronomique t'embrasse.

— Ouais, à chaque fois.

David remua le gombo en souriant, effleurant délibérément Trace alors qu'il passait à côté de lui pour remplir une casserole d'eau pour le riz. Ce simple contact suffit à l'exciter terriblement, déclenchant un début d'érection.

Trace fit fondre du beurre sans sel dans l'eau.

— Combien de critiques gastronomiques tu connais ?

Il cherchait à se renseigner sans vergogne, ce qui plut énormément à David.

— Un seul, répondit-il l'air de rien, le regard ostensiblement fixé sur l'eau qui bouillait.

Trace sourit, et après quelques instants, frotta sa hanche à la sienne avant de l'embrasser spontanément dans le cou, juste sous l'oreille.

David eut la chair de poule sous la caresse délicate. Que Trace accueille si bien ses attentions, c'était une chose. Mais qu'à son tour, il prenne l'initiative ? David secoua la tête. Il n'avait aucune idée où tout cela allait les mener, mais ça lui plaisait beaucoup. Ils étaient tellement bien ensemble ! Ils s'amusaient follement. Avec Trace, c'était probablement la meilleure relation qu'il ait jamais eue. Prenant une cuillerée de gombo, il souffla dessus et la tendit à son ami qui s'occupait du riz. Trace goûta avec un soupir d'extase.

— Un peu plus de sauce épicée, je pense, dit-il, se penchant délibérément devant David pour attraper la bouteille.

S'obligeant à ne pas bouger, David profita pleinement de l'effleurement de leurs corps. Oh, il avait en effet *très faim*, mais pas de gombo… Trace rit en se redressant et lui frotta la poitrine avant d'ouvrir la bouteille et d'en verser quelques gouttes dans la casserole.

— Et voilà. Bien épicé.

David jeta à Trace un coup d'œil en coin. Au fil des ans, il avait vu plus d'une fois son ami flirter avec d'autres, jamais avec lui… Et voilà qu'il en éprouvait des sensations inédites, la libido en folie…

— Juste comme je l'aime, fit-il, la voix rauque.

Trace flirtait comme un fou. Il adorait exciter David ainsi.

— Ouais, c'est ce que je pensais, dit-il en se frottant de plus belle à son ami alors qu'une nouvelle chanson commençait.

Il se remit à fredonner tout en enveloppant le pain dans du papier sulfurisé.

David retira la cuillère de la casserole et la posa sur une assiette pour éviter de salir le plan de travail. Les poings sur ses hanches, il se pressait contre les fesses de son amant.

— Si on apprend que tu sais cuisiner, *Jackson*, ce sera la ruée et je serai obligé de repousser les gens à coups de bâtons ! badina-t-il, en jetant un coup d'œil au pain par-dessus l'épaule de son ami.

Trace gloussa.

— Profites-en tant que tu peux. Je te connais : pour toi, manger, ça consiste à te faire livrer du chinois ou à te pointer dans des drive-in de merde. Raison de plus pour que je m'occupe de toi ! plaisanta-t-il, en déposant un baiser sur sa joue.

— Au moins, il y a plein de légumes dans les plats chinois, se défendit David en lui tirant la langue.

Son estomac choisit cet instant pour gargouiller. Il gloussa en baissant les yeux sur son ventre.

— C'est bientôt prêt ? Je meurs de faim !

— *Ooooh*, compatit Trace en lui frottant le ventre de son bras. Prends des bols et mets le vin sur la table. On va manger. Puis on reparlera du 'dessert'.

David réagit instantanément au sous-entendu salace. Mais il se ressaisit tout aussi vite, sachant pertinemment que Trace n'était pas en train de lui offrir le 'dessert' auquel il pensait, ou alors, ils quitteraient la cuisine en trombe pour foncer dans la chambre… Et tant pis pour le dîner ! Sortant les bols du placard un par un de peur de les casser, il mit la table et resservit le vin, portant leurs verres et la bouteille également un par un.

Trace remua le gombo une dernière fois ; il ne pensait plus qu'à l'homme qui s'activait derrière lui – *et* au *dessert* qu'il avait mentionné…

Encore plus de baisers. Encore plus d'attouchements.

Il eut un petit sourire. Il attendait ça avec impatience.

XI

LES YEUX rivés sur l'écran, Trace glissa la main dans le bol de popcorn – pour le manquer totalement, effleurant à la place le torse de David. Il marqua une pause, se mit à rire, puis sa main repartit à la recherche du popcorn. Ce qui aurait été plus facile s'il n'avait pas été à moitié affalé sur son ami, qui tenait le bol du côté opposé, loin de Trace.

— Arrête de me tripoter. J'essaye de suivre, plaisanta David en rapprochant le bol de son ami.

La vérité, c'est que Trace avait choisi un film que David avait déjà vu et revu, et il était bien plus intéressé par les émotions de Trace que par l'écran de télévision.

— Comment est-ce que j'ai pu rater ça ? s'esclaffa Trace comme le pirate déplorait un manque cruel de rhum. Tu avais ce film depuis sa sortie en DVD et je ne l'avais pas vu ?

Il reprit une poignée de popcorn en posant la tête sur son épaule.

David, lui, posa la joue sur les cheveux aux reflets d'ébène.

— Ouais, je l'ai eu dès sa sortie, en effet. C'est parfait pour décompresser.

Il allongea le bras sur le dossier du canapé.

— C'est *hystériquement* drôle, voilà ce que c'est ! s'exclama Trace en éclatant de rire quand le pirate murmura un commentaire bien senti à propos de cette 'chienne de vie'.

Il pressa sa hanche contre David, tout en prétendant chaparder subrepticement le bol de popcorn.

— Hé !

En représailles, David lui enfonça les doigts dans les côtes.

— *Ah !*

Trace se crispa, interposant d'instinct le bol en un mini 'bouclier'. Puis il leva à la bouche de David un grain soufflé histoire de l'amadouer.

— Tiens !

— Oh non, on ne m'achète pas aussi facilement ! Si c'était du chocolat, en revanche…

Les grains de maïs soufflés sautèrent en l'air quand David repartit à l'assaut des côtes de son chatouilleux ami.

Trace se débattit, cherchant vainement à éviter ses mains tendues.

— Non, pitié ! Pas de chatouilles ! *Seigneur !*

Trace se tortilla de plus belle.

David lui bloqua les bras en lui saisissant les poignets au-dessus de la tête.

Trace lui décocha un regard misérable.

— S'il te plaît, trêve de chatouilles, l'implora-t-il. Ça me rend fou. Tu le sais bien !

— *Humm…* fredonna David, feignant de considérer la question. Qu'est-ce que j'y gagne ?

Diabolique, il fit courir ses doigts sous le tee-shirt de Trace.

— Un baiser ? proposa Trace.

Depuis la partie de poker, ils multipliaient les baisers sans que cela devienne pour autant quelque chose d'anodin – du point de vue de Trace, en tout cas. Chacun de leurs baisers était spécial. Être si près de David ne lui inspirait plus la moindre gêne ; il avait découvert que les câlins de David étaient meilleurs que ceux qu'il avait pu partager avec des femmes. Il adorait se blottir dans les bras de son ami, et il appréciait également ce que les attouchements de David lui faisaient ressentir. Tous les matins, il se réveillait le corps en feu, en érection, et de jour en jour, l'idée de se frotter à David jusqu'à ce qu'il jouisse devenait de plus en plus attrayante. Il se mordilla la lèvre inférieure en lui jetant un regard malicieux.

David plissa le front, soupçonneux. Trace était maintenant à l'aise avec les baisers qu'ils échangeaient, il le savait bien, mais ce qu'il ne savait toujours pas par contre, c'était jusqu'où tout cela allait les mener. En appui sur le dossier du canapé, une jambe hissée sur les coussins et l'autre par terre, il finit par s'écarter.

— Je vais y réfléchir, mais tu dois m'embrasser. Ensuite, j'en serai seul juge.

Une lueur amusée dansant au fond de ses yeux, Trace s'agenouilla sur le coussin.

— Mon baiser doit te satisfaire ou bien tu recommenceras les chatouilles, c'est ça ?

Il adorait ce petit jeu qui nourrissait son besoin de flirter. C'était différent de ce qu'ils avaient vécu ensemble jusque-là au fil des années.

— Mieux ?

Il se rapprocha de son ami. Qui eut un sourire béat.

— C'est bien l'idée.

— *Humm*. On m'a toujours dit que j'embrassais très bien, rétorqua Trace.

Il se rapprocha tout près – sans se retrouver pour autant complètement allongé sur lui.

D'un coup sec sur la boucle de son ceinturon, David le plaqua sur lui de tout son long.

— Prouve-le !

Ses cheveux voltigeant sur l'épaule, Trace releva le défi en fredonnant gaîment, et pressa langoureusement ses lèvres sur celles de David d'un mouvement léger et caressant. Puis il accentua la pression, léchant la lèvre inférieure de son amant avant de la prendre entre les siennes.

Sous la douce caresse, David haleta tandis que le baiser devenait plus agressif. Il aspira la langue de Trace en écartant les jambes.

Trace approfondit leur baiser, agrippant David par les cheveux dans la fougue de son étreinte.

David lui empoigna les fesses avant de glisser les doigts sous son tee-shirt pour caresser ses muscles dorsaux. Trace mit tout son cœur dans ce baiser, grognant en sentant les mains de David courir sur son corps qui réagit instantanément. Il s'emballait de plus en plus rapidement. À présent, David n'avait qu'à le *regarder* pour que son pouls s'accélère.

Arrachant ses lèvres à celles de Trace, David enfouit le visage dans le cou de son amant en tâchant de calmer les battements de son cœur. Chaque fois qu'ils se touchaient, s'arrêter leur devenait de plus en plus difficile. Il ne voulait pas faire pression sur Trace. Il était terriblement conscient d'une chose : Trace essayait pour la première fois d'avoir une relation suivie avec un homme, une relation qui ne soit pas simplement amicale, et David ne voulait à aucun prix risquer de compromettre leur amitié de toujours. Ce serait différent si Trace n'était pas lui aussi affecté par cette passion naissante, mais voilà... c'était le cas.

David s'arc-bouta, et Trace sentit son érection contre lui. Basculant la tête en arrière, Trace hoqueta alors que la cuisse de David glissait le long de la sienne, ou plutôt contre son érection.

— Seigneur, murmura-t-il et il frémit en accentuant la pression. David, oh, mon Dieu... !

David avait l'estomac contracté, un frisson remontant le long de sa colonne vertébrale, et les pointes érectiles de ses mamelons formaient deux petites crêtes dures. Comment résister quand l'homme de vos rêves, lové dans vos bras, faisait de délicieux petits bruits si sexy ? Agrippant Trace par la nuque et la hanche, il lui murmura à l'oreille :

— Si on doit s'arrêter, c'est maintenant. Mais je vais tout faire pour que tu jouisses. Avec mes hanches, mes mains, ma bouche... Peu importe...

Toutes les nuits depuis la partie de poker, Trace s'était endormi en pensant à David le touchant – avec douceur comme ils s'embrassaient, avec espièglerie comme ils s'amusaient, l'esprit ailleurs comme ils travaillaient, et avec passion... comme maintenant. L'idée avait bel et bien germé dans son esprit, et Trace était excité rien que d'imaginer les mains de David, *la bouche de David* sur son corps... il en avait la tête qui tournait.

— S'il te plaît David !

Il effleura de ses lèvres la joue de son amant comme il s'écartait légèrement pour le regarder dans les yeux. Trace voulait qu'il comprenne qu'il le désirait de toutes ses forces.

— Ne t'arrête pas !

Avec un gémissement rauque, David écrasa sa bouche sur la sienne, toute douceur envolée. C'était une revendication, une possession, l'expression de la passion la plus primale. Les cuisses largement ouvertes, David serra Trace à la jonction intime de son corps. Ce dernier se sentit emporté par la fougue d'un tel baiser. C'était *exactement* ce qu'il voulait. Il donna autant qu'il recevait, rendant son étreinte à David jouant des hanches. Les muscles de ses cuisses et son sexe enflammés, David était aussi excité que lui. Trace hoqueta contre sa bouche, et pour la première fois, se frotta plus hardiment contre lui pour attiser sa stimulation, ravalant un cri sous la brûlure du plaisir. Ô Dieu, ils étaient en train de *baiser* sur ce foutu canapé comme des adolescents boutonneux ! Et il était sur le point d'exploser.

La folle envie de retourner Trace sous lui et de se glisser entre ses genoux dansait à la périphérie de la conscience de David, et il ne pouvait plus enrayer la course éperdue de ce besoin érotique qui enflait entre eux. Il ondula sous Trace, contrepoint parfait à ses poussées enfiévrées, leurs sexes dressés se frottant l'un à l'autre à chaque coup de reins.

Gémissant, Trace se sentit se contracter tout entier si vite qu'il en fut étonné ; d'habitude, il se maîtrisait mieux que ça. Mais avec David, toute son assurance volait en éclats. Trace ondula plus fermement, un doux gémissement s'échappant de ses lèvres comme il se mordillait la lèvre inférieure. Il était sur le point de jouir en se frottant contre son meilleur ami ! Le constat le frappa comme un coup de foudre.

— David... l'implora-t-il dans un murmure rauque.

Accentuant encore la friction, David l'agrippa par les fesses... Mais ce n'était toujours pas assez pour parvenir à l'orgasme. Et il voulait le serrer plus près de lui encore, plus fort... Il sentit Trace trembler sous lui, visiblement aussi excité que lui.

— Seigneur ! haleta David à son oreille. Je suis si près... Si près... ! Rien que de te toucher ! Je veux te faire jouir, je veux te sentir jouir contre moi !

Les mains, les mots... Toute la passion de David poussa Trace au bord du précipice. Il ondula de plus belle contre lui, se frottant au sexe tendu de David, chaque centimètre lui arrachant un soupir. Trace s'abandonna dans un râle, son orgasme sur le point d'éclater. Il tremblait de tout son corps. Ses testicules gonflés lui faisaient mal.

— *Seigneur !* gémit David. Fais-moi jouir. Fais-moi jouir, bébé... balbutia-t-il. Bon Dieu, comme ça. *Putain, oui !*

Sa supplique brisa les dernières réserves de Trace qui se frotta avec un regain d'ardeur à l'aine de son amant. Le souffle saccadé, les mains crispées, il se figea, au paroxysme de l'excitation, avant de rejeter le cou en arrière dans un grand cri primal, agité de spasmes.

— David ! Putain, *David !*

Sensible à la voix de ténor de Trace, David continua de jouer furieusement des hanches.

— Trace ! cria-t-il en lui mordillant le cou.

Trace hoqueta comme un éclair de douleur vrillait son pic orgasmique, lui coupant le souffle. La pièce se mit à tanguer autour de lui, la périphérie de son champ de vision virant au gris quand il réussit enfin à inspirer une grande goulée d'oxygène.

Tous deux s'effondrèrent, à bout de forces.

— Putain, c'était intense ! murmura David. Qu'est-ce que ce serait si tu devais me baiser *pour de bon* ! Je crois bien que je n'y survivrais pas...

Blotti dans ses bras, le jean humide à l'entrejambe, Trace grogna en lâchant un petit rire, et enfouit son visage rougissant aux creux de son cou. L'orgasme l'avait vidé de toute énergie, et il nageait en pleine félicité.

— Pour ça, il faudrait d'abord que je récupère... chuchota-t-il. Je ne bouge pas d'ici.

— Parfait.

David l'étreignit et ils restèrent blottis dans les bras l'un de l'autre de longues minutes durant, reprenant doucement leur souffle.

Mains jointes et menton posé sur le torse de David, Trace croisa son regard en reprenant la parole.

— Je ne pensais pas que ce serait aussi bon, admit-il en redessinant la bouche de son amant du bout des doigts. J'aurais dû m'en douter pourtant. Tu prends toujours tellement soin de moi.

Étreint par l'intensité du moment, David balaya le compliment d'une main cavalière, un peu gêné.

— Ce serait plutôt le contraire, à mon avis. C'est toi qui as joué le rôle du valet de chambre, de l'infirmier à domicile, et du grand chef.

Il tourna la tête vers la télévision juste à temps pour voir les protagonistes se regarder dans les yeux lors d'une accalmie. David avait depuis longtemps renoncé à ses rêves de bonheur, mais voilà que Trace lui redonnait espoir. Et *ça*, ça pouvait être dangereux.

Le changement de ton de son amant interpella Trace, et il s'agita, mal à l'aise. Si une femme lui avait tenu ce genre de discours, il en aurait déduit qu'elle était embarrassée ou bien qu'elle avait déjà des regrets. Or, il espérait vivement qu'avec David, ce n'était pas le cas. Il s'était laissé entraîner, il n'y avait aucun doute là-dessus, mais *lui* au moins ne regrettait rien. Il aurait des regrets uniquement si cela devait changer quelque chose entre eux.

— D'accord.

Il se redressa et s'écarta pour dévisager son amant.

Sentant Trace se rétracter, David plongea son regard dans le sien. Ce qui venait de se passer entre eux avait abaissé toutes ses barrières et il lui laissa voir tout ce qu'il ressentait. Il passa les doigts sur la mâchoire de Trace.

— J'aimerais prendre soin de toi. Est-ce que tu me laisserais faire ?

Tournant sa joue contre la paume de David, Trace battit légèrement des paupières tandis que le soulagement l'envahissait. Les yeux de David... Ils avaient une telle intensité quand ils se posaient sur lui... Trace avait l'impression d'être le centre du monde pour son ami. Il avait pris soin de David et veillé sur lui sans rien attendre en retour. Mais ça... ? C'était un pas de plus vers ce qui était beaucoup plus que de l'amitié. Et c'était ce que Trace voulait.

Il reprit la parole d'un ton chaleureux pour donner sa réponse :

— D'accord.

QUAND TRACE se réveilla avant l'aube, il sut qu'il avait un problème.

La tête nichée au creux de son épaule, à demi couché sur le ventre, il avait passé un bras possessif autour de David. Il s'assit avec précaution, observant son amant à la faveur de la lumière naissante. Endormi, David paraissait plus jeune – non qu'il soit vieux ! lui souffla une petite voix indignée dans sa tête. Simplement, le sommeil adoucissait les lignes de son visage, et ses lèvres paraissaient plus pulpeuses.

Le cœur – *et* l'aine – palpitants, Trace, en proie à une passion grandissante, sentit un grand calme l'envahir. Force était de constater que leur amour se construisait sur les solides fondations d'une sincère et profonde amitié.

Et le désir revenait poindre le bout de son nez... Trace quitta le lit sans hâte, soucieux de ne pas troubler le repos de David. Il attrapa un short, un tee-shirt et sortit de la chambre en refermant la porte derrière lui. Se glissant dans ses vêtements, il descendit dans la cuisine et prit un Coca au frigo. Il s'assit à table et croisa les jambes puis, voûté, posa le menton sur ses genoux.

Leur relation était en train de changer, et il devait bien l'admettre, ça lui faisait peur. Au point d'ailleurs de troubler ses rêves – habituellement agréables. Accablé d'incertitudes, inquiet, il pressa la canette fraîche sur son front. Pourtant cette nuit avait été fantastique, sublime ! Les caresses électrisantes, les baisers fougueux, l'orgasme explosif... Trace ne s'était plus senti aussi comblé depuis bien trop longtemps. Sauf que maintenant, il en voulait plus. Plus avec *David*. Et qu'est-ce que cela impliquerait pour eux ?

Trace se moquait d'être traité de bisexuel ; il était bien dans sa peau, et en règle générale, la sexualité ne lui posait aucun problème. Non, il redoutait en fait que 'le soufflé retombe' et que leur passion naissante ne soit qu'une aberration éphémère. Auquel cas, ce qui s'était passé entre eux les empêcherait de redevenir de simples amis. Une perspective tellement horrible que, dans son agitation, il dut se relever et arpenter la pièce dans une vaine tentative de repousser la douleur. Ce n'était pas ce qu'il voulait, pas du tout ! Plutôt renoncer à cette passion subite que risquer de perdre David !

Après quelques minutes passées à tourner en rond, il s'arrêta devant l'évier pour regarder l'aube se lever dans le jardin. Que faire ? Il posa la canette dans l'évier en soupirant et remonta dans la chambre. Il se déshabilla, ne voyant pas l'intérêt d'être vêtu au lit. De plus, il aspirait au réconfort que lui prodiguait la chaleur animale de son amant. Il se glissa dans les draps et se rapprocha de lui. Au bout de quelques minutes, il était déjà plus détendu, l'esprit apaisé. Ça devait signifier quelque chose...

Se blottir tout contre David, pour lui, c'était la perfection même.

DAVID S'ÉTIRA ; encore tout ensommeillé, il se pressa contre Trace en lui murmurant 'bonjour'. Il aurait bien aimé se rendormir, mais ce n'était pas dans sa nature. Dès qu'il se réveillait, il avait instantanément les idées claires. Se retournant, il posa la tête sur le bras de son amant.

— Où étais-tu allé si tôt ?

S'écartant légèrement de lui, Trace rouvrit les yeux.

— Dans la cuisine ; j'avais soif.

Il passa une main douce dans les cheveux soyeux de David, là où ils étaient tout emmêlés, juste au dessus de l'oreille.

— *Mmmm*, fredonna ce dernier, fermant de nouveau les yeux pour mieux savourer la caresse. Tu as fait du café ? demanda-t-il plein d'espoir.

Les lèvres de Trace s'étirèrent en un fin sourire.

— Désolé. J'espérais que tu ne te réveillerais pas. On s'est couché tard hier soir... Ou plutôt ce matin.

Il embrassa légèrement le front de David.

— Ouais, mais je ne me plains pas… dit David en lui glissant à son tour une main dans les cheveux. Tout va bien ? demanda-t-il en hésitant.

La nuit avait été fantastique, mais pour lui, l'amitié de Trace comptait plus que tout – plus même que le sexe, aussi intense et sublime soit-il.

— Je crois, murmura Trace. Je suis… inquiet, je suppose.

Du bout des doigts, il traça une ligne sur la mâchoire de David.

— Je ne veux pas te perdre, ni risquer de perdre *ça* d'ailleurs. C'est juste que je ne suis pas sûr de savoir comment m'y prendre.

— Je pourrais te montrer des vidéos… très instructives, plaisanta David, en se balançant lentement contre sa hanche. Trace, tu ne vas pas me perdre, mais peut-être faut-il qu'on discute un peu de ce qui se passe entre nous. Et quitte à avoir une conversation sérieuse, j'ai *sérieusement* besoin d'un café, moi !

— D'accord, dit Trace d'une voix douce. Tu comptes énormément pour moi, tu le sais ? Tu es mon meilleur ami. Je n'aurais jamais pensé qu'un jour, tu puisses également être mon amant.

— Sérieux !

David s'assit, en posant un petit bisou sur son nez.

— Café ! cria-t-il avant de se rendre dans la cuisine en sous-vêtement, en ajoutant par-dessus son épaule : Et je le sais !

Trace ne put réprimer un sourire. Putain, il avait vraiment de la chance ! Secouant la tête, il renfila son tee-shirt et son short, et suivit David dans la cuisine. Planté devant la cafetière, son amant versait déjà l'eau et la dose de grains fraîchement moulus.

Trace le rejoignit, déposant un baiser sur son épaule.

— Je n'ai pas besoin d'être convaincu, tu sais, murmura-t-il, en lui flattant les fesses avant de se détourner pour prendre deux tasses dans le placard. *Moi*, je sais parfaitement ce que je veux et ce que je ne veux pas.

Emoustillé par la caresse de Trace, David sentit sa verge gonfler. Nom d'un chien, cet homme lui faisait un effet bœuf ! Suivant Trace des yeux, il admira la flexion de ses muscles fessiers alors qu'il s'étirait sur la pointe des pieds pour attraper les tasses.

— Si tu n'as pas besoin d'être convaincu, alors de quoi devons-nous parler ?

Trace posa les tasses. Et adopta une expression sérieuse.

— Si ça ne marche pas, ou si cette flamme entre nous s'éteint, je ne veux pas te perdre. Je sais combien une rupture peut être douloureuse. Si cela devait nous arriver, ça me tuerait.

Une bonne odeur de café frais emplit la pièce.

— Eh bien nous allons faire en sorte que cela n'arrive pas, raisonna David en se rapprochant pour poser sa main sur la poitrine de son compagnon. Où crois-tu que tout cela va nous mener ?

Posant à son tour la main sur celle de David, Trace le dévisagea attentivement.

— Aussi loin que tu le voudras, répondit-il avec honnêteté, soutenant le regard de son ami.

— Ça peut paraître fou, mais je me sens mieux avec toi qu'avec n'importe qui d'autre au monde. Et je ne parle même pas de sexe.

David entrelaça ses doigts aux siens.

— Il semblerait que l'on soit plutôt compatibles, toi et moi, pas vrai ? dit-il en baissant les yeux sur leurs mains jointes. Je n'ai jamais été aussi à l'aise qu'avec toi, mais…

Il marqua une pause, cherchant les mots justes. Trace n'avait jamais été attiré par les hommes, et David l'aimait beaucoup trop pour que leur idylle ne soit en définitive qu'une banale expérience parmi d'autres.

— Tu es sûr que c'est ce que tu veux ? On pourrait rester seulement amis. Et être encore plus proches sans pour autant ajouter la dimension sexuelle à notre relation. Avec quelqu'un d'autre, je pourrais supporter à la rigueur que ce ne soit qu'une passade, une amourette sans lendemain, mais si on continue comme ça, à s'embrasser et à se câliner, je sens que je vais tomber amoureux de toi.

Il lui effleura la joue, passant sous silence le fait qu'il était *déjà* tombé amoureux de lui et que, si Trace devait rompre maintenant, il souffrirait comme jamais encore il n'avait souffert de toute sa vie.

À quoi bon souligner l'évidence ?

Paupières mi-closes, Trace pressa la joue contre sa paume.

— C'est ce que je veux, répondit-il avec ferveur. *Vraiment.*

David, qui avait eu le cœur pris dans un étau en guettant sa réponse, exhala un long soupir de soulagement. La main vagabonde, il l'empoigna par son tee-shirt.

— C'est *ça* que tu veux ? fit-il, le nez enfoui dans son cou. Ou bien c'est *moi* ? J'ai besoin de t'entendre dire que je suis le seul à te faire ressentir ces choses.

Il sentit le membre de Trace se tendre contre lui.

Excité, ce dernier glissa les bras autour de la taille de David et l'étreignit.

— Je te veux, *toi,* répondit-il très sérieusement. David, personne ne me fait ressentir ce que je ressens avec toi. Aucune femme. Et certainement nul autre homme. C'est *toi* et rien que *toi.* Je comprends tout à fait ce que tu veux dire quand tu parles de tomber amoureux. Passer plus que quelques nuits avec quelqu'un ne m'a jamais tenté. Personne n'a jamais retenu mon attention bien longtemps. Toi, tu avais piqué mon intérêt avant même que l'on commence à explorer cet aspect de notre relation.

— Et c'est absolument incroyable ! jubila David en frottant sa joue à la sienne. Tenter l'aventure avec moi, ça te dit ?

Trace acquiesça en souriant et l'embrassa sur le coin des lèvres.

— Je ne vais pas *tenter l'aventure avec toi,* je vais *vivre ma vie avec toi,* souligna-t-il d'un ton serein.

David fut gagné par une onde de chaleur lui évoquant celle d'un bon scotch.

— Oui, murmura-t-il.

Lui aspirant la lèvre inférieure, il enroula la main sur sa nuque et le taquina de la pointe de sa langue.

Trace fredonna de contentement, les lèvres offertes. Il avait appris à adorer les baisers de son amant. Il ne pouvait plus s'imaginer passer un jour sans au moins trois ou quatre… douzaines de ces baisers ! C'était insensé, il le savait. Mais tellement compréhensible ! Il se rapprocha et pressa son entrejambe contre la cuisse de David, lui passant un bras autour du cou et l'autre autour de la taille.

Tout en lui lui criait que c'était parfait. Il n'avait jamais rien ressenti de tel auparavant, que ce soit avec une femme ou un homme. Cela lui semblait si juste et naturel maintenant qu'il en avait le cœur tout palpitant. Peut-être était-ce bien ce qui l'effrayait, au fond. Il n'avait jamais envisagé sérieusement de s'attacher à quelqu'un. Mais avec David, c'était ce qu'il voulait. Et il voulait que ce qu'ils avaient passe l'épreuve du temps.

— Pourquoi est-on sortis du lit ? demanda David, lui parsemant le cou de petits baisers.

— Tu désirais avoir une conversation sérieuse avec moi, lui rappela Trace dans un murmure en offrant sa gorge à ses baisers.

— C'est vrai ? Je dois être un sacré imbécile, alors. Parler est si... démodé.

— Il est vraiment trop tôt pour se lever, acquiesça Trace d'une voix faible en se frottant un peu plus contre son amant.

David l'agrippa par les hanches tandis qu'un grondement sourd lui échappait.

— Continue comme ça et on n'arrivera jamais à retourner au lit !

Trace soupira.

— J'ai sommeil. Viens. Tu me tiendras chaud. Du moins jusqu'à ce que je me rendorme... S'il te plaît ?

Il savait combien son ami avait horreur de retourner se coucher de bon matin.

David lui prit le visage en coupe, plongeant son regard dans le sien.

— Ça me plairait beaucoup.

— Ah, oui ? fit Trace, surpris alors que ses yeux marron s'illuminaient. Super, parce que mes orteils sont gelés !

David éteignit la cafetière, prit Trace par la main et l'entraîna dans la chambre.

Arrivés dans le lit, il le serra dans ses bras.

— Il se pourrait bien que je change mes habitudes matinales avec toi...

Les yeux fermés, il était aux anges, savourant la chaleur animale de Trace contre son torse nu.

— *Mmm...*

À demi allongé sur David, Trace glissa ses orteils effectivement gelés sous les pieds chauds de son amant.

— Dors maintenant. Tu changeras tes 'habitudes matinales' plus tard...

Il frotta sa joue sur l'épaule de David. Il dormait toujours du même côté... Le bon côté.

Rassuré maintenant qu'il savait que tout allait bien se passer, Trace n'eut aucun mal à se rendormir.

XII

— BON DIEU, je serai content quand j'en aurai enfin terminé avec tous ces rendez-vous ! râla David.

Après la séance du jour avec le kinésithérapeute, un arrêt dans une librairie, et un déjeuner paisible dans un restaurant proche qu'ils affectionnaient tous deux, ils étaient enfin de retour à la maison.

— Tu sais que ça te fait du bien, et tu n'as râlé *que* dix minutes cette fois, lâcha Trace en se garant avec un coup d'œil en coin à son compagnon.

David soupira en sortant de voiture. Oui, ça lui faisait du bien. Il ne portait presque plus l'attelle maintenant, sauf après ces rendez-vous qui le fatiguaient, et il n'était même pas sûr d'en avoir besoin ce soir.

— Oui, admit-il.

Trace ouvrit et se traîna dans le vestibule avec un soupir. Arrivé dans la cuisine, il posa sa veste et son ordinateur portable sur la petite table. Tirant sur sa cravate, il baissa les yeux sur son pantalon froissé.

— Je suis bon pour une longue douche, moi. Depuis ma visite au chantier du nouveau domaine, je suis couvert de poussière. À moins que tu ne préfères d'abord regarder un film ? ajouta-t-il.

Mais David ne l'écoutait déjà plus que d'une oreille... Après une longue semaine chargée de tension sexuelle, à se frôler et à flirter, il était de plus en plus excité. Dans ses rêves, il pouvait sentir sous ses doigts le sexe gonflé de son ami, le goûter sur sa langue... Quel meilleur endroit pour attiser le feu que sous la douche ? Avec un Trace entièrement nu et resplendissant ?

— On pourrait en effet regarder un film, répondit-il, mais une douche serait encore mieux. Crois-moi, après celle-là, tu seras parfaitement propre !

— Oh, le merveilleux prétexte pour me peloter le cul ! lâcha Trace, un sourire sincère éclairant son visage. Mais bon… Ce n'est pas une mauvaise idée, allez !

David y allait en douceur avec lui, et garder un minimum de vêtements était une façon pour son ami de tenir parole. Tête penchée, l'air malicieux, Trace le toisa de pied en cap. Ce serait un spectacle de rêve, il le savait… Le corps tonique de David constellé de gouttelettes…?

Encore mieux !

David déglutit en le voyant s'humecter inconsciemment la lèvre inférieure. Les sentiments qu'il avait pour lui transparaissaient dans son regard, David le savait bien… Matt lui-même l'avait remarqué… Mais de peur de mettre son ami mal à l'aise, il avait pris garde jusque-là à ne rien laisser filtrer. À présent, ses barrières balayées dans l'intimité du moment, il ne cherchait plus à lui dissimuler ce qu'il ressentait.

Et Trace ne se détourna pas.

David lui prit la main pour le guider vers la chambre. Dans la salle de bain, il actionna le jet avant de se tourner vers son amant. Jouant avec l'ourlet de la chemise froissée, il effleura la peau si sensible de son compagnon, avant de la lui enlever en la faisant passer par-dessus sa tête. Et son fin tee-shirt prit rapidement le même chemin. David entreprit d'explorer la peau si douce, rêvant déjà de goûter aux mamelons couleur vieux rose.

Trace poussa un soupir et fit glisser sa main sur l'épaule valide de David en faisant attention de ne pas toucher l'autre. Bien qu'elle soit presque guérie, Trace restait conscient de la blessure et prenait garde de ne pas l'aggraver.

Il approfondit leur baiser. Encouragé, David le mordilla légèrement. Trace laissa échapper un gémissement de plaisir en lui passant un bras autour de la taille.

— Tu vas me laver ? fit-il d'une voix faible, sans émettre d'objection.

— Je commence à peine, feula David d'un ton rauque.

S'agenouillant, il lui baissa le pantalon. Quand Trace fit mine de l'aider, il repoussa ses mains.

— C'est à mon tour de prendre soin de toi, tu te rappelles ? À moi de te déshabiller, pour une fois ! Tu pourras m'aider à ôter mon pantalon dans une minute.

Il se pencha et sa langue descendit le long des poils qui couraient en droite ligne de l'abdomen de Trace à son nombril. Ce dernier lui agrippa l'épaule quand il s'aventura encore plus bas. Et sa réaction ne se fit pas attendre…

David le mordilla doucement en fredonnant de plaisir. Il avait follement envie de le dénuder entièrement et de le lécher jusqu'à la consommation de leur amour, et vue la façon dont son ami réagissait, Trace était plus que prêt. Se relevant, il fit glisser son pantalon sur ses hanches puis régla la température de l'eau le temps que Trace finisse d'ôter ledit pantalon et son boxer.

Après un autre froissement de tissu, Trace se tint enfin complètement nu devant lui. Il n'avait jamais eu honte de son corps, et même si cela avait été le cas, il n'aurait pas cherché à se soustraire au regard appréciateur de David.

Ce dernier déglutit avec difficulté… Lui prenant les mains, il les déploya sur son torse.

— Déshabille-moi, murmura-t-il.

Trace avait eu du mal à résister à la tentation de la bouche de David sur son corps, et il n'avait recouvré son aplomb que lorsque son amant s'était abstenu d'aller plus loin. Cela aurait été époustouflant, à coup sûr, mais il ne savait comment il aurait réagi *après*. Étant incapable de lui rendre la pareille en lui faisant à son tour une fellation, il aurait sans doute été embarrassé… Il défit le bouton du jean de David, puis descendit la fermeture éclair. Ça, il pouvait le faire, tant que leurs contacts restaient légers. Dans la même situation, il n'aurait pas hésité à caresser une femme. Il se risqua à frotter le membre tumescent de son amant.

Incapable de réprimer un gémissement, David s'affala contre la paroi de la cabine de douche, les genoux tremblants. La plus timide des caresses de Trace l'affectait davantage que les avances sexuelles flagrantes de ses ex ! Enroulant ses doigts dans les longues mèches foncées, il attira Trace à lui pour l'embrasser. Soupirant contre ses lèvres, Trace baissa les mains pour descendre son jean sur ses cuisses, puis le slip en coton qu'il portait dessous. Il était un peu nerveux à l'idée d'aller plus loin. Au lit, il s'était déjà allongé sur David, mais tous deux étaient alors habillés. Là, au contact de leurs peaux nues, qu'allait-il ressentir ? Il n'était pas timoré, mais…

Leurs bouches se rencontrèrent, et ils volèrent de plaisirs en plaisirs à chaque caresse. David fit choir son pantalon au sol ; mains posées sur les hanches nues de Trace, ses pouces dessinèrent des cercles paresseux sur sa peau. Leur baiser se prolongea langoureusement, par contraste avec l'excitation qui faisait battre le sang à leurs tempes. Trace fredonnait doucement contre les lèvres de David.

Celui-ci s'écarta légèrement.

— Entrons sous la douche !

... Avant que je fasse l'impasse sur la douche pour foncer directement au lit !

Trace rouvrit les yeux et acquiesça ; ouvrant la porte en verre de la cabine, il se posta sous le jet d'eau. Il sentit le regard de David peser sur son dos bronzé, ses hanches étroites, la peau laiteuse de ses fesses... Le rejoignant sous la douche, David fit courir ses mains sous la courbe de ses fesses, qu'il pétrit. Tourné vers la paroi, Trace ne put s'empêcher de sourire. David était en train de lui malaxer le cul ! Il régla la puissance du jet en fines gouttelettes.

David se pressa dans son dos, lui enlaça la taille, puis, muni d'un gant et d'un savon, il commença par lui laver le torse tout en promenant des lèvres gourmandes de son épaule à son cou. Reportant le poids de son corps d'une jambe sur l'autre, Trace se détendit et se laissa aller. C'était très sexy, de sentir le corps dur et musclé de David, son sexe gonflé... Sous le jet d'eau chaude, il frissonna d'excitation sous la caresse exquise des lèvres douces sur sa peau, et posa une paume contre la paroi carrelée afin de ne pas perdre l'équilibre.

— Tourne-toi.

David le fit pivoter pour qu'il s'adosse à la cloison et lui lava méticuleusement les bras sans négliger un seul centimètre de peau, des épaules jusqu'aux mains. Il aspira malicieusement les gouttelettes d'eau qui perlaient au bout de ses doigts sans le quitter une seconde des yeux.

Trace ne s'y était pas trompé, à cette fameuse partie de poker, trois semaines auparavant. David était bel et bien en train de le *séduire*, et il *adorait* ça. Il leva l'autre main pour lui toucher les lèvres. Cela devenait si érotique qu'il avait peur de ne plus y voir clair. Une fois de plus, il réagit à la stimulation. La caresse de David l'embrasait à la façon d'un incendie galopant. Il était accro. Il en voulait *plus*. D'un coup de hanche, il frotta son sexe sur la cuisse de David.

Une main gantée, l'autre nue, David sillonnait la peau de Trace, des épaules jusqu'au torse ; il lui encercla les mamelons, puis se mit à genoux tout en faisant glisser le gant à mi-taille. Prenant tout son temps, il lava le sexe de son ami sur toute sa longueur, jusqu'à ce qu'il se redresse fièrement. Il fit alors rouler ses testicules au creux de sa paume et lapa les gouttelettes qui perlaient sur son gland, sous le regard bleu passion de son amant.

Grognant de plaisir, Trace, la tête renversée contre la paroi, suivait des yeux les voluptueuses arabesques de la main gantée sur son corps. Il aurait voulu réguler sa respiration, mais toute velléité de contrôle lui échappa quand il vit David se pencher et sa langue glisser le long de son sexe douloureusement tendu. Il hoqueta son nom et ses mains vinrent s'enfouir dans ses cheveux que l'humidité avait foncés. Il aurait voulu dire tellement de choses… Mais dans sa tête, tout lui paraissait… vulgaire.

— S'il te plaît… murmura-t-il, la passion brillant dans ses yeux.

Le gland satiné de son amant effleurant ses lèvres, David le suça. Faisant langoureusement glisser sa langue jusqu'à la racine de la verge, il dévia soudain pour la prendre toute entière en bouche quand les hanches de Trace tressautèrent. De ses doigts savonneux, il continua de jouer avec ses testicules et d'explorer toute la peau sensible qu'il pouvait atteindre.

— Oh doucement, *doucement*, mon chéri, souffla Trace en balançant légèrement ses hanches d'avant en arrière.

Il n'osait pas passer à la vitesse supérieure, d'une part parce qu'il ne l'avait jamais fait avec David auparavant, et d'autre part parce qu'il risquait de jouir rien qu'en y pensant.

David sourit, et Trace sut qu'il avait été surpris à trembler. Mais pas question qu'il rougisse comme une fillette ! Même si c'était sa première fois avec un homme. Il tira légèrement à lui la tête de son amant. David en profita pour l'empoigner par les fesses en adoptant un rythme plus rapide et une succion plus soutenue. À chaque poussée, la verge de Trace s'enfonçait dans sa gorge.

— Oh *merde !* jura Trace en lui agrippant les tempes.

Des sensations irrésistibles l'assaillirent, et il se mit à donner des coups de reins irrépressibles – il ne pouvait plus s'arrêter. Il songea qu'il n'aurait jamais pu *baiser* la bouche d'une femme de cette façon ; les rares fois où il avait tenté le coup, ça s'était mal passé. *Là,* non seulement ça se passait *bien* mais en plus, David l'encourageait et le guidait.

David, quant à lui, trouvait que la réaction enthousiaste de Trace à ses caresses buccales était un véritable aphrodisiaque… Glissant une main entre ses cuisses, il empoigna son membre, ses coups de hanches *pistonnant* son poing.

— Merde... David... ! haleta Trace, sentant ses testicules se rétracter. *David...* gémit-il, visage levé vers le jet d'eau.

Voilà bien ce qu'il avait redouté, même s'il ne pouvait plus se rappeler pourquoi.

Se reculant juste assez pour pouvoir parler, David ôta la main des fesses de Trace et la posa sur son sexe, sans cesser ses furieux va-et-vient.

— Jouis pour moi, Trace, souffla-t-il entre ses lèvres gonflées. Laisse-moi te goûter !

Il agrippa de plus belle ses fesses musclées, lui titillant la raie du bout des doigts.

Un pas à la fois, Carmichael, se morigéna-t-il.

Il ferait découvrir à Trace les plaisirs intimes de la prostate une autre fois. Bien sûr, ça ne signifiait pas qu'il ne pouvait pas... Il empoigna sa propre verge, se caressa les testicules, et sonda son propre anus. Cela faisait si longtemps... Il gémit.

Submergé par des vagues de plaisir, Trace ne sentait même plus la main de David sur ses fesses ; il se remit à trembler. Conscient de la gravité du moment, il gardait les yeux rivés sur David. Et ce qu'il vit le fit trembler de plus belle. De la main droite, David pompait son propre membre en murmurant des paroles sans suite, paupières closes, la mine crispée sous l'aiguillon d'un plaisir intense. Et il chevauchait sa main gauche, qui disparaissait entre ses jambes... Trace eut une idée assez claire de ce qu'il était en train de faire et cela suffit à déclencher son orgasme.

David avala rapidement les jets de sperme, léchant le sexe palpitant de Trace. Lui-même était tout près d'exploser, la pression constante de son doigt sur sa prostate le maintenant au bord de l'orgasme. Laissant le membre de son amant s'échapper de sa bouche, David releva les yeux.

— Merde... ! haleta Trace.

— *Maintenant*, tu es détendu, triompha David d'une voix provocante en lapant les gouttes d'eau le long de son sexe.

— *Détendu...*

Trace gémit.

— Regarde-moi, coassa David. Regarde l'effet que tu me fais.

Quand Trace rouvrit les yeux, ce fut pour voir David, l'air concentré, une main entre ses jambes, l'autre agrippant son sexe. Les yeux encore embrumés par l'assouvissement du désir, Trace dut s'appuyer au mur carrelé pour ne pas perdre l'équilibre. S'il avait pu avoir une autre érection dans la foulée, il banderait de nouveau à l'instant même... Il essuya l'eau qui coulait sur son visage. Rien que de voir David lécher son sperme... Transpercé de part en part par un nouvel éclair de feu, il trembla de plus belle.

— Fais-le, fit-il, la voix cassée. Je veux voir !

Tout entier crispé sur les doigts qu'il dardait dans son anus, David jouit enfin, criant le nom de Trace avant de s'effondrer, son front venant se poser sur la cuisse de son ami. Il était parcouru de frissons.

— Oh, putain... *Trace* !

Regarder son amant convulser sous la violence de l'extase... Trace avait-il jamais vu scène plus érotique que celle-là ? Sa respiration, aussi saccadée que celle de David, prolongeait l'intensité de l'orgasme.

David hoqueta.

— Putain... *Putain !* haleta-t-il.

Retirant les doigts de son anus, il reprit le savon et laissa l'eau rincer toute trace de son orgasme.

Trace lui caressa les cheveux, les épaules, le dos, la joue. Il sentait le souffle rauque de son amant contre sa cuisse. Qu'ils se fassent tant d'effet l'un l'autre... Il en était stupéfait. Se penchant légèrement de côté, il ferma le robinet... et, complètement vidé, glissa au pied de la paroi.

— Je ne suis pas sûr que mes jambes puissent encore me porter, murmura-t-il en caressant toujours David.

— Ouais, c'est l'avantage qu'il y a à être celui qui est à genoux, dit David malicieusement, en essayant lui aussi de se redresser.

— Et comment tu comptes te relever ? le défia Trace, la prunelle luisante.

D'où il était, il avait une très belle vue... Nom d'un chien, David était vraiment un beau mec !

— Mon ami qui a les jambes qui tremblent va m'aider, décréta David en lui tendant son bras valide.

Trace sourit et se pencha vers lui. Se redressant ensemble pour recouvrer leur aplomb, ils se retrouvèrent dans les bras l'un de l'autre. Sans réfléchir, Trace lui effleura les lèvres.

David sourit à son tour en les lui léchant.

— Tes lèvres, ton sexe... Tout en toi est succulent ! Je devrais prendre plus souvent des douches avec toi, dit-il en sortant de la cabine et en attrapant une serviette qu'il lui lança. Séchons-nous et allons nous allonger. Je commence à avoir froid, et les draps propres que je t'ai vu mettre tout à l'heure me tendent les bras...

Le caractère intime de telles paroles surprenait toujours Trace, mais il aimait ça et la façon dont il y réagissait aussi. Il happa la serviette au vol et se sécha. Après ce qui venait de se passer, il se sentait tout autant vidé.

— C'était incroyable, murmura-t-il en se penchant pour l'embrasser encore.

Idiot ou pas, il ne pouvait s'empêcher de redouter la réaction de David. Décidant de ne pas s'inquiéter inutilement, il reposa la serviette et embrassa son amant sur la joue en se dirigeant vers la chambre.

David se mordilla la lèvre. Il y avait tant de choses qu'il voulait dire à Trace, mais il doutait qu'il soit prêt à les entendre – à supposer qu'il le soit un jour. Ne s'embarrassant pas de sous-vêtements ni de pyjama, il se glissa nu entre les draps en savourant la fraîcheur du coton sur ses jambes.

— *Mmm…* fredonna-t-il d'une voix endormie, recherchant d'instinct la chaleur animale de Trace.

De tout ce qu'il allait regretter quand Trace rentrerait chez lui, les câlins arriveraient en tête de liste.

S'endormant de son côté du matelas, Trace se retrouvait invariablement allongé en travers de son amant au cours de la nuit. Il déplaça le bras pour que David se rapproche et il l'étreignit en bâillant.

— Bonne nuit, murmura David, la tête enfouie contre le torse de Trace.

— Bonne nuit, répondit Trace, se sentant bien au chaud, et comblé.

Même le fait qu'ils dorment tous deux complètements nus pour la première fois ne le dérangeait pas. Caressant l'épaule de David, il s'endormit avec un sourire satisfait.

XIII

— ALLEZ, DAVID ! lui cria Trace de la chambre. C'est la soirée poker, et les copains ont décidé de s'habiller plus cool ce soir au lieu de se pointer en costard-cravate. J'ai bien peur que ton idée de la *cool* attitude se rapproche plus du clochard que d'autre chose ! Tu n'as donc pas un seul jean en bon état ? Ou un bermuda à la rigueur ?

— Oh, et qu'est-ce que *tu* vas porter, toi, la *fashion* victime ? Il est hors de question que je te laisse sortir de la chambre avec le jean avec lequel je t'ai déjà vu ! lui rétorqua David du salon.

Ah ça, non !

Ce jean indécent exhibait beaucoup trop à son goût les courbes splendides des belles fesses de son amant.

— J'ai un bermuda et un tee-shirt, déclara Trace distraitement en fouillant dans un tiroir.

— Eh bien, moi, j'ai des jeans, répondit David sans bouger du canapé où il s'était confortablement installé, Mabel lovée sur ses jambes.

— Je n'arrive pas à en trouver un de propre, et la crasse doit être tout ce qui les tient encore en un seul morceau. Si je devais les laver, ils tomberaient en poussière, les malheureux !

— Tu veux bien t'arrêter de crier et venir me rejoindre ici ! cria David. Et pourquoi tu fouilles dans mes affaires, au fait ?

Trace apparut dans le couloir.

— Je voudrais laver ce que je n'ai pas pu laver hier soir. Franchement, je me demande comment un convalescent cloîtré à la maison comme toi peut salir autant de vêtements, dit-il en pointa un index accusateur sur David. Et tu ne les mets jamais dans le panier de linge sale ! Sinon, tout serait déjà lavé, essoré et propre depuis hier soir ! Tu n'as plus que des costumes dans ton placard, et une ou deux infâmes nippes dont l'Armée du Salut ne voudrait même pas. Tu n'as plus rien à te mettre, et je n'ai trouvé *aucun* jean propre.

Embarrassé, David se gratta le bout du nez.

— Va voir dans le troisième tiroir de la commode du bureau.

— Il n'y a que des draps, répondit Trace en fronçant les sourcils. Pourquoi devrais-je aller voir là-dedans ?

— Ouais, eh bien, regarde entre les draps, alors.

Aussitôt que ces mots sortirent de sa bouche, David se mit à rire.

Trace croisa les bras et soupira d'un air affligé en secouant la tête. Il habillerait David d'autre chose que d'un costume bon marché – ou il ne s'appelait plus Trace ! Un sourire en coin, il tourna les talons et disparut dans le couloir en se passant une main dans les cheveux.

David se demanda soudain pourquoi ses joues lui faisaient mal. Il réalisa qu'il souriait tellement que c'était miracle qu'il ne se soit pas *froissé* les zygomatiques ! Ils avaient déjà tout d'un vieux couple adorable ! Comme s'ils étaient amants de longue date... Songeur, il se mordilla la lèvre inférieure.

C'est ce que je veux !

Une semaine plus tôt, à genoux dans la douche, il avait découvert combien il désirait Trace, et combien l'intimité entre eux grandissait de jour en jour.

— Tu n'es pas sérieux !

David se retourna pour voir Trace émerger du couloir, un jean se balançant au bout de ses doigts.

— C'est mon jean préféré ! s'exclama David.

— Il est pire que le mien !

Si jamais David osait sortir en ville comme ça, il serait arrêté illico pour attentat à la pudeur – Trace n'en doutait pas une milliseconde. Ou pire encore, il se ferait draguer !

— Pas du tout. Il est parfaitement décent, insista David.

— Hum. Eh bien alors mets-le et montre-moi combien il est *décent*, le défia Trace.

Lèvres pincées, David soutint son regard. Ce malheureux jean avait subi d'innombrables lavages au fil des ans, il est vrai... Les *Wranglers* étaient très résistants. Et David portait celui-là depuis ses années d'université. Seigneur... Ça, il ne l'admettrait jamais devant Trace. De plus, il était incroyablement fier

152

de pouvoir encore rentrer dans ce satané jean. Il était hors de question qu'il s'en débarrasse.

— David ?

S'arrachant à ses réminiscences, David posa sur le canapé une Mabel mécontente afin de se lever. Il se déshabilla complètement, avant de prendre des mains de son amant le jean en question. Il l'enfila en douceur, sans gestes brusques, afin de ménager son épaule, et ferma le bouton.

Les yeux écarquillés en admirant le jean qui moulait admirablement le corps de David, Trace se racla la gorge.

— Seigneur…

Ce jean lui allait bien. *Trop* bien.

David haussa un sourcil.

— Quoi ?

Tout en tournant malicieusement autour de Trace, il le dévisagea intensément en se passant une langue gourmande sur ses lèvres pulpeuses.

— Tu crois que tu vas porter ce jean ce soir ? insista Trace.

Il n'aimait pas cette idée. Si Matt n'était pas une menace pour son couple, il ne pouvait pas en dire autant de Patrick.

— Bien sûr, répondit David en haussant les épaules. Ça ne sera pas la première fois.

En fait, Matt était avec moi quand je l'ai acheté.

Trace empoigna David par la croupe, déployant la main sur le tissu élimé en épousant la courbure d'une fesse musclée, et il glissa les doigts dans la trame archi-usée – les fils tenaient encore par miracle.

Il en profita pour lui pincer les fesses.

— Ce n'est pas que je n'aime pas voir ton cul, mais le problème, c'est que je ne suis pas sûr d'avoir envie que tout le monde jouisse du spectacle...

David sourit.

— Vraiment ?

Putain, que Trace puisse être possessif…

D'une main audacieuse, Trace couvrit la protubérance révélatrice qui gonflait le devant du jean élimé.

— Tu aimes ça, hein ? murmura-t-il. Savoir que je n'ai pas envie de partager ?

— Ouais, admit David d'une voix rauque. J'aime ça.

Sans lui lâcher les fesses, Trace l'embrassa gentiment.

— Je pense que j'aime ça, moi aussi.

David déglutit avec difficulté tandis que la tension sexuelle grimpait en flèche entre eux. Comme aimantés l'un par l'autre, ils se rapprochèrent encore. Après un nouveau pince-fesses, Trace fit un pas en arrière.

— Bien, c'est réglé, annonça-t-il.

— *Réglé ?* Qu'est-ce qui est *réglé ?* couina David, affolé.

Il était *hors de question* qu'il se débarrasse de son jean chéri !

— Tu as besoin de tenues décontractées. Des jeans, une paire de bermudas, peut-être même un short, dit Trace en hochant la tête. On va faire les magasins.

La panique le gagna.

— Un short ! se récria David en se mettant à geindre. Mais Trace, tu n'y penses pas ! *Faire les magasins un samedi ?* Le centre commercial va grouiller d'ados en pleine parade nuptiale !

— Ne t'inquiète pas. On survivra, dit Trace en lui prenant tendrement le visage en coupe. Parce qu'il est hors de question que tu portes ce jean ce soir, tu as bien compris ? Il est *indécent*.

— Je vais t'en montrer, moi, de l'indécence ! lui promit David en tentant de le capturer dans ses bras.

Trace esquiva de justesse.

— Allez, viens ! Plus vite ce sera fait, plus vite on sera de retour à la maison et il se pourrait que je...

— Que tu me récompenses pour avoir supporté cette visite infernale au centre commercial un samedi ! grogna David, déjà impatient d'y être.

Trace se contenta de sourire. Il avait sa petite idée en tête. David, ce jean *indécent* et... un peu d'ajustement à l'aide de ses mains.

La recette du bonheur, en somme.

— NE RENVERSE pas la salsa ! s'écria David lorsque Matt le heurta par derrière alors qu'il remplissait les bols.

Il n'avait pas vu son ami approcher, mais il entendait Trace discuter avec les autres au salon, et Matt était le seul à l'aise avec les contacts physiques. David se demanda à quel moment exactement il s'était mis à faire inconsciemment attention aux allers et venues de Trace. Cela avait sûrement un rapport avec la tension sexuelle inassouvie de leur virée shopping.

Cela n'avait pas été aussi terrible qu'il le redoutait – surtout grâce au fait que Trace avait tendance à le chercher à tâtons chaque fois qu'ils se retrouvaient dans une cabine d'essayage... Malheureusement, la virée avait duré plus longtemps que prévu, et en rentrant, ils n'avaient eu que le temps de sortir les casse-croûtes pour la partie de poker et de nettoyer sommairement le salon avant que Matt arrive, suivi de près par le reste de la bande.

— Je vois que Mabel se sent comme chez elle.

Matt rit de bon cœur en entendant Patrick maudire la *'boule de poils pouilleuse'* et la chasser de la table pour la énième fois. La chatte semblait penser que les jetons de poker avaient été inventés pour son plaisir exclusif.

David sourit, en jetant un coup d'œil par-dessus son épaule dans l'autre pièce. Dès qu'il croisa le regard de Trace, son expression s'adoucit.

— Son propriétaire aussi... lâcha Matt d'une voix traînante.

— Ouais...

David se força à détacher le regard de Trace et se remit à débiter le fromage en tranches. Ils n'avaient pas eu le temps de faire à dîner avant que tout le monde arrive, ils devraient donc se contenter d'un buffet froid.

— *Ouais* ? C'est tout ce que tu as à dire ? Allez ! Les choses ont dépassé le stage 'bi-curieux', je vois.

David eut l'estomac noué.

— Oh, pour être curieux, ça, il est toujours curieux...

— Et ?

En temps normal, David n'avait aucun scrupule à régaler Matt des détails croustillants de ses parties de jambes en l'air, mais là... il était des plus réticents à partager ce qui était en train de naître entre Trace et lui... de crainte qu'une relation encore si fragile ne puisse supporter la moindre analyse...

— T'ai-je remercié de me donner un coup de main, au fait ?

Matt, qui n'était pas dupe de sa piètre tentative de diversion, le dévisagea un instant.

— Non, mais en tout cas, je suis content que ça se passe bien. Cela fait trop longtemps que tu n'avais plus eu quelqu'un de spécial dans ta vie. Je préfèrerais qu'il travaille pour un autre journal et qu'il soutienne une autre équipe de baseball, mais à part ça, il se rapproche de la perfection.

— Ça fait longtemps pour toi aussi.

Amusé, David vit son ami s'agiter, mal à l'aise. Matt avait l'habitude de détourner les conversations sérieuses avec humour, mais là, son sens de la repartie désinvolte l'avait visiblement déserté.

— Plus longtemps que je ne veux l'admettre, en effet. Je pense que j'ai dépassé ce stade. Je suis trop vieux pour être pris au sérieux.

D'un coup d'œil par-dessus son épaule, il vit Mabel fourrer sa patte dans le verre de Trace, comme pour y happer quelque chose.

— Peut-être que je devrais prendre un chat, tiens…

David renifla de dédain.

— Je voudrais bien voir ça ! Un chien peut-être, mais sûrement *pas* un chat.

— Un chien, c'est trop de travail.

— Voilà pourquoi tu as besoin de quelqu'un dans ta vie, déclara David en reposant son couteau pour mieux prendre son ami entre quatre yeux. Les relations humaines aussi, ça exige de l'entretien, figure-toi ! Les gens n'attendent pas, tranquillement assis chez eux, que tu daignes franchir le pas de leur porte pour venir te dorer au soleil de leur amour !

— Ah, je me disais aussi ! s'exclama Matt, se retranchant une fois de plus derrière l'humour. Voilà bien ce qui ne va pas chez eux !

Excédé, David pointa sur lui un index accusateur et s'apprêtait à riposter lorsque…

— Vous comptez jouer ou pas ? s'impatienta Patrick dans la pièce voisine.

— J'arrive ! s'exclama Matt, trop heureux de fuir avant que David puisse continuer cette conversation.

David soupira de frustration, et posa le fromage et les biscuits sur un plateau. Il envisagea une seconde que Matt et Patrick puissent former un couple… avant de décider qu'ils en viendraient aux mains au bout d'une semaine.

Est-ce parce que je suis amoureux que je voudrais tant que mes amis le soient aussi ?

Perdu dans ses pensées, David resta planté devant le plateau.

Amoureux…

Il aimait Trace, énormément… Devrait-il en parler ? Et si jamais cela allait tout gâcher entre eux ? Et si le désir de Trace d'explorer ce qu'il y avait entre eux ne se limitait qu'à être amis et amants, sans nulle envie de sauter le pas vers un véritable engagement ?

David grogna. Cette toute nouvelle évolution dans leurs relations le rendait terriblement nerveux. Pourtant, Trace ne lui avait donné aucune raison de douter qu'ils soient faits pour s'entendre.

Prenant le plateau en main, il repassa au salon et croisa de nouveau le regard de Trace comme il contournait la table pour aller s'asseoir.

Trace, qui le déshabillait de son regard enflammé…

David en oublia toutes ses incertitudes.

Tout ce qui me reste à faire maintenant, c'est tenir jusqu'à ce que l'heure soit venue pour moi de raccompagner tout le monde à la porte…

XIV

DAVID FREDONNAIT joyeusement en posant sur le feu la cocotte prête à passer au four. Il avait triché et acheté un plat de manicotti à emporter dans son restaurant italien préféré, mais il se dit qu'en cuisine comme dans bien d'autres domaines, la fin justifiait les moyens. Matt lui avait déposé le plat à l'heure du déjeuner, le taquinant juste un peu sur le fait qu'il lui livrait son traditionnel 'souper de fin de rendez-vous galant'. David ne cessait d'imaginer le moment où Trace rentrerait à la maison. Il se tournait lui-même en ridicule d'être aussi casanier. Le kiné lui avait donné le feu vert pour reprendre son travail à mi-temps et il avait hâte d'annoncer la nouvelle à Trace.

— Je suis dans la cuisine ! cria-t-il en entendant s'ouvrir la porte d'entrée.

— D'acc' ! répondit Trace.

David écouta décroître ses pas, accompagnés d'un petit bruit de plastique alors que son amant se dirigeait vers le bureau, sûrement pour suspendre les vêtements qu'il avait récupérés au pressing. Mais quand Trace ne réapparut pas après quelques minutes, David décida d'aller le retrouver...

Trace se tenait devant la pile de vêtements propres – les siens – qui s'entassaient sur les étagères du placard, en se mordillant le pouce, l'air indécis.

— Tu t'es perdu ? ironisa David, sur le pas de la porte.

Il vint se poster derrière lui et lui entoura la taille de ses bras, posant le menton sur son épaule.

— Tu aurais dû me dire que tu avais du linge au pressing. Je me suis fait livrer le mien cet après-midi. Ils auraient pu ramener le tien en même temps et t'éviter le trajet.

— Ça ne m'a pas dérangé, lui assura Trace, en lui couvrant les mains des siennes.

Il pivota pour l'embrasser sur la tempe.

— J'ai eu une bonne nouvelle aujourd'hui. Je peux retourner travailler.

Trace fronça les sourcils. Déjà ? Juste comme ça, il était guéri et prêt à reprendre le chemin du boulot ?

— Tu n'es pas en état…

David lui posa une main sur le torse.

— Pas à plein temps, non, et je ne suis toujours pas autorisé à conduire, mais Attila le Hun a dit que dès la semaine prochaine, je pourrai reprendre à mi-temps.

— 'Attila' étant le kiné ou bien l'infirmière ?

— Il serait temps que je trouve de nouvelles insultes, je vois ! dit David en riant. Je parlais du kiné.

— Est-il au courant que ton travail consiste essentiellement à taper sur un clavier ?

L'air dubitatif, Trace regardait l'épaule de David avec un nouveau froncement de sourcils.

— Hé… Quelle différence de toute façon ? C'est du pareil au même. Que ce soit avec une main ou deux, je suis aussi lent qu'un escargot.

Trace l'attira dans ses bras en soupirant et déposa un léger baiser sur ses lèvres.

— Je suis fier de toi. Tu as travaillé dur en faisant tes exercices et te voilà récompensé de tes efforts. Je sais bien que l'inactivité te rendait fou. C'est juste que je m'inquiète à l'idée que tu ne sois pas complètement guéri et que tu puisses te refaire mal.

— Tout ira bien, le rassura David en posant la tête sur son épaule. Ça aurait été beaucoup plus dur si tu n'avais pas été là pour m'empêcher de virer dingo...

Entrelaçant leurs doigts, il entraîna Trace hors de la pièce.

— J'ai accumulé beaucoup de choses ici. Ça va me prendre plusieurs allers-retours pour rapporter tout ça chez moi. Je parie que tu seras soulagé de pouvoir remettre tout ce que tu as dû enlever pour me faire de la place, le taquina-t-il en se moquant gentiment de ses habitudes de rangement.

David trébucha et Trace le retint spontanément d'une main. Il avait été si heureux d'avoir Trace dans sa vie, qu'il n'avait pas réfléchi plus loin. En réalité, il ignorait tout des plans d'avenir de Trace.

— *Hmmm...* Ouais, dit-il alors que son estomac se contractait d'étrange façon. Le dîner est presque prêt si tu veux, parvint-il à articuler, la gorge nouée.

Voilà qu'il avait l'appétit coupé. Pourquoi n'avait-il pas envisagé un seul instant que Trace puisse vouloir repartir chez lui ?

La voix crispée de David inquiéta Trace, et il se retourna pour constater que son ami fronçait les sourcils.

— Hé, qu'y a-t-il ? demanda Trace en passant les doigts sur les plis soucieux qui barraient soudain le front de son amant. Tu ne veux pas regagner tes pénates ? fit-il, intrigué. Je ne suis pas en train de te chasser, ne crois pas ça surtout ! Je ne suis pas près de te quitter, tu sais !

Il attira doucement David dans ses bras.

Plongeant son regard dans les yeux marron, David soupira de soulagement, se détendant un peu. Il pouvait comprendre que Trace ait envie de rentrer chez lui, de retrouver ses habitudes. Il allait devoir s'en accommoder ou bien le convaincre de rester.

— La maison va me paraître bien vide sans toi. J'ai pris des manicotti de chez Angelo.

— J'adore tout ce qui vient de chez Angelo, répondit Trace avec un sourire avant de l'embrasser de nouveau, frottant leurs nez ensemble. Allez, une petite douche rapide, et après tu pourras me nourrir, conclut-il en l'entraînant dans la cuisine. Parce que j'ai des projets, figure-toi !

David reprit leur conversation dès qu'ils se retrouvèrent dans la cuisine, quarante-cinq minutes plus tard.

— J'espère que dans tes 'projets', tu te retrouves tout excité et en sueur, ronronna-t-il, profitant de son élan pour presser Trace contre le plan de travail.

Trace fredonna joyeusement.

— Oh oui ! lui dit-il en lui mordillant le cou et en grognant de désir. On ferait mieux de manger illico *presto*, ou je vais me retrouver à genoux ici et maintenant !

Seigneur, il ne demandait pas mieux ! Il ne s'y était toujours pas essayé, mais il avait réalisé que c'était ce qu'il voulait. Il avait déjà goûté David sur ses doigts, et l'avait tenu dans sa main. Mais il en désirait plus. Il voulait voir

David craquer tout comme David l'avait fait craquer lui-même. Ou du moins, il *essaierait* de le faire craquer.

David se mit à trembler en entendant la promesse voilée, ses mamelons et son sexe durcissant instantanément. Il glissa les mains sous les fesses de son compagnon et l'attira plus près de lui.

— Vraiment ? Tu…? Tu veux…?

Il déglutit, incapable de finir sa phrase sous l'afflux des images torrides qui envahissaient son esprit.

Frottant sa joue à la sienne en signe d'acquiescement, Trace agrippa l'avant-bras de son amant tandis que des images sensuelles l'assaillaient.

— Ouais, répondit-il, la voix rauque. Je veux essayer. Je veux que tu ressentes ce que tu m'as fait ressentir.

Un frisson courut le long de la colonne vertébrale de David. Le dîner n'était vraiment plus d'actualité, et les pâtes seraient meilleures réchauffées de toute façon.

Trace caressa David à travers son jean, se remémorant leurs délicieux attouchements illicites dans les cabines d'essayage du centre commercial. David grogna, le cœur battant à tout rompre. *Quelque chose* se déclencha en Trace qui gémit.

— D'accord, souffla-t-il. Le dessert en premier…

À genoux, ses mains glissant sur le corps de David, il le repoussa contre le plan de travail et défit son jean.

David déglutit avec peine, son regard volant vers lui.

— Trace ? *Trace !*

Il tira sur la chemise de son compagnon…

… Qui releva vers lui ses prunelles d'un brun velouté. Au ton surpris de son amant, Trace sentit le calme l'envahir. Il sourit en mordillant le sexe tumescent de David à travers son boxer.

— Oui ?

Le souffle saccadé, David tremblait légèrement, les jambes faibles.

— Est-ce qu'on pourrait… ? Je veux… Pas dans la cuisine.

Ses yeux volèrent en direction de la porte ; avec la bouche de Trace si près de son sexe, il était incapable d'aligner deux mots de façon cohérente.

Trace renversa la tête en arrière.

— D'accord, dit-il en se relevant. Qu'est-ce que tu veux ?

Il se pencha pour déposer un baiser sur sa mâchoire.

— Toi, soupira David. Seigneur, *toi !* Le lit ou le canapé, je m'en moque, mais je dois m'asseoir avant que mes jambes me lâchent !

Trace lui prit la main en riant et le guida vers la chambre.

— Je connais bien ça, dit-il, l'air blasé.

Près du lit, il reprit David dans ses bras pour l'embrasser de nouveau, sa langue plongeant dans sa bouche pour le rposséder comme il ne l'avait encore jamais fait. Il désirait David de toutes ses forces.

David gémit, fondant littéralement contre Trace. Si son amant l'avait excité tantôt, ce n'était rien comparé à la façon dont le monde entier tournoyait maintenant autour de lui. Que Trace prenne le contrôle à ce point le faisait vibrer de tout son être.

Sentir David se soumettre lui fit à son tour tourner la tête ; depuis qu'ils avaient commencé à s'explorer mutuellement, David avait toujours été aux commandes, tout simplement parce que c'était ce que Trace voulait. Il avait encore beaucoup à apprendre sur la façon de satisfaire un homme. Mais maintenant, il désirait à son tour être aux commandes. Il renversa David contre lui, violemment, frottant leurs entrejambes tout en l'embrassant avidement.

— Je vais te rendre fou, grogna-t-il avant le mordre légèrement à la jonction de l'épaule et du cou.

Tête à la renverse, David laissa échapper un doux 'miaulement'.

C'est déjà fait, pensa-t-il avec irrévérence, tout en remerciant le Ciel que le matelas supporte ses jambes tremblantes. Au moins, quand elles lâcheraient, il ne tomberait pas de bien haut, s'épargnant une chute douloureuse.

— Tu n'as qu'à me toucher et je fonds, murmura-t-il, le nez dans le col de sa chemise pour lui lécher le torse.

Trace ronronna, lui offrant sa gorge.

— On est à égalité alors, souffla-t-il.

Les mains sur le ventre de David, il dénoua son ceinturon.

Les vêtements... quelle plaie ! songea confusément David, qui se mit à tirer frénétiquement sur la chemise de Trace.

— Il devrait y avoir une règle t'interdisant de porter des vêtements dans la maison, murmura-t-il.

Se débattant à tâtons avec les petits boutons, il laissa échapper un flot d'imprécations.

Trace ouvrit le jean de David en riant à perdre haleine et le fit glisser sur ses hanches avant de tirer de plus belle sur sa chemise, faisant sauter les boutons qui roulèrent sur le sol.

— Ta maison, tes règles, capitula-t-il en se penchant pour mordiller le lobe de son oreille entre ses dents.

— Oh, j'aime te l'entendre dire, ronronna David. Fais la même chose avec mes mamelons et je serai ton esclave pour la vie !

— Comment résister à une offre pareille ? murmura Trace.

Écartant les pans de chemise, il envoya impétueusement valdinguer d'autres boutons. Puis il prit en bouche le petit bourgeon de peau, qu'il suça et mordilla.

— Ah, merde ! cria David.

S'affalant sur le lit, il entraîna Trace qui refusa de lâcher prise comme il suçait sa poitrine avidement. Il atterrit sur les genoux de David et lui pinça l'autre mamelon – sensuelle promesse de ce qui allait suivre.

Dans un râle de désir fou, David s'arc-bouta, recherchant le plus de contact possible avec Trace. Il battit des cils en tentant de se concentrer.

— Je te veux en moi, Trace ! s'écria-t-il d'un ton rauque, captant son beau regard brun. Si tu ne veux pas, dis-le-moi tout de suite !

Dévisageant son amant, Trace, éperdu de désir, ressentit un étonnant sentiment de possessivité. C'était fragile et nouveau pour lui, cette idée qu'il voulait que David soit tout à lui – et à personne d'autre. Il en tremblait d'émoi. Il n'aurait jamais cru éprouver un jour pareille chose – vouloir quelqu'un corps et âme. Quelque chose, en David, avait apparemment tout changé pour lui.

— Je le veux, souffla-t-il, visiblement surpris.

Il captura ses lèvres avec fougue.

L'accueillant tout contre lui, David écarta les cuisses pour lui permettre de se frotter à la partie la plus intime de son corps, et il s'abandonna dans leur baiser. C'était si bon, si juste. Il aurait voulu supplier Trace d'aller plus vite tout en désirant paradoxalement savourer l'instant. Refusant de se détacher des lèvres accolées aux siennes, il se contenta de faire glisser ses mains sur le dos musclé de Trace, lui serrant les fesses pour l'exhorter à se rapprocher davantage encore.

Un grondement sourd monta de la gorge de Trace tandis qu'il embrassait David avec ardeur. Quand il se redressa, ses lèvres étaient rouges et gonflées.

— Je veux te goûter, dit-il, frottant ses hanches à l'entrejambe de David. Je veux t'embrasser, te lécher de haut en bas et te sentir trembler juste parce que c'est moi !

La tête lui tournant, David se remit à trembler de plus belle.

— Seigneur, Trace... !

Il se cramponna à lui comme Trace s'agenouillait pour retirer son jean et ses chaussures.

Trace se pencha pour presser sa joue contre le fin coton qui recouvrait le sexe de son amant. Prenant une grande inspiration, il se rendit compte qu'il n'était pas nerveux. C'était ce qu'il voulait. Il tourna la tête pour poser la bouche sur son érection.

Et les yeux de David roulèrent dans leurs orbites.

— Trace... ! haleta-t-il, soulevant les hanches du matelas. Je ne peux pas... Tu vas me faire jouir !

Trace frotta ses lèvres sur toute la longueur de son sexe tendu en riant.

— C'est un peu l'idée, ronronna-t-il en couvant d'un regard ardent les réactions de son amant.

Il lécha d'abord la peau fine recouverte du tissu, détrempant le coton de sa salive jusqu'à se qu'il délimite le gland engorgé. D'instinct, Trace referma alors la bouche dessus.

Surpris, David cria en rougissant. Il aurait voulu se la jouer *cool,* genre le mec blasé, mais voilà... avec Trace, il perdait toute réserve. Honnêtement, il n'aurait jamais cru sentir la bouche de Trace sur son sexe, et peu importe combien il en avait eu envie. Les yeux braqués sur la langue et la bouche qui s'activaient sur son membre engorgé, il avait l'impression que chaque sensation était décuplée. Les caresses d'une touchante maladresse de son amant empressé, voilà bien l'expérience la plus érotique qu'il ait jamais connue.

— Putain, *Putain !* scanda-t-il, jouant fébrilement des hanches en rythme avec les succions de Trace. Bouge... putain, *bouge... !*

Il dut reprendre son souffle.

— Je veux sentir ta bouche sur moi !

Fermant les yeux, Trace frissonna. Dire que David en était réduit à supplier... Par l'enfer, quel pied ! Il écarta ses lèvres du tissu mouillé et leva les yeux vers son amant, voyant la surprise et le désir briller dans son regard. David était magnifique. Le cœur battant à tout rompre, Trace posa les mains sur le sous-vêtement, et passa les doigts sous l'élastique pour l'enlever. Jetant un dernier regard aux yeux voilés de David, il se pencha pour faire glisser ses lèvres le long de la peau douce de l'érection de son amant.

La sensation évoquant des milliers d'épingles enflamma chaque centimètre de sa peau lorsque la bouche de Trace l'effleurait.

— Oh oui ! siffla David, ses doigts s'enfonçant dans les mèches de cheveux sombres et soyeuses.

Il s'effondra contre la tête du lit. Avec un grognement irrité, il se déplaça de côté pour pouvoir s'allonger en repliant les jambes.

À genoux entre les cuisses de David, Trace fit glisser sa joue et son menton mal rasé le long de son sexe, le léchant légèrement sur toute sa hampe, entourant de ses lèvres sa circonférence, pour finalement lécher le gland distendu avec un doux ronronnement.

David se tortilla. Il n'avait jamais été aussi excité, mais c'était comme si la langue de Trace était 'en ligne directe' avec ses testicules. À chaque mouvement, il se contractait, au bord de l'orgasme sous la langue agile de son amant. Trace joua avec son gland, lui arrachant un cri rauque.

Trace n'aspirait qu'à une chose : la satisfaction de David... Levant une main aux longs doigts racés, il l'enroula autour de son sexe et se mit à le sucer doucement. Il voulait entendre encore plus de cris. Le goût était plus fort que lorsqu'il avait goûté sa semence sur ses doigts, bien sûr, mais Trace décida qu'il aimait ça. Il aimait absolument tout de David. Trace voulait sentir son amant bouger sous lui, le rendre fou à son contact. Son cœur battait la chamade. Il se remémora ce que David lui avait dit : il le voulait en lui. Il gémit à cette pensée, son entrejambe se contractant sous l'aiguillon du plaisir, et il sentit le sexe de David durcir dans sa gorge en pulsant légèrement contre sa langue.

Les grognements de Trace faisaient frissonner David, lui durcissant ses mamelons à un point douloureux. Sans s'en rendre compte, il frotta les petites pointes érectiles de ses aréoles en quête de soulagement, et il se poussa dans le poing serré de son amant. Il rouvrit les yeux sur les lèvres gonflées qui s'étiraient autour de son sexe.

— Oh, mon Dieu, Trace ! gémit-il en lui agrippant la tête pour tenter de se dégager en douceur. Je vais jouir !

Surpris par la force de la jouissance de David, Trace ne put s'écarter à temps et le jet de sperme éclaboussa ses lèvres, son menton et ses joues. Affecté par tant d'érotisme, Trace se remit à le masturber, recueillant quelques gouttes de la pointe de sa langue. Il eut un rire enchanté en s'essuyant du revers de la main. *Il* l'avait fait avec David. Il l'avait *fait !* Oh *Seigneur !* Il voulait posséder David, le faire *sien* ; en pleine extase, Trace ne savait plus trop où il en était ; il n'avait aucune idée de ce qu'il devait faire ou penser.

Emporté lui aussi par la violence de l'orgasme, David n'avait d'autre option que de chevaucher la vague. Crispé, les yeux fermés, il psalmodiait le nom de Trace en jouant frénétiquement des hanches. Lorsque les intenses pulsions s'apaisèrent en de doux élancements, il rouvrit les yeux. Trace le fixait, les prunelles luisant d'une *sidération* de bonheur éperdu. Il avait les joues roses et les lèvres gonflées. Rien qu'à cette vue, David fut tout près de jouir une nouvelle fois. Il prit Trace dans ses bras avec un grognement rauque.

— Tu es à moi !

Pantelant, Trace eut un faible gémissement, et, en proie aux mêmes émois, ses lèvres glissèrent sur David.

— Oui, souffla-t-il.

Il leva les mains vers son visage pour l'embrasser à pleine bouche, tout en se hissant sur ses genoux, animé d'un élan irrépressible – la volonté de se rapprocher de son amant possessif.

L'accablant de ferventes caresses, David l'aida à se jucher sur ses cuisses.

— Je veux que tu sois face à moi.

Trace laissa échapper un long soupir accompagné d'un doux gémissement tandis qu'il frémissait sous les mains fébriles de David.

— J'ai tellement envie de toi ! feula-t-il en caressant son torse, ses doigts glissant sous la chemise entrouverte.

Il repoussa ses cheveux sur ses épaules et son regard croisa celui de David, rempli d'un besoin primaire.

— Que vas-tu faire ?

David se pencha, suivant de ses lèvres et de sa langue la courbe du cou de Trace jusqu'à son oreille.

— Je vais t'étendre là, sur le lit, et explorer chaque centimètre de ta peau avec mes mains, puis ma bouche. Je vais comparer le goût que tu as ici... dit David en léchant le point sensible derrière son oreille... avec celui que tu as là... ajouta-t-il en faisant courir ses pouces tout en haut de ses jambes, étirant le tissu sur le sexe de Trace. Laisse-moi te goûter, te faire trembler d'excitation ! Ensuite, laisse-moi te montrer ce que ça fait d'être en moi !

Les yeux écarquillés de désir, Trace eut à ses mots un tel spasme qu'il crut une seconde qu'il allait jouir, là tout de suite ! Il pressa une main contre son entrejambe, essayant de se calmer un peu.

— Attention ou bien tu vas me faire jouir avant que je puisse voir 'ce que ça fait d'être en toi' ! avoua-t-il en tremblant. Seigneur, David ! Tu veux vraiment... Tu veux que je...?

David, avec un petit rire, éperdu de bonheur, dissimula son sourire en se blottissant au creux de l'épaule de Trace. Lui saisissant les fesses, il le serra contre lui.

— Oui, je veux vraiment que tu...

Ses mots moururent sur ses lèvres comme il plongeait dans le regard brillant de fascination de Trace. Pour une étrange raison, il lui semblait totalement déplacé de parler vulgairement de *baiser*. Déplacé, grossier, lubrique... Mais qu'est-ce qu'il pouvait dire d'autre ?

— Baise-moi ! Fais-moi l'amour. Enfonce-toi si profond en moi que je puisse te *goûter* !

Il soulignait chaque parole en balançant ses hanches contre celles de son amant, le sexe tout frémissant rien que de se frotter au renflement de Trace.

Les paroles enfiévrées de David prirent Trace aux tripes. Lui faire l'amour...

Oh oui, c'est ce que je veux !

Il en avait la tête qui tournait.

— Il va falloir que tu m'aides. Je n'ai aucune expérience, tu comprends ?

Rien qu'à l'idée d'être le tout premier à posséder Trace, David eut instantanément une érection. Il n'avait plus récupéré si vite depuis des années.

— Je suis sûr que tu te débrouilleras très bien, et je te guiderai à chaque étape.

Roulant hors du lit, David alla ouvrir les rideaux, laissant entrer à flot la lumière nacrée de la pleine lune.

167

— Déshabille-toi et allonge-toi pour moi.

Il ouvrit le tiroir de la table de nuit et sortit à portée de main tout ce dont il aurait besoin.

Déglutissant avec difficulté, Trace enleva sa chemise qu'il laissa choir au sol tout en admirant David au clair de lune. Il ne trouvait pas de mots pour exprimer combien cet homme était magnifique à ses yeux. Et il allait lui faire l'amour… Trace ne voulait pas juste *baiser*. Il voulait plus. Son pantalon s'étala sur ses chevilles, bientôt rejoint par son caleçon et ses chaussettes. Il les enjamba en ôtant son bandana, repoussant ses cheveux par-dessus son épaule de la façon que David aimait. Puis il s'allongea sur le côté, et s'agrippa aux draps à pleines mains.

David le repoussa sur le dos, avant de s'étendre de tout son long sur lui.

— À mon tour !

Il aspira les mamelons de Trace, les agaçant doucement sous ses dents. En appui sur ses bras tendus, il caressa son érection en frottant le haut de ses cuisses.

Hoquetant de désir, Trace se souleva tout entier contre David, en une supplique muette. Il se cramponna à ses épaules en soufflant son nom. De toute évidence, son amant le désirait… Pour un peu plus qu'une seule nuit de passion, même ? Trace frissonna en se rendant soudain compte que c'était *aussi* ce que *lui* voulait. David lui caressait les flancs, lui levant les bras au-dessus de la tête pour lui bloquer les poignets sous son poing. Il ondulait sensuellement, maintenant Trace au bord de l'orgasme.

Un gémissement étranglé lui échappant, Trace tira légèrement, juste assez pour se sentir entravé – il n'avait nullement l'intention de se libérer. Se retrouver dans cette position soumise ne faisait qu'attiser le feu qui couvait en lui, tout comme les petits coups de langue de David.

— Si tu continues… comme ça, haleta-t-il, je vais jouir avant que… !

— Petite nature, va ! le taquina gentiment David. Tu es en train de me dire que tu ne peux pas bander plus d'une fois par nuit ? Ce n'est pas ce que j'ai entendu dire un peu partout en ville.

Lui écartant les cuisses d'un coup de genoux, il lui caressa les testicules gonflés et son érection de la pointe de sa propre verge.

Tétanisé, Trace lui enfonça les doigts dans les bras.

— Seigneur ! Tu vas bientôt avoir ta réponse ! Et je veux savoir qui parle de moi comme ça ! ajouta-t-il hors d'haleine.

— Tout le monde. Tout le monde, mon amour, ronronna David, en glissant sensuellement le long de son corps offert. S'ils pouvaient te voir en ce moment, ils…

David secoua la tête, refusant d'imaginer qui que ce soit en train de toucher Trace.

— Entravé comme tu l'es, je pourrais jouir rien qu'à te voir dans cette position, mais je préfère te faire jouir *toi*.

Soulevant le sexe de Trace, il lui lécha le gland d'un grand coup de langue et l'aspira d'une seule poussée.

Si Trace craqua à cet instant, ce ne fut pas tant à cause des inflexions rauques que David avait prises pour exprimer ses désirs, que de la tendresse de sa déclaration ; et le voir l'aspirer dans sa bouche précipita l'inéluctable.

David avala jusqu'à la dernière goutte, continuant à le sucer en repoussant ses genoux sur son torse. Puis il le lâcha et releva les yeux vers lui.

— Tu te rappelles quand je t'ai dit sous la douche que j'allais te goûter absolument *partout* ? fit-il avec un sourire machiavélique.

Se penchant sur le corps offert de Trace, il lui lécha les testicules.

Trace écarquilla les yeux en voyant David, menton baissé, se mettre à lui lécher les testicules avant de s'aventurer… plus bas. Il poussa un gémissement en crispant les poings sur les draps.

Oh, mon Dieu, on ne peut pas être plus *intime que ça !*

Il frissonna en gémissant de plus belle.

Chaque centimètre de peau que David pouvait atteindre, il le suçait et le léchait, faisant tourner sa langue autour de l'entrée plissée et mordillant les fesses pâles. Il regarda Trace durcir, son sexe s'allongeant vers son nombril. Il pressa les lèvres sur l'étroit orifice en gémissant ; sous ses doigts, il sentit trembler les muscles des sphincters.

— Je veux te doigter et te montrer à quel point tu m'excites… Tu me fais confiance ? ajouta David dans un murmure, les lèvres tout contre la peau au grain velouté de son amant.

Se forçant à rouvrir les yeux pour le regarder à travers la brume qui l'enveloppait, Trace prit une vive inspiration.

— Oui ! dit-il en faisant glisser ses doigts sur sa joue. Tu prends toujours soin de moi.

— Après, ce sera mon tour, alors suis attentivement ce que je fais, ajouta David en attrapant le tube de lubrifiant.

Il s'en enduisit généreusement les doigts puis en versa un peu sur Trace. Ensuite, il lécha la hampe interne de sa verge, le reprenant en bouche tout en insérant le bout d'un doigt lubrifié dans son anus. Avec autant de lubrifiant, son doigt glissa facilement en place.

Trace soupira en fermant les yeux. L'absence de douleur ne le surprenait pas du tout – David savait exactement comment l'exciter, le stimulant en douceur, humectant son sexe en érection...

Il passa la langue sur son gland et incurva les doigts pour masser sa prostate – faisant gémir Trace.

Sous la soudaine brûlure de l'excitation, Trace, choqué, laissa échapper un cri.

— Bon Dieu, David ! Je suis supposé 'suivre attentivement ce que tu fais' quand toi, tu me fais *perdre la tête* ? s'écria-t-il, incrédule.

— Seigneur, ce que tu es réceptif ! s'exclama David, ravi.

Se redressant à genoux entre les cuisses de Trace, il glissa un doigt de plus dans son anus, avec toutes les intentions de l'embraser. Il sourit en laissant le sexe de son amant glisser dans sa bouche, les vibrations de son rire étouffé dansant le long de la verge.

— Non, pas vraiment, répondit-il en se dégageant. L'heure n'est plus à la réflexion, tu dois juste *ressentir*, bébé.

Il continuait à le taquiner en prenant des intonations rauques et en léchant le sexe qu'il tenait.

— T'avoir en moi sera encore plus agréable ! Et la jouissance... gémit David. La jouissance... Toi en moi, mes chairs contractées autour de ton sexe...

Il resserra les muscles de son sphincter et gémit de nouveau.

— Seigneur, Trace !

— Mon Dieu... souffla ce dernier en repliant les genoux.

Les sensations qui l'assaillaient étaient source de confusion *et* d'excitation mêlées. Il savait très bien ce que ça faisait d'être à l'intérieur d'une femme, surtout si elle était petite et étroite. Il lui était également arrivé de sodomiser une de ses partenaires, ce qui avait été terriblement excitant. Mais avec David, il savait d'avance qu'il n'y aurait rien de comparable. Il se contracta autour du doigt de son amant, et un autre éclair de plaisir le transperça. Seigneur, n'était-ce donc qu'un avant-goût de ce qu'il allait connaître quand *David* serait en *lui* ?

170

— David, j'ai besoin de toi...

Celui-ci le recouvrit de tout son long en faisant courir sa bouche sur son corps, jusqu'à sa bouche.

— Eh bien, prends-moi.

L'entourant de ses bras, Trace roula sur David. Il lui donna un long baiser passionné avant de se redresser entre ses cuisses écartées. Il promena un œil de braise sur le corps musclé qui s'offrait à lui dans toute sa glorieuse nudité, et se pencha pour lutiner son nombril avant d'attraper le tube de lubrifiant. Il réalisa soudain qu'il savait parfaitement ce qu'il faisait. Intellectuellement, du moins. Il étala un peu de lubrifiant sur ses doigts qu'il glissa sous les testicules de David. Et ne quitta pas des yeux son amant tandis qu'il étalait le gel sur l'anus qu'il s'apprêtait à investir.

— J'ai tellement envie de toi, murmura-t-il.

Un frisson érotique parcourut le corps de David.

— Je te veux en moi, acquiesça-t-il en se noyant dans les yeux de son amant.

Déglutissant avec difficulté, Trace inséra doucement un doigt dans son rectum jusqu'à la deuxième phalange.

— Oh nom d'un chien, *encore !* s'écria David en battant des cils.

Voilà si longtemps qu'il n'avait plus été aussi intime avec quelqu'un, et là, vivre cette passion avec *Trace* avait de quoi le rendre fou d'excitation. Trace qui hésitait encore… David le voyait bien rien qu'à son regard, et à la façon dont il se mordillait la lèvre.

Il se hâta de le rassurer.

— Tu ne me feras pas mal. Rappelle-toi ce que tu as ressenti quand j'ai glissé un doigt en toi. Laisse-moi te montrer...

Il passa la main entre ses cuisses et posa un long doigt à côté de celui de Trace, le guidant, l'aidant à trouver le point sensible qui lui faisait voir des étoiles.

Trace sentit son amant sursauter puis se contracter quand il effleura une petite protubérance.

— Ça va ?

Il guetta l'approbation de David, qui acquiesça.

— Tu es prêt ? fit-il d'une voix mal assurée. Parce que je vais jouir, et j'aimerais vraiment le faire avec toi en moi...

Prenant une vive inspiration, Trace pencha la tête en arrière, le temps pour lui de reprendre contenance.

— Ouais, murmura-t-il.

Il attrapa un préservatif, le roula sur son sexe et le lissa en gémissant. Puis il se rapprocha des cuisses de David. Les mains tremblantes, il pressa son sexe tendu contre l'entrée de David, et commença à pousser ; après quelques tâtonnements, il réussit à s'insérer, le corps de son amant s'ouvrant à lui et l'acceptant enfin. Il s'arrêta immédiatement, sa main libre se crispant sur la jambe de David.

— Seigneur, ne t'arrête pas ! le supplia David.

Hanches cambrées, il poussa fébrilement Trace plus profondément en lui. Trace commença à se balancer lentement avec un rythme familier, en haletant. Puis il lui agrippa les cuisses, les maintenant écartées. Arc-bouté, David aurait voulu que Trace soit encore plus proche, le touchant au plus intime de son être. Lui saisissant les biceps, il attira Trace vers lui.

— Embrasse-moi ! l'implora-t-il.

Il voulait être au plus près de son amant de toutes les manières possibles et imaginables.

En appui sur les coudes, Trace gémit en lui léchant les lèvres avant de l'embrasser. Il avait l'impression d'être emprisonné dans un étau chaud et humide, 'étau' dont il ne voulait surtout pas s'extraire. Le sang bouillait dans ses veines, son excitation était à son comble.

— C'est tellement bon ! gémit Trace d'une voix à la tendresse bouleversante.

Il n'aurait jamais *espéré* vivre un jour pareille intimité avec David, connaître l'extase d'une telle communion de corps et d'esprit. Avait-il jamais espéré quoi que ce soit, d'ailleurs ?

— Toi, en moi... Rien n'est aussi bon ! gémit David en lui caressant le dos de ses mains fébriles.

Fredonnant doucement de contentement, Trace se redressa un peu plus sur les coudes en cambrant le dos pour effectuer sa première longue poussée avec un doux gémissement. Il couvait intensément David du regard en s'enfonçant en lui jusqu'à ce que leurs hanches se rencontrent.

— David, je n'avais pas idée... murmura-t-il.

Ses cheveux voltigeaient sur ses épaules à chaque mouvement ; s'humectant la lèvre inférieure, il s'efforça de ne pas atteindre trop vite le point de non-retour. Il désirait prolonger ces instants divins.

David déglutit, hypnotisé par l'homme qui se déhanchait sur lui, *en* lui.

— Moi non plus, avoua-t-il d'un petit coassement, la gorge sèche. Et je n'ai même pas l'excuse de n'avoir jamais fait ça.

Trace rit à en perdre le souffle.

— Je me sens si près de toi, murmura-t-il en donnant de petits coups de langue sur la gorge de David.

— Tu ne peux pas être *plus près que ça*, et je ne suis pas sûr de te vouloir 'plus loin' non plus.

Une poussée particulièrement bien amenée tétanisa David, provoquant des tremblements dans ses cuisses.

Se soulevant un peu pour laisser David glisser une main entre leurs corps, Trace augmenta la force de ses coups de reins en grognant. Il était étreint par un sentiment indicible de possessivité. Cet homme était *son* amant. *Le sien.* Les poussées s'accélérant, Trace serra les dents face à la violence de l'orgasme imminent. Il agrippa David par les hanches en lui bloquant les jambes de ses avant-bras tendus.

— Caresse-toi, David. J'ai besoin de te voir jouir ! feula Trace, qui ne pourrait plus résister très longtemps à la montée de son orgasme.

David referma le poing sur son érection. Lui aussi vacillait au bord de la jouissance. Il lisait dans les yeux de Trace toutes ses émotions, entendait dans ses intonations de voix toute la passion qui le consumait, et le sentait trembler. Gémissant de plaisir, David fit aller et venir plus vite sa main sur son sexe dressé, voulant *vivre* la jouissance de Trace au moins autant que la sienne. L'amour brillait dans les yeux de Trace, et en tremblant, David le supplia :

— Plus, plus vite, *encore*, s'il te plaît !

Tout en lui se contractait avec l'impression qu'il allait exploser. Après deux derniers puissants coups de butoir, les oreilles remplies des gémissements de Trace, il fut submergé par le plaisir.

Terrassé par l'orgasme, Trace s'arc-bouta dans un grand cri muet. Il tremblait, s'abîmant dans cette sensation qu'il aurait voulu ne jamais perdre. Et ça ne fit qu'intensifier les ondes de choc tandis qu'il gémissait le nom de David, le cœur serré.

Le plaisir sans fard qui transfigurait Trace fut tout ce dont David avait besoin pour basculer lui aussi dans l'orgasme.

— Oh, mon amour, soupira David…

… avant de pousser un cri sauvage. Tout devint noir.

— Trace ! cria-t-il, puis ses cris se muèrent en gémissements. Oh Trace, oh mon bébé… je vais jouir… *ah !*

Il s'abandonna au plaisir.

Convulsant sous la violence de l'orgasme, Trace vit l'extase se refléter dans les yeux de David.

Seigneur, il est si beau !

— Si beau… murmura Trace, une main plaquée sur le torse de son amant en le regardant trembler sous les ondes de choc de l'orgasme.

David fit rouler Trace sur lui et l'entoura de ses bras et de ses jambes. Le souffle court, il enfouit son visage au creux de son cou.

Après quelques minutes, Trace se désaccoupla doucement de David.

— J'ai besoin de me nettoyer un peu.

Il embrassa David sur le front avant de s'asseoir au bord du lit. Après avoir pris de grandes inspirations, il repassa la salle de bain où il se débarrassa du préservatif. Il se nettoya puis éteignit la lumière de la salle de bain et rapporta un gant humide dans la chambre. Il s'immobilisa, admirant David au clair de lune. L'élan de possessivité féroce qu'il avait ressenti s'était calmé, et il se demanda si le désir n'avait pas brouillé ses sentiments. Mais l'affection profonde et sincère était toujours là, ça, c'était indéniable.

Il rejoignit David au lit et le secoua gentiment.

— Hé, tu n'avais pas faim ? demanda-t-il en lui essuyant le ventre.

David soupira.

— Ouais, en effet. Mais je n'ai pas envie de bouger.

Un sourire satisfait dansait sur ses lèvres. Les poings sur les hanches, Trace se redressa, l'air infiniment satisfait lui aussi. Ses cheveux emmêlés flottaient sur ses épaules.

— Les manicotti d'Angelo ? Du vin ? Un câlin sur le canapé ?

— *Mmmm.* De mieux en mieux, approuva David. Tu m'as convaincu.

— Allez, viens, dit Trace en lui tapotant légèrement les fesses.

Il alla prendre des vêtements confortables.

— Attention, Jackson ! Tu pourrais vouloir ce cul en bon état plus tard, lui cria David, un grand sourire sur les lèvres.

Une demi-heure plus tard, ils étaient blottis l'un contre l'autre sur le canapé, à savourer les pâtes et la salade que Trace avait préparés. David avait déjà fait tellement de chemin avec Trace qu'il ne voulait plus regarder en arrière. Trace gémit de plaisir, posant son assiette vide sur la table basse.

— J'adore Angelo, ronronna-t-il.

Les yeux fermés, il se frotta ostensiblement le ventre.

David rit.

— Ma parole, tu as dévoré ton assiette ! Tu en veux encore ?

— Ouais, mais je suis trop fatigué pour me lever et aller me resservir, avoua Trace d'une voix traînante.

— Tiens, dit David.

Il préleva dans son assiette un peu des pâtes qu'il n'avait pas mangées – étant trop occupé à couver son amour du regard – et il porta la fourchette à ses lèvres. Trace rouvrit les yeux, puis la bouche... David sourit.

— *Mmmmm*. C'est ce qu'on appelle se faire dorloter, murmura Trace, ravi.

— Tu as travaillé dur ce soir, le taquina David en lui offrant une nouvelle bouchée. Ça mérite une récompense.

Trace fredonna joyeusement.

Les manicotti ne firent pas long feu, et le vin non plus. David rapporta les assiettes et les verres vides dans la cuisine. Quand il revint au salon, il prit Trace par les mains pour le remettre debout.

— Quoi ? gloussa Trace.

— Je veux mon câlin, annonça David en l'entraînant dans le couloir en direction de la chambre.

Trace n'y voyait aucune objection. Ils se débarrassèrent vivement de leurs vêtements, les disséminant sur la moquette, et sautèrent sur le grand lit. Trace s'étendit sur le dos et s'étira langoureusement tandis que David s'asseyait à côté de lui en le regardant.

— Tu es si beau, dit-il sur le ton de la conversation.

Trace s'immobilisa et releva un sourcil.

— Tu sais, répondit-il calmement sur le même ton, j'ai déjà entendu ça. Bien des fois, en fait. Mais venant de toi, ça veut dire tellement plus !

David sourit en s'allongeant à ses côtés. Le cœur gonflé de tendresse, Trace bascula sur son amant, le matelas s'affaissant sous leurs poids conjugués. Ils étaient peau contre peau, du torse jusqu'aux cuisses. Trace ondula lascivement en l'embrassant tendrement.

David sourit, appréciant le poids de son amant sur lui. Puis il lui aspira la langue en passant les doigts dans sa chevelure de jais.

— Putain, tu as bon goût !

— Ravi que tu le penses, murmura Trace, en multipliant les baisers lascifs.

David se baignait dans la chaleur animale de son amant, s'abandonnant à une léthargie à la douceur irrésistible.

— Tu me garderas dans tes bras toute la nuit ?

Pour toute réponse, Trace le serra contre lui et tourna la tête pour que David puisse se blottir au creux de son cou.

— Comme ça ? dit-il tendrement.

— Parfait.

Trace soupira de bonheur et lui caressa la joue.

— Nous sommes si bien ensemble, dit-il simplement.

Et c'était vrai pour beaucoup de choses, du point de vue de Trace. En tant qu'amis, compagnons, et amants, ils se complétaient à merveille.

Somnolent, il finit par s'endormir.

David sentait le sommeil le gagner, mais il y avait quelque chose d'important qu'il devait dire. Il écouta la respiration de Trace, se demandant s'il était déjà assoupi. Puis, dans un murmure, il donna voix à son désir le plus cher :

— Je veux que tu restes. Reste avec moi.

Il serra gentiment Trace et rassuré, s'endormit.

XV

LA DOUCE lumière de l'aube éclairait la chambre. Dès qu'il rouvrait les yeux, David était prêt à se lever. Mais là, de se réveiller dans les bras de Trace, bras et jambes emmêlés, il ne ressentait nullement le besoin de se lever, contrairement à son habitude. Écartant une mèche de cheveux du visage de Trace, il en retraça amoureusement les contours. La courbe d'une joue, la barbe naissante, l'arc pulpeux de la lèvre inférieure de Trace... tous ces détails lui étaient précieux.

Les caresses légères réveillèrent doucement Trace, et ses yeux s'ouvrirent pour croiser le regard tendre dont David l'enveloppait.

Le pouls de Trace s'accéléra.

— Bonjour, murmura-t-il.

— Bonjour, répondit David alors que ses lèvres s'incurvaient contre les siennes. Bien dormi ?

— *Mmm-hmm*, répondit Trace en glissant sa main libre autour du cou de David. Quelqu'un m'avait épuisé...

David enfouit son visage dans sa nuque.

— J'ai l'impression de t'avoir trouvé juste au moment où tu dois partir. Je ne veux pas que tu partes.

— Donc tu pensais ce que tu as dit, dit Trace doucement.

David réalisa qu'il avait dû entendre ce qu'il avait dit juste avant de s'endormir.

— Tu veux que je reste.

Il y réfléchit tandis que David demeurait silencieux.

— C'est vraiment un très grand pas, tu ne crois pas ?

David ferma les yeux, essayant de ne pas paraître trop... 'pot de colle'.

— En effet. Rien que passer du stade où tu étais là tout le temps à celui où je ne pourrais pas te voir tous les jours… Cela dit, ces deux derniers mois n'étaient pas normaux. C'est un peu comme une amourette de vacances. Il faudrait que nous retournions chacun à notre vie d'avant, et qu'on voie si c'est vraiment ce qu'on veut.

S'écartant juste assez pour regarder Trace dans les yeux, il ajouta :

— Mais je veux essayer. Et nouer une véritable relation avec toi. Je ne veux pas qu'on redevienne juste amis.

Trace sourit.

— Moi non plus. Je vais me sentir très seul dans mon appartement, avec Mabel pour seule compagnie. Si tant est qu'elle veuille bien rentrer avec moi, d'ailleurs… Mais je pense que tu as raison. J'ai besoin de me convaincre que tout cela n'est pas arrivé uniquement à cause de notre rapprochement forcé de ces derniers temps.

— Je ne sais pas si la promiscuité peut faire naître des sentiments pareils, mais si c'est le cas, je suis prêt à me *sacrifier* et à passer tout mon temps avec toi pour que ça continue, ironisa David en souriant contre son épaule. Que tu rentres chez toi ne t'empêche pas de laisser des affaires ici, peut-être même de rester la nuit, de temps en temps…

— Et ça te dirait que je t'invite à dîner ? Ce week-end ? proposa Trace. On pourrait aller ailleurs après…

— Je préfèrerais que tu m'emmène dîner d'abord, plaisanta David en le lorgnant de façon cocasse. Je dois te prévenir : je suis un mec facile, tu sais.

Trace sourit en l'embrassant.

— Entendu, beau mec !

— J'AURAIS DÛ dire non, mon épaule me fait mal aujourd'hui, je ne devrais rien porter, se plaignit David comme ils sortaient de l'ascenseur.

— Rien porter ? dit Trace en lui décochant un coup d'œil faussement compatissant par-dessus son épaule. Tu n'as qu'un sac de gym – que tu portes soit dit en passant sur ton épaule valide – et Mabel. Tu survivras, va !

Il lorgna ostensiblement le sac de linge débordant que *lui* portait.

— Peut-être, mais Mabel pèse son poids et en plus, elle n'est pas du tout contente qu'on la transbahute comme ça ! s'exclama David.

Trace leva les yeux au ciel tandis qu'il posait le lourd sac sur le pas de porte et sortait ses clés d'appartement.

— Je suis surpris que tu l'aies chopée, et encore plus que tu aies réussi à l'emmener en voiture. Je n'arrivais même pas à la débusquer de sous le lit. Quelle garce !

David se racla la gorge.

— Eh bien… J'ai peut-être utilisé de l'herbe à chats… avoua-t-il.

Trace ouvrit la porte pour la troisième et dernière fois de la soirée.

— La petite garce ! renchérit-il. Une chance que son humain préféré veuille qu'elle s'en aille, je parierais.

Il reprit le sac et entra.

— Mabel t'apprécie, protesta David en refermant la porte derrière lui. Pas vrai, chérie ?

Il la gratta derrière les oreilles et récolta un ronronnement adorateur.

— Elle me tolère parce ce que je sais où sont ses *friandises !*

Trace déposa le sac près du canapé et se retourna pour admirer le contraste entre les cheveux blonds de David et la fourrure noire de Mabel. Il secoua la tête. Difficile de déterminer en cet instant qui aimait le plus David, de Mabel ou bien de lui.

— Eh bien, la voilà de retour chez elle, sur son territoire ! Elle devrait être contente, commenta David en libérant Mabel à ses pieds.

Mabel renifla dédaigneusement et s'assit entre ses chevilles.

— Ça en fait au moins un sur deux, murmura Trace en ramassant le sac qu'il avait poussé derrière le canapé lors d'un précédent voyage.

Plus les heures passaient, moins Trace s'en réjouissait. Certes, il fallait bien qu'il rentre chez lui tôt ou tard, ne serait-ce que pour savoir si ce qu'ils ressentaient était bien réel et durable…

— Merde, jura Trace dans sa barbe, c *'est* réel.

— Quoi ? fit David en le rejoignant dans la chambre.

Trace se racla la gorge en lui jetant un coup d'œil par-dessus son épaule. Il n'avait pas besoin d'en reparler. Ils avaient déjà discuté de la raison pour laquelle il devait rentrer chez lui.

— Ça va être dur de se réhabituer à tout ça.

David s'arrêta sur le seuil, laissant tomber le sac de gym à ses pieds. Trace remarqua qu'il ne semblait pas très heureux, lui non plus.

— Je dois faire un arrêt rapide avant qu'on aille dîner.

Trace sourit et acquiesça.

— Je serai prêt dans quelques minutes, dit-il en repoussant le panier du pied.

David s'éclipsa en souriant.

Le nez plissé, Trace fit courir une main dans ses cheveux et s'assit sur le lit. Sur une impulsion, il se saisit de la couette pour y enfouir son visage... avant de la relâcher tout aussi vite. Il n'arrivait pas à capter l'odeur de David. Bien sûr qu'il ne pouvait pas. Il se demanda si son amant accepterait de passer ici une nuit ou deux.

Mabel surgit de nulle part, sauta sur ses genoux et s'étira pour lui griffer légèrement le menton.

— Hé ! protesta Trace avec un petit sursaut de recul. C'est en quel honneur ?

Il aurait pu jurer que Mabel le toisait de toute sa superbe. Puis elle bondit de ses genoux pour entreprendre de lacérer méthodiquement la couette.

Trace se contenta de soupirer.

— J'en conclus que tu n'es pas contente d'être à la maison, hein ?

Mabel laissa échapper un petit miaulement plaintif en déchiquetant la couette, puis sauta du lit pour disparaître dans le salon.

— Ouais... soupira Trace. Je sais ce que tu ressens.

TRACE S'AGITAIT dans le fauteuil rembourré de la salle d'attente. Il y avait exactement neuf semaines que David avait eu cette migraine, et Trace découpait ces semaines en phases : les deux premières, ils s'étaient beaucoup rapprochés, les deux suivantes, ils s'étaient tournés autour, tâtant le terrain, les deux suivantes encore, ils les avaient passées à s'embrasser, à se toucher et à se câliner. Depuis ? Ils continuaient d'explorer leur relation, et David lui inspirait toujours autant de passion

Trace tressaillit quand la porte s'ouvrit ; il se leva et haussa un sourcil, dans l'expectative.

— Je suis comme neuf, lui annonça David. Je devrai m'abstenir de soulever des poids lourds pendant encore quelques semaines, mais je peux déjà reprendre des activités normales.

Il sourcilla exagérément.

Trace se mordilla la lèvre inférieure en riant. Il était continuellement pris au dépourvu par les taquineries de David, qui adorait le faire rougir. Quel blasé il pouvait faire !

— Pas de poids lourds, hein ? Je suppose que ça m'exclue d'office, badina-t-il en sortant de l'immeuble.

— Ouais, je suppose que tu devras te placer au-dessus, le taquina David en lui tapotant les fesses.

Trace s'élança vers la décapotable dans le vain espoir de se mettre hors de portée de ses mains baladeuse. Il fit alors volte-face et coinça son amant contre la portière, plaquant les mains de part et d'autre de sa taille.

— Tu es un petit rigolo, toi !

— Je préfèrerais que tu me trouves irrésistible, répondit David en enfouissant le visage dans le creux de son cou.

Trace soupira et resta contre lui un bon moment avant de s'écarter.

— Tu n'as aucune idée, pas vrai ? lui murmura-t-il.

Il était tenté d'embrasser David sans attendre, là où n'importe qui pourrait les surprendre. Tellement tenté... Être si près de lui l'excitait.

— Allez, viens. Il est temps que je te ramène. Il faut que tu penses à ce que tu vas faire maintenant que tu dois retourner travailler tous les jours, le taquina-t-il.

— Tu es doué pour refroidir l'enthousiasme, toi, rouspéta David en contournant la voiture du côté passager. Je n'ai pas eu mon baiser *et* on me rappelle que je dois reprendre le travail et supporter les imbéciles de la salle de presse, murmura-t-il en montant en voiture et en attachant sa ceinture de sécurité.

Trace sourit tendrement en s'installant au volant. Il glissa un doigt sous le menton de David pour le tourner légèrement vers lui, et déposa un baiser sur ses lèvres.

— Est-ce que ça t'aide ?

Paupières baissées, David réclama de manière muette un vrai baiser. Enfouissant la main – celle qui avait enfin recouvré toute sa liberté de mouvement – dans les cheveux soyeux, il retint Trace près de lui ; il l'accabla de baisers, léchant ses lèvres charnues, et étouffa les gémissements que tous deux laissaient échapper.

Grisé par l'euphorie de leurs baisers, Trace fredonna alors que David prenait sa bouche, s'abandonnant tout entier à lui. Seigneur, Trace voulait

181

tellement lui donner ! Lui qui était d'un naturel si calme et tellement maître de lui-même en temps ordinaire, voilà qu'une simple caresse de David le laissait rougissant et haletant...

Sa main vola sur l'épaule de David.

Lentement, comme à contrecœur, David s'écarta, laissant leurs joues s'effleurer ; l'haleine chaude et humide de Trace lui chatouilla l'oreille.

— *Ça,* ça m'a aidé, mais c'est loin d'être suffisant. Il te faudrait combien de temps pour nous ramener à la maison ? Je suis d'humeur à célébrer ma *libération* en faisant un tas de choses qui impliquent ma main droite et ton corps nu.

Trace gémit.

— J'ai une réunion au bureau dans une demi-heure, murmura-t-il d'une voix tendue.

— Il va falloir que je te touche pendant que tu conduis, alors, ronronna David en posant la main sur son érection, sous le pantalon.

— Seigneur ! murmura Trace en mettant le contact avec un sourire féroce. Tu ne voudrais pas me faire perdre le contrôle et qu'on finisse dans le décor, pas vrai ?

— Concentre-toi sur la conduite. Et moi, c'est sur *toi* que je vais me concentrer, ajouta David en lui griffant légèrement l'entrejambe.

Les dents serrées, Trace fit marche arrière, quitta le parking et prit la route. Il agrippait le volant.

— Bon sang, qu'est-ce que tu me fais ? feula-t-il en se tortillant sous la main de son amant.

— Oh, je t'en prie... le taquina David.

Il glissa les doigts dans son pantalon pour empoigner son érection. Puis il se pencha pour faire luire son gland sous sa salive.

— Ne me dis pas que personne ne t'a jamais fait de gâterie en voiture.

— Pas pendant que je conduisais, non ! gémit Trace en soulevant un peu les hanches pour mieux s'offrir aux caresses de son amour.

— Tâche de ne pas faire de sortie de route ni d'écraser l'accélérateur, conseilla David en posant la joue sur ses genoux.

Avec un faible cri, Trace relâcha la pédale d'accélération en remontant les rues presque désertes de la ville. Il enfouit une main dans les cheveux de David.

— Oh, bébé, murmura-t-il, se forçant à ne pas quitter la route des yeux.

182

En temps normal, il ne perdait pas la tête si vite. Mais en voiture, alors qu'il conduisait... ? C'était très dangereux. Seulement voilà... la bouche de David le rendait fou !

Conscient qu'ils n'avaient pas beaucoup de temps devant eux, David ne la jouait pas fair-play. Il titillait de la pointe de sa langue le point ultra sensible de la verge engorgée de Trace. L'aspirant dans sa gorge, il grogna de plaisir en palpant sa propre érection sous son pantalon, histoire de soulager un peu la pression.

Jurant dans sa barbe, Trace tourna dans une rue fréquentée et tenta de se concentrer. Cinq pâtés de maisons, quatre, trois... Il aborda enfin la voie pavillonnaire qui menait au quartier de son amant.

— Putain, David !

Celui-ci se contenta de ronronner. Le nez enfoui dans les bouclettes à l'odeur musquée de Trace, il palpait sensuellement ses bourses tout en faisant aller et venir sa bouche le long de son sexe.

Trace se gara, coupa le contact et agrippa la tête de son amant à pleines mains.

— David... ! gémit-il.

Refusant de lâcher Trace, David redoubla d'ardeur. Il adorait lui faire perdre le contrôle ; il avait souvent répété que, pour lui, rien n'était plus sexy. Renversant la tête sur son siège, Trace se cambra en s'enfonçant dans la gorge de David.

— Putain, ta bouche me rend fou ! souffla-t-il en crispant les doigts dans sa chevelure. David... David... Je vais... je vais... !

David trouva à tâtons le point ultra-sensible, juste derrière les testicules de Trace, et pressa. Submergé de plaisir, Trace rouvrit brusquement les yeux et un grand cri lui échappa alors qu'il plongeait dans une jouissance sauvage qui le fit pulser dans la bouche de son amant. Avec une délectation d'œnologue face à un grand cru, David but jusqu'à la dernière goutte. Puis il continua à lécher le sexe repu. Trace finit par se tortiller, la stimulation devenant trop forte. David le lâcha, et reposa la tête sur sa cuisse.

Accoudé à la vitre, Trace se couvrit les yeux d'une main tremblante en cherchant à reprendre son souffle.

— Qu'est-ce que tu m'as fait ? gémit-il, surpris.

— Rien de plus que ce que tu me fais, répliqua David d'un ton vibrant de désir.

Trace eut un petit rire où perçait le désespoir.

— Tu me prives de toutes mes capacités de réflexion, mon amour, dit-il en se détendant sur son siège. On devrait rentrer pour que je te rende la pareille, mais il faut que je me pointe à cette putain de réunion !

— Je te le rappellerai, sourit David en se redressant pour le gratifier d'un baiser chaste.

Trace fit courir sa langue sur les lèvres de David et grogna doucement en goûtant quelque chose de salé – son propre sperme.

— Je peux me goûter sur ta langue ! Si ça ne suffit pas à refiler une trique d'enfer à n'importe qui, alors je ne sais pas ce qu'il faudrait ! soupira-t-il avant de s'écarter en se reboutonnant. Je dois y aller.

Plus ému encore par la réaction de Trace à leur baiser que par sa fellation, David se redressa à son tour en attrapant la poignée.

— Je te verrai ce soir, dit-il en s'extrayant de la voiture de sport.

Il remercia le Ciel que son bras soit guéri. De l'exercice, ça, il allait en avoir...

AVEC UN soupir de bonheur, Trace roula hors du lit et s'étira. Après sa réunion, il s'était hâté de rentrer et de traîner David dans la chambre, avec la ferme intention de célébrer la libération de son amant. Et David lui en avait été très reconnaissant ; Trace l'avait sucé jusqu'à ce qu'il jouisse, criant et gémissant, puis il avait joui à son tour, les éclaboussant tous deux de sperme.

Trace n'aurait jamais pensé que la vie avec David puisse être si sensuelle. Il sourit en remettant son short et son tee-shirt, et prépara également des vêtements pour David. Le voir dévêtu était une bien trop grande distraction.

— Je t'ai apporté ça, espèce d'exhibitionniste, le taquina Trace en entrant dans la cuisine.

David était en train de poser un morceau de cheese-cake sur une assiette.

— Tu aimes mon cul d'exhibitionniste, répondit-il avec un clin d'œil en remettant au frigo le restant du cheese-cake. En plus, j'allais t'apporter cette part au lit. C'est une célébration, après tout.

— La célébration s'arrête au petit matin, Dieu merci ! fit Trace.

— Je croyais que tu aimais les petits matins câlins au lit avec moi, badina David en remontant le couloir.

Trace suivit des yeux les fesses en mouvement de son amant.

— Ouais, sûr, fit-il distraitement.

David sourit.

— Allez, beau mec, prends donc un peu de cheese-cake.

— C'est terriblement romantique, tu sais, dit Trace, en désignant les bougies, le cheese-cake et les draps en coton égyptien haut de gamme qu'il avait achetés.

David glissa une bouchée entre ses lèvres, et Trace arrondit les yeux en voyant son amant lécher d'un air gourmand les dents de la fourchette. Se raclant la gorge, il ôta ses vêtements avant de rejoindre David au lit, où il s'assit en tailleur.

— Sésame, ouvre-toi ! fit malicieusement David en lui présentant une bouchée délicieusement décadente de cheese-cake aux deux chocolats.

Trace sentit fondre la bouchée sur sa langue, et laissa échapper un petit gémissement pathétique.

— Une seule bouchée et t'imagines pas le *shoot* de glycémie que c'est !

— Oh, si, j'imagine très bien !

Il prit la fourchette pour offrir à son tour une bouchée à David, qui produisit de merveilleux petits bruits obscènes – Trace en fut tout émoustillé.

— *Déjà ?* le taquina David en le voyant se remettre à bander. J'aurais pourtant juré que je t'avais épuisé !

Trace lécha les traces de chocolat sur la fourchette tout en retournant une idée dans sa tête pour la centième fois.

— Eh non, tu vois bien. Maintenant que ton épaule est guérie, tu vas avoir besoin de toutes tes forces, mon amour.

Trace vit alors l'éclat des bougies se refléter dans les yeux bleus de David, et posa sa fourchette pour s'emparer de ses lèvres. Après un long baiser, il lui murmura :

— Je veux que tu me fasses l'amour.

— Je te fais *toujours* l'amour.

C'est vrai.

Mais cette fois, Trace voulait *beaucoup plus*. Il tendit la main pour langoureusement glisser ses doigts sur le début d'érection de David.

— Je veux que tu me fasses l'amour, répéta-t-il. Je te veux en moi. Je veux te sentir quand tu jouis en moi, et avoir les cuisses toutes collantes *après*. Sachant que c'est toi.

David trembla de tous ses membres en le fixant. Il ouvrit la bouche, mais aucun son ne sortit de ses lèvres.

— Ça va aller, mon cœur, le rassura Trace, en l'embrassant de nouveau. Je te fais confiance.

— Oh bébé, répondit David d'une voix entrecoupée, en lui prenant tendrement le visage en coupe. Je t'aime tellement.

— Je sais, dit Trace, en tournant la tête pour l'embrasser au creux de la paume. Je t'aime aussi.

ÉPILOGUE

— ALLEZ, DAVID, ne m'oblige pas à monter sur scène, le cajola Trace. Tu sais ce que veut Katerine.

Matt renifla de dédain.

— Ça ne concerne pas Katerine, mon amour, mais les enfants de Saint Vincent, répondit David en faisant courir sa main sur la cuisse de Trace, sous la table. De plus, je veux te voir parader en sachant que tu es à moi, ajouta-t-il dans un murmure rauque à son oreille.

Trace ferma brièvement les yeux, avant de les lever au plafond.

— Tu n'as pas intérêt à perdre !

L'hôte de la soirée caritative appela son nom pour la seconde fois sous les acclamations du public et il se leva. Il s'agissait de la collecte de fonds annuelle au bénéfice de l'hôpital pour enfants Saint Vincent, une soirée select et glamour, à laquelle assistaient nombre de personnalités influentes et de vedettes.

— Je n'arrive pas à croire que tu le jettes ainsi aux loups ! gloussa Matt, en portant son verre de scotch à ses lèvres.

David sourit. Des mains commençaient déjà à se tendre dans toute la salle à mesure que les enchères montaient.

— Ça ne lui fera pas de mal de transpirer un peu. *Ensuite*, je pourrai intervenir, tel le preux chevalier sur son blanc destrier, et dans son armure étincelante !

— Je pense que tu mélanges les métaphores. Les super-héros *interviennent*. Les chevaliers *chevauchent*.

David lui flanqua un coup de pied sous la table.

— Tu sais très bien ce que je veux dire.

Séducteur dans l'âme, Trace faisait son show sur scène, encourageant les enchères. Ces dernières années, il avait été l'objet des cinq plus grosses offres, et à en juger par l'attitude enfiévrée des enchérisseurs, ce serait encore le cas ce soir. Quelques femmes se rapprochèrent même de la scène pour poser des questions, et Trace se pencha vers elles, un sourire charmeur aux lèvres.

David apprécia l'étirement du tissu sur les fesses de Trace tandis qu'il parlait à une jolie brunette. Les premiers mois de leur relation, il s'était tourmenté à l'idée que Trace lui annonce un jour qu'il s'était fatigué de lui, qu'en ce qui le concernait, 'l'expérience' était terminée et que tout compte fait, il préférait vraiment les femmes… Mais tous ses doutes s'étaient finalement envolés à mesure que leur amour grandissait. David n'avait jamais été autant épris de toute sa vie, et, il n'avait plus le moindre doute désormais, Trace lui rendait tout son amour.

— Ça y est, elle arrive !

Matt lui flanqua un petit coup de coude en désignant l'élégante chroniqueuse blonde qui fendait la foule dans leur direction.

Ces dames s'étaient maintenant massées autour de la scène pour mieux enchérir tandis que Trace flirtait outrageusement avec elles, entrainant une hausse constante des enchères. Au milieu de ce tourbillon, il tourna les yeux vers David en lui décochant un clin d'œil. Plusieurs femmes soupirèrent en feignant de se pâmer ; le beau journaliste 'mis aux enchères' éclata d'un rire communicatif.

— Mon Dieu, quel charmeur ! Comment tu peux supporter ça, David ? lança Patrick, assis à côté de Matt. Je crois bien qu'il est pire que moi.

— Parce que je sais où il passe ses nuits. *Toutes* ses nuits, répondit David, avec un tendre sourire.

Ses amis gloussèrent, sachant que c'était la vérité.

Trace se releva et tout à coup, les enchères s'envolèrent ; Katerine se faufila au pied de la scène.

— Tu ne m'échapperas pas cette fois, Jackson ! jura-t-elle.

Trace glissa une main dans sa poche, et passa délibérément la pointe de sa langue sur sa lèvre.

— Ça reste à voir, chérie, la taquina-t-il.

Les autres dames en lice se mirent à murmurer.

— Je relance à mille dollars ! annonça Katherine.

Cillant de surprise, Trace ne put étouffer un petit rire.

— Ça va te coûter une petite fortune, le prévint Matt, en voyant Trace prendre avec désinvolture une pose séductrice.

— Il le vaut bien, répliqua David avec une tranquille certitude avant d'élever la voix à son tour. Mille deux cents !

Katherine leur décocha un coup d'œil acerbe par-dessus son épaule, jugeant que David et son enchère se moquaient encore d'elle.

— Deux mille !

Elle sourit, s'imaginant leur couper la chique.

— Deux mille cinq cents ! renchérit David.

Katherine plissa les yeux en jetant à Trace un regard lourd de reproches. La prunelle pétillante, *lui* s'amusait, à l'évidence. Il lui dédia un petit sourire en haussant nonchalamment l'épaule.

La blonde croisa les bras, l'air plus ennuyé que d'habitude.

— Trois mille ! lança-t-elle avec humeur.

L'auditoire éclata en applaudissements – et en huées. C'était la plus grosse enchère depuis des années.

— Tu pourrais la laisser gagner, suggéra Matt. Ce n'est pas comme s'il allait vraiment coucher avec elle ou quoi que soit.

David frissonna.

— Je ne coucherais pas avec lui non plus, si je lui faisais un coup pareil, et comme tu le sais, mon canapé n'est pas vraiment confortable, dit-il en se levant et en adoptant la même pose désinvolte que Trace. Cinq mille dollars !

Des hoquets de surprise et des sifflets éclatèrent dans la salle, et tous les yeux se tournèrent vers Katerine qui s'empourpra. Elle foudroya du regard Trace qui se contenta d'en rire, soulevant l'hilarité générale.

— Cinq mille dollars, une fois… deux fois… Adjugé !

Beaucoup de femmes sourirent en regardant tour à tour David et Trace, qui avaient un sourire béat.

David rejoignit la scène ; il tendit la main à son amant qui enlaça ses doigts aux siens. Sous les applaudissements, les éclats de rires et les acclamations, Trace sourit amoureusement, et embrassa David devant tout le monde.

Lèvres à lèvres avec lui, David esquissa un sourire.

— Tu n'as pas fini d'en entendre parler, tu en es conscient ? lui murmura-t-il en serrant sa main.

Trace rejeta la tête en arrière et éclata de rire en plein brouhaha.

— Je l'espère bien, répondit-il. Tu méritais bien un baiser après avoir dépensé autant d'argent pour moi.

— J'ai intérêt à avoir plus que ça ! fit-il d'une mine adorablement boudeuse. Rentrons à la maison, mon amour.

Comme ils passaient devant une Katerine incrédule, David se pencha vers elle.

— Je ne pouvais pas prendre le risque que tu mettes les mains sur mon petit ami.

Puis ils s'éloignèrent.

— Quoi...? Comment...? bégaya la chroniqueuse. Quand donc est-ce arrivé, Matt ?

Ce dernier regarda ses amis s'éloigner épaule contre épaule, main dans la main.

— Il y a plusieurs mois, répondit-il, mais ils ont emménagé ensemble le week-end dernier. Tu pourras ajouter Trace à ta liste de ceux qui l'ont échappé belle.

RHIANNE AILE entretient une relation privilégiée avec son ordinateur, le thé glacé, et le chocolat. Elle se partage entre l'Oklahoma et Chicago, ce qui fait d'elle une amatrice de chevaux, de gratte-ciels, de cowboys, et d'hommes en costume haute couture. Installer des sanctuaires pour les femmes et les auteurs la fait suffisamment voyager pour la rendre heureuse.
Visitez son site web sur : http://www.rhianneaile.com/
et son blog : http://rhianne-aile.livejournal.com/

MADELEINE URBAN est une fille du Kentucky qui écrit depuis qu'elle sait tenir un crayon. Même si elle a écrit et publié sous son nom, elle excelle véritablement lorsqu'elle collabore avec d'autres auteurs. Elle vit avec son mari, qui la soutient dans son travail, ainsi deux chiens qu'elle considère comme ses enfants, qui ne se laissent câliner que lorsqu'elle a de quoi manger. Elle veut vivre à Disney World, le royaume de la 'poussière de fée', parce qu'elle croit qu'à condition de travailler dur, d'avoir un peu de chance, une famille et des amis aimants, les rêves peuvent se réaliser.
Visitez le blog de Madeleine au http://www.madeleineurban.com
ou http://madeleineurban.livejournal.com/
Vous pouvez la contacter sur mrs.madeleine.urban@gmail.com

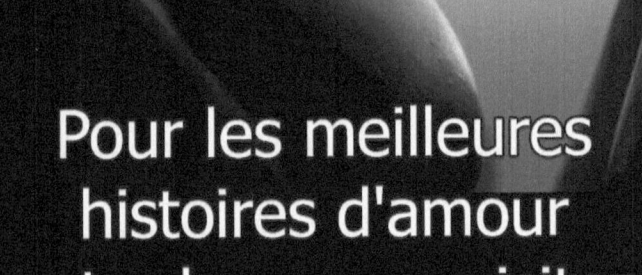

Pour les meilleures
histoires d'amour
entre hommes, visitez

REAMSPINNER PRESS
www.dreamspinner-fr.com